BASTEI
LÜBBE

FRAUEN

Josephine W. Johnson

# Novemberernte

Aus dem Englischen
von Eva Malsch

BASTEI
LÜBBE

BASTEI-LÜBBE-TASCHENBUCH
Band 16121

Deutsche Erstveröffentlichung
Titel der amerikanischen Originalausgabe:
Now in November

Published by arrangement with The Feminist Press
at the City University of New York

Printed in Germany April 1994
Einbandgestaltung: Manfred Peters
Titelzeichnung: Peppino Mangravit
Satz: hanseatenSatz-bremen, Bremen
Druck und Bindung: Ebner Ulm
ISBN 3-404-16121-1

# *Teil I*

# *Vorspiel und Frühling*

# 1

Jetzt im November kann ich unsere Jahre als Ganzes betrachten. Dieser Herbst ist sowohl ein Ende als auch ein Anfang in unserem Leben, und jene Tage, die mir verwirrt vom Schleier aller zu nahen, zu vertrauten Dinge erschienen sind, wirken nun klar und fremdartig. Es ist ein langes Jahr gewesen, länger und bedeutsamer als all die zehn Jahre davor. Es gab Nächte, wo ich den Eindruck gewann, wir würden auf irgendeine schreckliche, hoffnungslose Stunde zusteuern. Aber als diese Stunde kam, fand ich sie brüchig und verschwommen, weil wir ihr zu nahe waren, und ich merkte gar nicht richtig, daß sie begonnen hatte.

Ich kann jetzt zurückschauen und die Tage so sehen wie jemand, der auf vergangene Dinge blickt, und sie zeigen sich in deutlicherer Form, ihr Sinn bleibt nicht länger verborgen. Aber nichts ist wirklich beendet, nichts liegt für immer hinter uns.

Die Jahre waren alle gleich und verschmolzen miteinander. Und der Geist ist eine Art Sieb oder Treibsand, aber an den Tag, wo wir angekommen sind, und an die Monate danach erinnere ich mich sehr gut. Zu gut. Die Wurzeln unseres Lebens, in jenem März eingegraben, ähneln ihren Zweigen auf seltsame Weise.

Damals waren die Hügel kahl, von Winterblättern leergefegt, aber die Obstgärten sahen lebendig aus, fleckig von der roten Tinte ihrer Säfte, und die Rinde umspannte die Äste so fest, als wäre sie zu eng, um die neuen Kräfte der Keime festzuhalten. Es war ein altes Haus, und das Land befand sich seit dem Sezessionskrieg im Besitz der Haldmarnes, aber als wir kamen, hatte jahrelang niemand dort gewohnt. Nur Pächter waren eine Zeitlang geblieben und dann weggezogen. Ein steiniges, aber verheißungsvolles Land ... Die Schafe gediehen prächtig auf den Weiden, wo Felsen aufragten, weiß wie Zähne, in den Frost gefletscht. Die großen Obstgärten erstreckten sich auf den Bergen, und als Mutter sie an jenem ersten Tag sah, dachte sie, man müßte die Äpfel diese steilen Hänge hinaufschleppen, aber sie sagte nur, sie rechne mit einer guten Ernte und die Bäume würden stark und gesund wirken, trotz ihres Alters. Ich entsinne mich, wie Vater erwiderte: »Mag der Ertrag noch so reich sein, es gibt keinen Markt.« Und dann: »Das Land ist mit einer Hypothek belastet.«

Niemand antwortete, und der Wagen polterte ächzend und quietschend durch die Furchen. Merle und ich beobachteten die Eichelhäher, die blau zwischen den Zweigen flatterten, und hörten ihre Schreie. Dicht mit Knospen bestückt, zeichneten sich die Ulmen wie braune Spinnweben vor dem Himmel ab. Schön und fast leer lagen die Weideflächen da, nur die Walnußbäume warfen klare, lavendelfarbene Schatten. Die Dinge wirkten sonderbar und zusammenhanglos, bildeten kein System, das man mühelos erkennen konnte. Da waren das Land und die Frühlingsluft voller Schneeschmelze, und doch fing die Angst bereits an – diese Hypothek, der Vater verdrießlich, die Zukunft bedrohlich ...

Aber Mutter saß ganz still da. Er hatte ihr nichts von der Hypothek erzählt und sie im Glauben gelassen, wenigstens das Land wäre schuldenfrei, ein Zufluchtsort nach dem Verlust aller anderen Dinge. Aber selbst in dem Augenblick, wo sie sah, daß sie sich erneut auf unsicherem, schwankendem Boden befand, so wie immer (etwas, das ich damals nicht gekannt habe und vielleicht nie kennen werde), nahm sie es gottergeben hin. Eine Art innerer Friedensquell. Vermutlich ihre Frömmigkeit. Sie ertrug sehr viel, immer ohne Zweifel oder Bitterkeit; und wir brauchten nicht mehr zu wissen, als daß sie da war, unerschütterlich und voller Zuversicht – zumindest erweckte sie diesen Anschein. Für eine Weile konnten wir dieses Gefühl der Unbeständigkeit und der Skepsis vergessen, das Vaters Worte geweckt hatten. Merle war damals zehn, ich vierzehn, und es kam uns so vor, als hätte ein großes Abenteuer begonnen. Aber Vater sah nur die alten, in langen Jahren verrotteten Schuppen und Scheunen und Ställe.

Arnold Haldmarne war nicht zum Farmer geschaffen, wenn auch auf dem Land aufgewachsen, und nun kehrte er zu einem Grund und Boden zurück, nicht viel anders als jene Äcker, die er früher gepflügt hatte. Er besaß nicht die Resignation, die ein Farmer braucht, jene Resignation, die genau weiß, wie sinnlos es ist, zu hoffen oder zu hassen oder vor der Zeit um eine einzige Bohne zu beten. Mit sechzehn hatte er die Heimat verlassen, um nach Boone zu gehen und eine Stellung in einer der Holzfabriken anzunehmen. Er hatte gespart und sich langsam und mühselig hochgearbeitet, wie eine Eiche oder Esche, die ganz allmählich und angestrengt wächst, aber viel mehr wert ist als eine Pappel, die in einem Frühling zwei Fuß höher emporschießt.

Aber nun war er gestutzt worden, mußte neue Wurzeln schlagen. Eine eigenartige Erfahrung für einen Mann –

sich jahrelang abzurackern für Sicherheit und inneren Frieden und dann innerhalb weniger Monate alles im Nichts versinken zu sehen, das seltsame leere Dunkel der Gewißheit zu spüren, daß man nicht mehr gebraucht wird, daß man überflüssig ist. Langsam waren die Dinge zu ihm gekommen und dann schnell entschwunden, und das machte ihn mißtrauisch, sogar dem Land gegenüber.

Wir hatten unsere Betten in den Wagen geschleppt. Das Auto war verkauft worden, ebenso wie die meisten Möbel. Unser anderes Leben lag hinter uns, so als hätte es nie existiert. Nur die Teile, die in uns weiterwirkten, die Dinge, die wir gelesen hatten, an die wir uns erinnerten, begleiteten uns – und die Bücher, in drei Generationen zusammengetragen und unverkäuflich, weil die Welt bereits knietief in Büchern watete. Wir hatten eine wirre, völlig verkehrte Sphäre verlassen, die sich selber anschrie, und kamen jetzt in eine, die keineswegs besser und ebenso bereit war, einen Mann zu vernichten oder zu verjagen, aber sie gab ihm auch etwas. Und das konnte man von der anderen nicht behaupten.

Das schon damals sehr alte Haus bestand nicht aus Holz, war aber mit Brettern verkleidet, so wie Scheunen, überwuchert von Trompetenblatt und rotem Efeu. Schwer und dicht wanden sich die Ranken um die Verandapfosten. Im Herbst hing dunkler wilder Wein am Brunnen, und über der Pumpe wölbte sich eine Laube, wo gezähmte Reben wuchsen. Vater fand ein altes Drosselnest in den blattlosen Schlingpflanzen und holte es herunter, damit Merle es nicht für ein neues hielt und im Frühling auf Vögel wartete, die niemals kommen würden. Sie füllte es mit runden Steinen und stellte es auf den Kaminsims. Vielleicht dachte sie, das Feuer würde steinerne Vögel ausbrüten – ich weiß es nicht. Sie kam auf die seltsamsten

Gedanken, auf Dinge, die es in dieser Welt nie gegeben hatte. Manchmal erschien sie mir älter als Kerrin, die fünf Jahre früher geboren worden war.

Zwei Erinnerungen an jenen ersten Frühling, wo alles noch neu für uns gewesen ist, begleiten mich – die eine verschwommen von Sorge und Angst, einem grauen Nebel, der Vater einhüllte, nicht immer sichtbar, aber vorhanden. Und die zweite Erinnerung gilt unserer Liebe zu dem schönen Land. Es veränderte sich stündlich, auf tausenderlei Arten. Der Tag nach unserer Ankunft war stürmisch. Ein Nordwestwind blies den Hügel herab, trieb faustgroße Flocken vor sich her, rüttelte an den Fenstern, bis die Scheiben beinahe zerbrachen. Naß klatschte der Schnee gegen das Glas. Darin sahen wir ein Omen für den nächsten Winter, aber seltsamerweise war es danach nicht kalt, obwohl eine fast zwei Fuß dicke weiße Decke am Boden lag. Der Sturm erschütterte die Hickorynußbäume von den Wurzeln bis zu den Wipfeln und jagte ein Zittern durch die Eichen. Merle und ich gingen zu einem Wasserfall zwischen den Felsen im Wald und sahen Luftbläschen im Eis dahinkriechen. Blitzschnell huschten sie davon wie schlüpfrige Pfeile oder Kaulquappen, die sich verstecken wollen. Weiter unten am Bach, wo die Flußkrebse hausten, wuchsen schleimige Farne, frisch und grün, und die Sonne schien so heiß, daß wir die Mäntel öffneten und unsere Mützen in die Taschen stopften. Vieles von alldem, so kam es mir später vor, glich jenem Anfang – veränderlich und so ausgeglichen zwischen Wind und Sonne, daß es weder Gut noch Böse gab und keins das andere zu verdrängen vermochte. Wir fühlten uns schon damals wie in einer Welt gelandet, die sowohl trügerisch als auch freundlich war, wo man sich nur auf eins verlassen konnte – sie würde unbeständig sein und ihren eigenen Weg gehen, als wären wir nie geboren worden.

## 2

Ich erinnere mich, wie kalt es in jenem ersten März gewesen ist. Die Felder konnten erst spät gepflügt werden. Manches in den Anfangsjahren habe ich nie vergessen, Worte und Tage und Dinge, die – irgendwann einmal betrachtet – wie Steine im Gehirn liegen. Unser Leben verlief fast ereignislos. Und was geschah, verlor im Gedächtnis alle Proportionen, wegen der Gleichförmigkeit. Der erste Frühling ähnelte den meisten, die später folgten, gewann aber seine eigene Bedeutung.

Kerrin klagte über die bittere Kälte, und das Haus ließ sich nicht richtig heizen. Aber ich erinnere mich an einen besonderen Tag, ein Gottesgeschenk. Wir legten uns vorsichtig ins Gras, um die Kornblumen nicht zu zerdrücken, und rochen ihren frühlingsdünnen Duft. Die Hügel schimmerten in bleichem, rauchigem Grün, alle Farben flossen ineinander und verschmolzen. Das Rot der Holzapfelbaumzweige löste sich in lavendelblauen Schatten auf, aber die Früchte leuchteten blutrot und golden. Wir gingen hinauf zum Schuppen mit den grauen Schindeln und durchhängenden Balken, der in seinem Alter wie ein emporgewachsener Teil des Erdreichs wirkte. An der Südwand verspeisten wir unsere Mittagessen, genossen die heiße Frühlingssonne, den wasserblauen Himmel jenseits der Bäume, und sogar Kerrin erschien uns weniger fremdartig und sonderbar. Dad war zu beschäftigt, um uns Gesellschaft zu leisten, durfte seine Zeit nicht verschwenden.

Denn es machte schon genug Arbeit, von der Hand in den Mund zu leben, und wenn ein Mann etwas für andere Zeiten beiseite legen wollte, drückte das seine Nase in die Akkerfurchen hinab, fesselte seine Hand sogar an den Pflug, während er schlief. Mutter war im Haus geblieben, um mit ihm zu essen. Und wir dachten, vielleicht würde es die beiden freuen, wenigstens bei einer einzigen Mahlzeit allein gelassen zu werden, ohne daß wir sie anstarrten und uns alles, was sie sagten, einprägten, um es zu wiederholen, wann immer sie sich widersprechen sollten.

Wir saßen auf dem Hügel und beobachteten einen Rotkehlhüttensänger, der suchend zwischen den Ästen umherflog und an den Zaunpfosten entlang. Und wir sahen weit hinab ins Tal, wo der Bach floß, von Ahornen gesäumt, deren lange Zweige sich ins Wasser neigten. Ein Würger saß im Laub eines Holzapfelbaums, und Kerrin behauptete, das sei ein grausames Tier, das Feldmäuse und andere Vögel auf Robiniendornen spieße, so daß sie ihre Füße steil ausstrecken würden, wie kleine Hände. Ich fand das nicht grausam, nur natürlich. Der Würger erinnerte mich an Kerrin, aber ich war vernünftig genug, das nicht auszusprechen.

»Bald hat Dad Geburtstag«, sagte Merle. »Dann wird er siebenundfünfzig. Wir sollten eine Party geben – und ihm was schenken.« Langsam stand sie auf und schüttelte sich wie ein großer, zottiger Hund, müde von der Sonnenwärme und dem Mittagessen. Mit rundem, ernstem Gesicht stand sie vor uns.

»Woher willst du das Geld nehmen?« fragte Kerrin. »Ich habe ein Messer für ihn gekauft. Aber du bist bettelarm.«

Ich warf ihr einen schnellen, neidischen Blick zu. »Und woher hattest *du* das Geld?« An Dads Geburtstag hatte ich gar nicht gedacht und auch nicht überlegt, was ich ihm schenken könnte. Deshalb war ich wütend auf Kerrin.

»Ich hab's mir verdient, Marget!« schrie sie. »Wahrscheinlich glaubst du, ich hätte es gestohlen oder geborgt!« Erbost sprang sie auf und starrte mich an, das lange, dünne Gesicht hochrot. Vermutlich hoffte sie, ich würde sie verdächtigen, denn sie liebte es, wenn man sie dunkler, geheimnisvoller Dinge bezichtigte. Ich bohrte ein kleines Loch in die Erde, begrub einen Löwenzahnkopf darin, verlegen und ein bißchen verängstigt. Würde sie mir was antun?

»Nun, ich fand es nur sonderbar – weil sonst niemand Geld hat.«

Kerrin straffte ihre Schultern. Wenn sie sich aufregte oder glaubte, sie hätte ein Recht dazu, schienen ihre Augen zu zucken. »Halt besser den Mund! Du hast überhaupt keine Ahnung!« Ihre schweren Lider schnellten nach oben. Ständig machte sie Szenen.

Unbehaglich schlang Merle ihre dicken Finger ineinander. Solche Streitigkeiten jagten ihr größere Furcht ein als Schlangen oder Geister. »Wir sollten zurückgehen. Sicher müssen wir bald das Geschirr spülen . . .«

»Und wenn schon?« fauchte Kerrin herausfordernd. »Wen interessiert das? Vielleicht gehe ich in der nächsten Zeit überhaupt nicht mehr nach Hause.« Ihre mageren Hände brachen einen Zweig nach dem anderen ab.

»Kerrin«, mahnte ich wie eine wichtigtuerische Närrin, »wir können nicht immer tun, was wir wollen.«

»Und warum tust du's nicht?« spottete sie.

Ich wußte keine Antwort und wagte nicht, das Messer noch einmal zu erwähnen. Nichts hatte sich verändert, aber der Nachmittag erschien mir plötzlich kalt . . . Merle wanderte den Hang hinab. Dauernd sorgte sie sich um

Mutter, der sie nicht die ganze Arbeit überlassen wollte, und war stets die erste, die mit anpackte, wenn etwas erledigt werden mußte. Schon damals lebte irgendwas in ihrem Innern, das sie bewog, regelmäßig einen Fuß vor den anderen zu setzen, auf einem geraden Weg zu einem eindeutig definierbaren Ort.

Auch ich wünschte mir, diese Zielstrebigkeit zu besitzen. Und ich wäre immer noch froh, wenn ich eine bestimmte Richtung beibehalten könnte, statt hierhin und dorthin zu schweifen, meine Gedanken im Zickzack hin und her irren, umkehren und über sich selbst stolpern zu lassen, unentwegt verfolgt vom Habichtsschatten des Zweifels. Aber obwohl ich mich selber verachtete – ich hatte nicht das Gefühl, die Erde würde mir armseligem Geschöpf weniger von ihrer Schönheit geben als Merle, die doppelt so gut war wie ich. Das fand ich ungerecht und merkwürdig, aber vielleicht würde sich eines Tages alles ausgleichen.

Ich rannte ihr nach, und Kerrin folgte mir notgedrungen, denn sie wollte nicht allein zurückbleiben. »Was wirst du Dad schenken, Merle?« erkundigte ich mich.

Vor lauter Stolz errötete sie und freute sich, weil ihr eine Frage gestellt wurde, die sie beantworten konnte. »Eine große Kiste für seine Nägel und Schrauben.«

»Wundervoll! Du könntest Trennwände einbauen, für die verschiedenen Größen, und alles bemalen.« Wie sie das schaffen sollte, war mir allerdings rätselhaft.

»Und was schenkst du ihm?« fragte mich Kerrin. »Von allen seinen Töchtern müßte er was bekommen, auch wenn's nur eine Kleinigkeit ist.«

»Das wirst du schon sehen.« Im Grunde meines Herzens wußte ich, daß es nichts Besonderes sein würde, vielleicht sogar überhaupt nichts. Ich war keine gute Bastlerin.

Langsam wanderten wir durch den heißen Sonnenschein. Merle schwieg. Wahrscheinlich dachte sie an die Hühner, deren Nester noch gefüllt werden mußten, an die lahme Henne, die dauernd ihre Eier zerbrach, aber mit aller Macht brüten wollte, so daß sie einem leid tun konnte. Aber Merle haßte dieses Tier wegen seiner Dummheit und des stinkenden, vom Eierschleim klebrigen Heus. Es war schon fast zwei Uhr, und das Nichtstun schien die Zeit schneller und unmerklicher zu verschlingen, als wäre sie von Arbeit ausgefüllt worden. Wir folgten dem Weg der Kühe, wo der Boden trocken und warm war und zu beiden Seiten Disteln wuchsen.

Dad schob schon wieder den Pflug vor sich her. Rotkehlchen flogen in die Ackerfurchen herab, doch sie hielten sich von der großen Maschine fern. Der Geruch vom bläulichen Rauch brennender Zweige drang zu uns, ein warmer Schleier lag in der Luft. Merle ging voraus, rundlich, mit klarer Haut, einen letzten Bissen Brot im Mund, das zerzauste Haar wie Wolle am Rücken; dann kam ich, irgendwie mit nichts vergleichbar, in einem braunen Kleid, die Strümpfe voller Igelsamen; und hinter mir trottete Kerrin und tat so, als könnte sie uns jeden Moment davonlaufen. Sie hatte rötliches Haar, mit Ponyfransen. Lose hingen ihre Arme von den Schultern herab, wie dünne flache Latten, aber sie besaß ein schärfer geschnittenes, interessanteres Gesicht als Merle und ich. Sie war auch stärker und glaubte, sie könnte pflügen, wenn Vater es erlaubte. Aber er fand, ein Mädchen würde das niemals lernen und das Feld nur ruinieren. »Helft eurer Mutter«, pflegte er seine Töchter aufzufordern. Für die Feldarbeit stellte er einen Mann ein, der eine Weile bei uns blieb, und Kerrin ärgerte sich, spürte ohnmächtige, unterdrückte Energien in ihrem

Innern pulsieren, war mürrisch und bockig wie ein junger Stier.

»Er meint, ich kann überhaupt nichts!« schrie sie Mutter immer wieder an. »Wie eine Zweijährige behandelt er mich! Warum tust du nichts? Warum machst du's ihm nicht klar?«

»In einiger Zeit wird er's schon einsehen«, erwiderte Mutter. »Wahrscheinlich schon bald.«

»Wieso sagst du's ihm nicht?« drängte Kerrin. »Warum wartest du immer so lange, bevor du was unternimmst? Du führst dich auf, als wäre er der Allmächtige persönlich!«

So endeten alle diese Streitereien, dann fiel irgendwo krachend eine Tür ins Schloß, und wir gaben vor, nichts zu hören, unterbrachen die Tätigkeit nicht, mit der wir uns gerade befaßten, fühlten uns krank vor Haß, schluckten ihn mühsam hinunter. Und Mutter, die alles ruhig hinnahm, aber darunter litt, die das Leben anderer Menschen lebte wie ihr eigenes, wurde jedes Mal im tiefsten Innern verletzt. Ich belauschte sie, während sie Vater dies oder jenes vorschlug, sanft und zögernd. Wenn er müde war, wurde er wütend. Oder in den seltenen Augenblicken, wo ihn etwas freute – Merles runde Wangen, die im Wind zu glühen schienen, oder einer ihrer klugen Aussprüche –, lachte er, aber er pflichtete ihr niemals sofort bei, ließ sie nicht wissen, ob sie ihn umgestimmt hatte. Es fiel ihr schwer, über solche Dinge zu reden, wenn er gutgelaunt war oder still dasaß, denn er genoß nur selten Ruhepausen, und sie hatte wohl das Gefühl, ihn zu quälen. In diesen Momenten gingen wir so leise wie möglich umher und beteten, daß sie möglichst lange dauern und sich zu einer Stunde ausdehnen mochten, daß Mutter die Gelegenheit um des lieben Friedens willen verstreichen lassen würde. Obwohl es sehr viel gab, was ihr ungerecht erschien, obwohl sie von ihren eigenen schlimmen Sorgen gepeinigt wurde, die sie ihm gern aufgebürdet hätte.

Als wir an jenem Tag nach Hause kamen, hatte sie alle alten Kartoffel auf dem Zisternendeckel gelegt und zerschnitt sie, um sie als Saatgut zu verwenden. Sie sah mager und ungelenk aus, das Haar war am Hinterkopf zu einer geflochtenen Kugel zusammengesteckt. Trotzdem hatte sie noch volle Backen und wirkte jung. Sie freute sich, uns zu sehen, was mich manchmal überraschte, schon damals, denn ich dachte, vierzehn Jahre mit uns müßten sie vorsichtiger gestimmt und Zweifel am Wert unserer Gesellschaft geweckt haben.

»Es war lustig da oben«, erzählte Merle, »und das Essen hat geschmeckt.« Sie steckte triefende Löwenzahnstengel, mit Speichel ineinandergeschlungen und zusammengeklebt, in Mutters Haarknoten.

»Die sehen hübsch aus, wie Würmer«, meinte Kerrin und begann Kartoffeln zu zerschneiden, flink und ordentlich, aber Merle beachtete sie nicht und auch sonst niemand. Ich fand, daß ihr recht geschah, und Mutter lachte nur. Sie sprach nie viel über sich selbst, hörte aber immer zu und gab uns das Gefühl, es hätte gute Gründe, wenn wir redeten, weil sie da war und lauschte. Kein anderer, den wir kannten, interessierte sich so sehr für all die Dinge, die man erfahren und erörtern konnte – das Kreisen der Planeten, die Bedeutung von Pfandbriefen, die Art des Salzes, das die Hühner brauchten, die Namen großer viktorianischer Dichter.

Lange Zeit zerhackten wir schweigend Kartoffeln. Die Sonne schien immer noch warm und wanderte langsam am Himmel hinab. Ich dachte an Kerrin und das Geld und fragte mich, wann sie genug verdient hatte, um ein Messer zu kaufen. Wahrscheinlich hat sie es einfach genommen, überlegte ich (was tatsächlich zutraf). Aber dann vergaß ich es, denn ich beobachtete einen grauen Falken, der über den Eichen dahinflog, und fragte mich, was es zum Abendessen geben würde. Die Sonne schien alles zu verlangsamen, uns ruhiger und sanfter zu stimmen, wenigstens für eine Weile.

## 3

In jenem Jahr hatten wir drei Wochen vor Vaters Geburtstag Pläne geschmiedet. Aber ringsum war alles fremd, Land und Leute, und wir konnten niemanden einladen außer uns selbst. Vater kannte den alten Rathman und seine Frau sowie die drei Söhne, die drei großen Bullen glichen, und die Tochter mit dem dicken Gesicht. An Samstagen ging er manchmal hin und aß mit ihnen. Er sagte, fast jedesmal würden sie gerade am Tisch sitzen, um eine ihrer fünf täglichen Mahlzeiten zu beginnen oder zu beenden. Der Kaffeeduft schien zum Haus zu gehören, die Wände zu durchtränken und sich mit dem Krautgeruch zu mischen. Die alte Mrs. Rathman verbrachte ihr Leben zwischen Tisch und Herd und ging nur aus, um Dinge zu holen, die sie auf den Herd und dann auf den Tisch stellte, von wo sie dann in die Bäuche von Joseph Rathman und den drei Jungs gerieten und manchmal auch in ihren eigenen. Dad mochte den alten Rathman. Nach dessen Tochter nannte er sein erstes Kalb Hilda – statt nach einer von uns (nicht, daß uns das gestört hätte, denn es war häßlich, ganz violett, mit nur einem Horn). Vor dem alten Mann hatten wir Angst, weil seine Augen uns zu verspotten schienen, als wären wir in ein skandalöses Geheimnis verstrickt, das er kannte und das seine Verachtung erregte. Wie ich jetzt weiß, ist das einfach nur seine Art gewesen. Er mochte uns, weil wir gesund aussahen und Kinder waren.

Aber damals wagten wir nicht, ihn einzuladen. Merle sagte, sonst würde sie ihr Gedicht vergessen, und Kerrin sagte, vielleicht würde ihm unser Essen nicht schmecken, und ich sagte gar nichts, war aber froh, daß sie ihre Entscheidung getroffen hatten. Mir graute vor fremden Leuten, ich wollte aber nicht die Verantwortung übernehmen, falls sich herausstellte, es wäre besser gewesen, sie in unser Haus zu bitten. (So hielt ich es immer, und sie glaubten, es läge an meiner Gutmütigkeit, während ich in Wirklichkeit nur ein Feigling war.)

Die Rathmans waren unsere einzigen Nachbarn im Norden. Im Süden lebten die Farbigen auf einer Farm voller Gestrüpp, die ihnen nur karge Erträge einbrachte. Ihr felsiges Land sah ganz verhungert aus. Ihr Vieh war dürr und knochig, sogar die Schweine glichen faltigen leeren Luftballons. Die schwarzen Ferkel hatten große spitze Fuchsohren. Das Gesicht des hochgewachsenen, dünnen Christian Ramsey sah aus, als wäre es immer schmutzig, und seine Frau hieß Lucia. Sie besaßen ein Rudel scheckiger, gespenstischer Hunde und fünf Kinder – drei eigene und zwei adoptierte. Eins davon war fast weiß, aber mit wulstigen Lippen. Zunächst hatten sie sich geweigert, es bei sich aufzunehmen, aber niemand anderer wollte es haben. Also behielten sie es und behandelten es, wie Vater erzählte, besser als die übrigen – aus Furcht oder Mitleid, das konnte er nicht feststellen. Die Ramseys konnten wir auch nicht einladen – und sie wären auch gar nicht gekommen. Die restlichen Farmer in der Umgebung kannten wir nur dem Namen nach.

Und so planten wir die Party nur für uns. Ich brachte Merle ein langes Gedicht bei. Täglich mußte sie etwa eine Stunde lang auf der Kleietonne sitzen und es auswendig aufsagen. Wir nannten es Ballade, und es war gräßlich, aber die Wörter reimten sich an den Zeilenenden, und es erzählte eine Geschichte. Also war es vielleicht wirklich eine Ballade. Kerrin und ich hatten das Gedicht verfaßt und mit einem Todesfall abgeschlossen. Aber da Vater nicht an den Tod denken wollte und uns nie darüber zu sprechen erlaubte, ließ ich den Schluß aus, als ich Merle unser Werk einbleute.

Das wußte Kerrin nicht, denn von ihr mochte Merle das Gedicht nicht lernen und auch nicht mit ihr allein sein, seit sie einmal für einige Stunden im dunklen Kartoffelkeller eingesperrt worden war. Mir vertraute sie so rückhaltlos, daß ich das manchmal wie eine schwere Last auf meinen Schultern empfand, andererseits aber auch wie eine Gottesgabe. Es machte ihr nichts aus, die Ballade auswendig zu lernen, und so saß sie da, ließ die schwarzgerippten Beine über den Tonnenrand baumeln, die runden Wangen von der Kälte gerötet. Feuchte Haarsträhnen hingen unter ihrer Mütze mit dem großen Pompon am Oberkopf hervor. Neun- oder zehnmal deklamierte sie das Gedicht mit wahrer Begeisterung, danach nur mehr geduldig und präzise. Es handelte von einem Farmer, und wir hofften, Vater würde lachen, weil es an manchen Stellen komisch war – zumindest glaubten wir das. Mutter würde auf jeden Fall lachen, das wußten wir. Merle war sehr aufgeregt, zählte die Tage bis zur Party und schaute mich immer wieder heimlichtuerisch an.

Was Kerrin vorhatte, verriet sie uns nicht, aber sie verschwand jeden Tag im Wald. »Es wird großartig«, sagte sie nur, »ihr werdet euch alle schämen.« Zwischen dem Melken und dem Abendessen ließ sie sich nicht blicken, und manchmal kam sie singend nach Hause. Sie hatte eine hübsche, aber zu laute Stimme. Deshalb wollte sie nicht, daß man ihr zuhörte, und so verstummte sie, sobald sie die Scheune erreichte.

Was mich betraf – ich beschloß, für Dad ein Tongefäß herzustellen, wie's die Indianer machten, und es mit irgendwas zu bemalen, vielleicht mit Rote-Bete-Saft oder Tinte. Das wollte ich ihm schenken, als Ersatz für die rostige Schüssel, in der er die Hühnereier sammelte. Tagelang arbeitete ich daran. Mein erstes Erzeugnis faßte einen halben Scheffel, mit einem Drahtgriff, den ich mit Lehm umhüllt hatte und der abbrach, als ich's hochhob, und das Gefäß zerbarst in tausend Stücke. Die drei nächsten Gefäße wurden immer kleiner. Schließlich hielt der Griff, aber das Ding war kaum groß genug, um ein Spatzenei aufzunehmen. Immerhin hatte es eine halbwegs gleichmäßige Form, und ich wünschte, ich könnte es Mutter schenken. Der würde es sicher gefallen, so wie alles, was wir bastelten. Sie würde sogar das Kissen mögen, das Merle mit nicht allzu sauberen, muffig riechenden Hühnerfedern ausgestopft hatte. Doch ich fand es nett, daß Dad mein Werk bekommen sollte, diesen wirklich schönen Topf, mit roten Figuren verziert, die wie Reiher aussahen, aber der Saft hatte sich an den Rändern ein bißchen verwischt. Und ich wollte ihn auch deshalb meinem Vater geben, weil der schwerer zufriedenzustellen war als Mutter und so freundlich, wenn das eine von uns schaffte.

Ich liebte die Stunde, die ich täglich am Bach verbrachte, vom kühlen Lehmgeruch des Wassers umweht. Kleine Löcher säumten das Ufer, vielleicht von Waldschnepfenschnäbeln ins Erdreich gebohrt. Nun versteckten sich Spinnen darin und fingen die großen Kohlweißlinge, die in dünnen gelben Schwärmen heranschwirrten, um am Lehm zu nuckeln. Manchmal kam ich vormittags hierher und hörte den Frost von den Bergahornzweigen tropfen und die Spechte auf die Rinde klopfen, weil es so still war. Zweimal schlich ein Rotfuchs über die Straße.

Und einmal kam Kerrin singend vorbei. Sie konnte mich nicht sehen, denn ich saß am Fuß der Uferböschung. Als sich der Gesang entfernte – das Lied handelte von Rizpah und ihrem Sohn in Ketten –, nahm ich meine Mütze ab, damit der Pompon nicht zuerst auftauchte, streckte den Kopf über den Rand der Böschung und sah sie singend dahinlaufen. Unverhüllt flatterte ihr zerzaustes rotes Haar, obwohl Vater sagte, das Frühlingswetter sei gefährlich. (Er ging nie ohne Hut aus dem Haus, wenn ich auch nicht verstand, was ein Hut nützen sollte, da er die Ohren freiließ.)

Beinahe hätte ich nach ihr gerufen und ihr geraten, ihre Mütze holen. Aber die Stimme blieb mir im Hals stecken, und Kerrin bog um den Hügel. Ihr Anblick erschien mir seltsam. Wie sie dahinrannte und sang – beinahe so, als würde sie nicht mehr zu uns gehören. Auch davor war sie nie so gewesen wie wir, aber auf andere Weise. Plötzlich tat sie verrückte Dinge oder gar nichts. Manchmal schlang sie das Essen wie ein halbverhungerter Hund in sich hinein und kaute aus Leibeskräften. Oder sie stocherte auf ihrem Teller herum und starrte aus dem Fenster, während Merle und ich geduldig alles verspeisten, was Mutter vor uns hingestellt hatte. Sie schlief oft mitten am Tag, rekelte sich wie ein Luchs in der Sonne und schlich nachts aus dem Haus, um durchs Moor zu wandern. Das wußte ich, denn einmal hatte ich sie im Morgengrauen zurückkommen sehen, die Beine rot gefroren, mit frostigem Schlamm bedeckt.

Diesmal erschien sie mir sonderbarer denn je, so als würde sie nicht einmal mehr zu sich selber gehören. Ich fühlte mich eigenartig. Damals wußte ich noch nicht, warum, aber es war der Beginn meiner Angst. Vage fürchtete ich, das Leben wäre nicht sicher und angenehm, nicht einmal einfach nur hart und entbehrungsreich, sondern daß es da einen dunklen Grenzbereich gab, der nichts von beidem war, den niemand jemals erklären oder verstehen konnte. An diesem Tag blieb der Tontopf unvollendet. Ich kehrte ins Haus zurück, wo mir die Dinge nicht immer gut vorkamen, aber wenigstens schlicht und begreiflich.

Am 9. April hatte Dad Geburtstag, doch wir waren schon viel früher vorbereitet. Die Tage, wenn auch ereignisreich, schienen im Schneckentempo zu verstreichen. Merle fragte mich jeden Morgen, ob es soweit sei, aber Mutter merkte ihr an, daß sie den großen Augenblick zu verpassen fürchtete, und brachte ihr bei, abends jeden Tag auf dem Kalender abzuhaken. Wir besprachen, welches Essen wir Vater servieren sollten, und wünschten, es könnte etwas von unserer eigenen Ernte sein. Doch die süßen und die weißen Kartoffeln waren noch ungeboren, die übrigen Gemüse begannen eben erst zu keimen. Aber es gab Maispudding und eine Torte aus drei Schichten, mit einer Glasur und so vielen Kerzen wie möglich. Alle siebenundfünfzig konnten wir nicht hineinstecken, sonst wäre die Torte zusammengefallen. Merle schlug uns vor, die restlichen Kerzen drumherum zu stellen, dann würde das Ganze aussehen wie ein brennendes Stachelschwein. Aber Kerrin erwiderte, das sei Unsinn, und riet ihr, das Tortenbacken lieber den Leuten zu überlassen, die was davon verstünden. Mich meinte sie wohl kaum damit, nachdem ich eines Abends steinharte Apfelkrapfen fabriziert hatte, und sich selber auch nicht. Denn sie liebte es zwar, Erdreich umzugraben, aber was dabei herauskam, interessierte sie nicht. Die Möhren brach sie ab, statt sie vorsichtig mit einer Kelle auszubuddeln. Vermutlich fand sie, Mutter würde alles am besten hinkriegen, was natürlich stimmte, und das galt nicht nur für Koch- und Backkünste.

## 4

Der 9. April fiel auf einen Tag, wo das Maisfeld gepflügt werden mußte. Wir waren fast die ganze Nacht beschäftigt gewesen, hatten kaum geschlafen, und so hörten wir Dad wie jeden Morgen um vier aufstehen und nahmen an, sein Herz würde genauso heftig pochen wie unsere. Wie ich mich entsinne, ist es ein merkwürdiger Tag gewesen. Gewitterwolken zogen auf, dazwischen schien eine heiße Sonne, dann drehte ein kalter Wind nach Norden, und lange Lichtstreifen lagen über den wilden Pflaumenbäumen, die kurz vor der Blüte standen. Die Torte war schön und groß. Glasur troff an den einzelnen Schichten herab. Kerrin aß die Teile, die auf den Teller geronnen waren, rührte aber die Kruste nicht an. Das Kunstwerk sah aus wie der Turm von Babel, gekrönt von einem Keks.

Um sechs Uhr abends kam Dad ins Haus und schrie: »Wo bleibt das Essen, ihr Frauenzimmer?« Seine Stimme klang so jugendfrisch und fröhlich, daß wir an ihm hochkletterten, wie wir's wochenlang nicht getan hatten. Auch Mutter sah plötzlich viel jünger aus, und Cale bellte laut, als wäre ein Fremder in unserer Mitte gewesen. Mutter brachte den Schinken, in dem Nelken steckten. Der Duft des braunen Zuckers füllte den Raum und vertrieb die Frühlingskälte, die durch Fensterritzen hereingekrochen war. »Auf dem Nordfeld werde ich Sojabohnen pflanzen«, sagte Vater. »Die sind billig und nahrhaft.«

»Du solltest einen Burschen einstellen, der dir beim Anbauen hilft«, meinte Mutter, »jemanden, der klüger ist als die Leute hier in der Nähe.«

Er starrte sie an, als hätte sie den Verstand verloren. »Max Rathman ist tüchtig genug. Was stimmt denn nicht mit ihm? Um Sojabohnen anzubauen, braucht man keine Lehrbücher, Willa.« Ich sah, wie er zu Merle hinüberblickte, die Cale mit einem Schinkenstückchen fütterte. Ihre dicken, rauhen Hände schoben es in sein Maul. Worte lagen auf Dads Zunge, aber sie blieben unausgesprochen.

»Sicher, für eine Weile ist Max gut genug«, entgegnete Mutter hastig, dann wandte sie sich zu Merle und schüttelte den Kopf, aber erst, als er wegschaute.

»Holen wir jetzt die Torte«, flüsterte ich, wollte ihr helfen, sie hereinzutragen, und die Kerzen anzünden, weil ich auch dran beteiligt gewesen war – viel hatte ich allerdings nicht gemacht, nur ein paar Rosinen in den Teig gestreut. Merle beobachtete mich, um herauszufinden, wann es an der Zeit war, das Gedicht aufzusagen. Ihre Augen verfolgten mich mit der Frage. Dann reichte Kerrin einen großen Bissen Brot zu Cale hinab, und die Worte, die Vater nicht gesagt hatte, drohten jetzt aus ihm hervorzubrechen. Er lief rot an, aber nur ein schwerer Seufzer kam über seine Lippen.

»Was ist denn los?« fragte Mutter. Sie stand draußen beim Vorratsschrank, wo die Torte versteckt war, hatte aber das Geräusch und die Stille danach gehört.

»Ein Krümel ist in Dads Hals steckengeblieben«, erklärte ich.

Dann überließen wir es Merle, die Torte auf dem großen Teller hereinzutragen, und ihr Gesicht sah selber wie eine brennende Kerze aus, strahlend über den winzigen Flammen.

Dad grinste, stieß aber nicht den Freudenschrei aus, den wir erwartet hatten. Er schnitt für uns alle kegelförmige Stücke aus der Torte, für Mutter ein besonders großes, und wir dachten, nun müßten wir ihm die Geschenke geben. Merle sprang auf und schaute mich eifrig an, ihr Mund formte bereits das erste Wort der Ballade. Doch ich schüttelte den Kopf, denn ich dachte, Kerrin wäre gern die erste. Außerdem konnte ich meine Neugier kaum noch bezähmen, wollte unbedingt wissen, was sie die ganze Zeit im Wald gemacht hatte. Danach wünschte ich, der liebe Gott hätte meine Lippen zugenäht, weil Merles vertrauensvolles Gesicht so bittere Enttäuschung widerspiegelte. »Du kommst als erste dran, Kerrin«, sagte ich.

Erfreut, aber auch verwirrt hob Vater die Brauen. Kerrin stand auf, wilde Entschlossenheit im Blick, und zog ein kleines schweres Ding aus ihrer Pullovertasche. Sie hielt es ihm hin, und wir starrten auf ein Klappmesser mit silberner Spitze. »Für dich, Dad!« verkündete sie stolz und aufgeregt. »Sieh mal, was ich kann! Das hab' ich mir selber beigebracht.« Sie ließ das Messer aufschnappen und zielte auf einen kleinen, kaum sichtbaren Fleck am anderen Ende des Raumes, hoch oben an der Wand.

»Gib acht!« rief Dad. »Hör auf!« Er schob seinen Stuhl zurück, versuchte ihr das Messer zu entreißen, aber statt dessen prallte seine Hand gegen ihren Arm. Merle und ich schrien auf, das Messer flog durch die Luft, direkt auf den Kopf des blinden alten Cale zu und zerschnitt seine Nase. »Zum Teufel mit dir!« brüllte Vater, packte Kerrin und schleuderte sie gegen die Wand.

Wütend kreischte sie, sagte gräßliche Dinge, und Merle begann zu weinen. Nur Mutter verfiel auf den vernünftigen Gedanken, Cales Nase mit kaltem Wasser zu betupfen. Aber er knurrte und schnappte nach ihr, das Maul voll rotem Schaum, und so kam sie nicht nahe genug an ihn heran, um ihm zu helfen. Dann hielt Vater ihm von hinten das Maul zu, damit er sie nicht beißen konnte. Die tiefe Schnittwunde blutete heftig, als wäre jede einzelne Ader geöffnet worden. Ich klammerte mich an die heulende Merle und versuchte, sie zum Schweigen zu bringen.

Kerrin kniete neben Mutter nieder und wollte das Blut aufwischen, aber Dad stieß sie beiseite und donnerte, sie solle das Zimmer verlassen. Es war schrecklich, wie sie in hellem Zorn hinausstürmte, schluchzend, die Hände geballt, und ihre Augen ... Merle und ich schrien, als wir den furchtbaren Haß darin lasen. Krachend fiel die Tür zu, und sie rannte hinaus ins Dunkel, obwohl es zu regnen begann und ein kalter Wind ums Haus pfiff.

Wie betäubt stand ich da, wußte nicht, was ich tun oder sagen sollte, und Merle weinte in einem fort. Dann meinte Dad: »Es hat keinen Sinn.« Er hob Cale hoch und trug ihn zur Tür. »Das Mädchen hat ihn umgebracht.« Sie gingen hinaus, Mutter drückte immer noch den feuchten Lappen auf das Hundemaul, und wir hörten, wie sie zu Vater sagte, *er* habe Kerrins Arm aus dem Gleichgewicht gebracht. Danach schloß sich die Tür, und wir verstanden die Antwort nicht, nur seine laute, wütende Stimme drang zu uns.

Merle und ich starrten die aufgeschnittene Torte und das Blut an, und nach einer Weile verstummte unser Schluchzen. Wir liefen zur Tür und lauschten, und im Wind knallten zwei Schüsse. Dann erklang nur noch das Rauschen des Regens in der Dachrinne. »Sperren wir die Hühner ein«, sagte ich, nahm die Laterne vom Wandhaken, und Merle zog Mutters Pullover an. Sie sah so traurig und geduldig aus in dem Sweater, der ihr bis zu den Fußknöcheln hinabhing. Tränenspuren glänzten auf ihren runden Wangen, und ich glaubte, mein Herz würde brechen.

Im Hühnerstall war es kalt und still, und das frische Stroh roch angenehm sauber. Wir hörten, wie sich die Hühner im Schlaf bewegten und mit den Füßen scharrten. In einer Ecke lag ein Heuhaufen aus Unkraut. Darauf setzten wir uns, und ich stellte die Laterne auf den Boden. Langsam rann der Regen die Fensterscheibe hinab, mit sanftem Plätschern, Mäuse raschelten leise. Wir fühlten uns müde und elend, aber hier im Halbdunkel, von schwachen Geräuschen umgeben, fanden wir die Dinge nicht mehr ganz so schrecklich und böse.

»Was glaubst du, wohin Kerrin gegangen ist?« flüsterte Merle nach einer Weile.

»Keine Ahnung. Aber ich nehme an, sie wird bald zurückkommen.« Ich hatte keine Tränen mehr, konnte nicht einmal weinen, wenn ich an den alten Cale dachte. Hoffentlich würden die Eltern ihn nicht draußen auf der Weide begraben oder an einem anderen öden, häßlichen Ort. Ich stellte mir vor, wie die arme Kerrin jetzt durch den Regen stolperte, um sich irgendwo zu verkriechen, unglücklich und wütend wie der Teufel.

»Wahrscheinlich wird's keine Party mehr geben.« Merle drückte sich eng an mich. Ihre ineinandergekrampften dicken Händchen sahen wie Fäustlinge aus.

»Heute nacht nicht. Vielleicht feiern wir morgen oder an einem anderen Tag weiter.« Aber ich wußte, daß es niemals so sein würde, wie wir's uns ausgemalt hatten. Nach einiger Zeit, die uns wegen des schweigenden Dunkels endlos vorkam, ergriff ich die Laterne, und wir schlichen ins Haus zurück.

# 5

Langsam verstrichen jene Jahre. Langsam, weil uns die harte Arbeit eine schwere Last aufbürdete und weil die unvollendeten Dinge und alles, was wir erst einmal lernen mußten, noch viel schwerer wogen. Die Jahreszeiten gingen ineinander über, standen niemals still, doch nichts veränderte sich abrupt.

Es war ein stetiger, allmählicher Wandel – manchmal nicht einmal das, sondern ein ruhiges Hin und Her zwischen den Jahreszeiten, lange Regenperioden im Dezemberschlamm, Aprilwind über dem Winterschnee, späte Erbsenranken, die zum Erntedankfest wuchsen, Sumpfveilchen im Hagel, manchmal weiße Orchideen im Herbst, oder die Bäume vergeudeten schon vor dem Frühling ihre Kraft.

Und dann das Doppelleben, zwei Teile, nicht ineinander verwoben, nicht einmal parallel ... Das eine Leben bestand aus Dingen, die Tag für Tag bereitwillig und ernsthaft getan wurden, manchmal mühselig, aber stets verläßlich – Dinge, die man berühren, deren Existenz man fühlen konnte: die Pfannen und schweren Töpfe, die dikken Tassen, die fünf Betten, die gemacht werden mußten; Dinge, genau so geheimnislos wie die Mittagssonne. Das schlichte, unkomplizierte Leben, das umfangreichere der beiden, ruhig, prosaisch, rational. Und dann das andere, die innerliche Wanderung am Rand der Dunkelheit, die Blicke in schwarze Tore, die Fahndung nach verborgenen Antworten, die irgendwo sein mußten – oder vielleicht existierten sie gar nicht, versteckten sich nicht einmal in dieser Finsternis ... Dieses Unterleben war nicht da, wenn man es aufspüren wollte, und trotzdem erschien es immer wieder, tauchte wie ein Eisendamm durch die festen Schichten der Vernunft und des Verstandes empor.

Die Augenblicke der Selbstsuche, wo ich nachts unter den Eichen stand und fragte: Was? Wer? Was bin ich? – und die Momente, wo das Ich verschwand, verlorenging oder nie dagewesen war ... Wo bin ich, Gott? Der gräßliche Wunsch, alles zu verstehen, die Erkenntnis, daß es Dinge gibt, die weder gut noch böse sind, die man niemals einstufen kann – Kerrins seltsames Wesen – Dinge, die wie Meteoritensplitter auf die Anwesenheit von Welten jenseits des Begriffsvermögens hinweisen. Und dann die Sehnsucht nach Wissensquellen – das Bedürfnis, die Ursachen zu ergründen, was die Wurzel der Religion ist und den Geist durch tückische, dunkle Tunnels führt, ins Nichts. Diese Jahre – geprägt von den düsteren Qualen der Pubertät, jene Zeit, wo ein hinabgefallener und nicht aufgehobener Nagel oder ein verdorbenes Büschel Schafwolle nächtliches Leid heraufbeschwören, beladen mit Angst und Schuldgefühlen. Wenn Träume Zeichen setzen oder verheißungsvoll vorbeiziehen – wenn zwei gekreuzte Zweige oder die Länge eines Schattens bedeutsam und symbolhaft erscheinen ...

Aber im Hintergrund dieser Dinge blieben die Stille der Hügel und die steinigen Weiden bestehen. Manchmal empfand ich Scham bei ihrem Anblick, weil ich ein Mensch war, erfüllt von tausend würmergleichen Gedanken und Selbstsucht, aber noch öfter kamen sie mir vor wie heilkundige Hände.

## 6

Im März dieses Jahres – zehn Jahre nach unserer Ankunft – hingen bleigraue Wolken am Himmel, ein kalter Wind blies die weiße Asche des Obstgartenfeuers nach Osten und verstreute sie. Seit dem 1. Februar hatte es nicht geregnet. Dieses Jahr muß anders werden, dachte ich. Wir haben uns zu lange geplagt und gebetet, als daß es genauso enden könnte wie die vorangegangenen. Die Schulden waren immer noch leere, bodenlose Sümpfe, in die wir Jahr für Jahr unsere Kraft und alles, was sich dem felsigen Land abringen ließ, geworfen hatten, nur um es verschwinden zu sehen, spurlos verschluckt, und dann zurückzukriechen und wieder von vorn zu beginnen. Irgendwie gewann ich die Überzeugung, dieses Jahr würde ein anderes Ende nehmen, ein besseres, und nicht nur einen Wechsel bedeuten, der uns immer noch gefesselt zurückließ, so daß wir von neuem warten mußten.

Das Leben meines Vaters war ein heftiges Bemühen gewesen, uns von der Schuldenlast zu befreien, bis die Anstrengung sogar ihn besiegt hatte. Er wollte uns Sicherheit geben, uns die Ängste und Zweifel nehmen, die ihn stets gepeinigt hatten. Und er wünschte sich eine Zeit, wo er in Ruhe zurückblicken konnte. Voller Besitzerstolz liebte er sein Land – nur weil es ihm gehörte und wegen der Bedeutung, die es einmal für uns haben würde. Nicht so, wie Merle und ich es liebten und immer noch lieben. Wir schätzten es um seiner selbst willen, es weckte Begeisterung in uns, übte eine heilsame Wirkung aus (große Worte und trotzdem viel zu schal), und es erfüllte uns auch mit anderen namenlosen, unerklärlichen Gefühlen.

Damals war das Land Vaters Leben. Das ganze Gewicht seiner Ambitionen, seine Hoffnung und sein gesunder

Verstand hafteten in dem Boden unter seinen Füßen. Diese harte, beschwerliche Arbeit für zweifelhaften Profit war fast das einzige sichtbare Zeichen seiner Liebe zu uns. Aber ich stellte es niemals in Frage.

So wie Kerrin konnte er nicht das Meisterwerk sehen, das die Natur in Form einer Made geschaffen hatte, und sich nicht am Schatten eines Blattes freuen. In dieser Hinsicht waren Merle und ich älter als er, aber jung in unserer Blindheit, weil wir die Last seiner Verantwortung nicht erkannten, seine Furcht nicht ergründeten, die ihn zwang, auf Kosten unseres Glücks nach Sicherheit zu streben.

Manchmal glaube ich, er wäre ein milderer, geduldigerer Mann gewesen, hätte er Söhne gehabt, statt ständig nur Frauenstimmen zu hören. Das Leben ist einsam und isoliert genug, und ohne den Beistand Gleichgearteter wird es noch dunkler. Später sprachen wir nicht mehr soviel, aber in den ersten Jahren gackerten wir wie die Hühner, pausenlos. Es irritierte ihn, wenn wir über andere Leute redeten oder irgend etwas erzählten, was wir erfahren hatten. »Haltet den Mund!« pflegte er zu schreien. »Kümmert euch nicht um Dinge, die euch nichts angehen!« Dafür haßten wir ihn manchmal. Er glaubte auch, wir würden ihm verübeln, daß von allem, was er im Lauf der Jahre zusammengetragen hatte, nur dieses Land übriggeblieben war; aber in Wirklichkeit dachten wir nie darüber nach und freuten uns des alten Hauses, der steinigen Weide, der ungerodeten Wälder. Auch Mutter beschuldigte ihn weder mit Worten noch in Gedanken. Sie wollte dort leben, wo Vater war, mochte es nun das Paradies oder die Hölle sein. Und wie es da aussah, spielte keine große Rolle. Doch seine Seele war so verletzlich, daß er uns alle verdächtigte.

Niemals schien es uns zu gelingen, etwas zu erübrigen.

Was wir sparten, brauchten wir zum Leben. Wir lebten von dem, was wir aßen, was wir dachten. Und außer dem Wechsel der Jahreszeiten und unseren Gedanken gab es nichts Neues. Alle Einnahmen wurden von der Hypothek verschlungen. Es hätte nicht viel dazu gehört, uns glücklich zu machen. Ein bißchen mehr Muße, ein bißchen mehr Geld. Es war die Nähe, die uns quälte – die Nähe des Lebens, das wir uns wünschten. Und Dinge, die mehr kosten, als sie wert sind, hinterlassen einen bitteren Geschmack. Den Geschmack von Salz und Schweiß.

In diesem Jahr kroch der Frühling langsam dahin, wie eine träge versickernde Ebbe. Wieder tauchten die gewundenen jungen Blatttriebe der Farne auf, Alraunen wucherten wie Giftpilze im Gras. Manchmal fühlte ich mich todmüde, und es hätte mich nicht gestört, von einem Robiniendorn durchbohrt und den Würgern zum Fraß vorgeworfen zu werden. Was für einen Sinn hatte das alles letzten Endes? Immer nur enttäuschte Hoffnungen – niemals erfüllte Wünsche – eisgrauer Morgen um vier Uhr – die Kühe und das Dunkel – die Milchkannen riesengroß im nebligen Lampenlicht – ein kalter, windiger Tagesanbruch – Max, der verdrießliche Tölpel – die endlose Kocherei – die schmutzigen Ränder von Eimern – Vaters graue Hemden, den ganzen Tag in Wasser eingeweicht ... Es schien keinen Ausweg zu geben, höchstens im Vergessen.

Aber hin und wieder waren die Tage warm. Zuerst lag Frühling in der Luft, dann zeigte er sich im Leben aller Dinge. Die Ulmen leuchteten grün wie Schwefeldampf oder wie der Staub von einem trockenen alten Schimmelpilz; der wilde Ingwer, immer noch fest an dic Wurzeln geklebt, aber grün mit Silberglanz. Und in der Schlucht fand ich eine zusammengerollte, haßerfüllte Mokassinschlange. Kaltes Frühlingswasser floß über ihre Haut, wieder und wieder, bis mich allein schon der Anblick fast frösteln ließ. Das Erdreich war hart. Mit gesenkten Köpfen kämpften sich die Pflanzen empor.

Vater begann die Felder zu pflügen und rodete dieses Jahr etwas mehr Wald. Wilder Phlox verwandelte sich in Mais. Es war sinnlos zu protestieren. Sogar Merle hatte es aufgegeben, etwas zu sagen. Vier Bäume fielen – Sumpfeichen, die sonderbar und ölig rochen, und Bergahorne. In diesem Jahr ernteten wir keine Pfirsiche. Auf einem Zweig wuchsen nur ein oder zwei Blüten. Aber die Apfelknospen sprossen dick und üppig, die Birnbäume blühten in verschwenderischer Fülle.

»Ein gutes Jahr«, sagten wir, »wenn nichts passiert.« (Ich fragte mich, ob irgendwo auf Erden ein Mensch mit Sicherheit prophezeien konnte, was geschehen würde. Kein Farmer vermochte das.) Ein gutes Jahr, und das Land würde wieder uns gehören. Ich malte mir ein Leben aus, frei von dieser Last, so wundervoll, daß es genügen würde, einfach nur zu leben. Aber wir hatten nur unsere Hoffnung, keinen Glauben – es sei denn, eine starke, beharrliche, unzerstörbare Hoffnung kann Gaube genannt werden.

Eigenartig, wie selten es in diesem Monat regnete. Und wir dachten, der nächste Regenguß würde zu einer Flut führen.

## 7

Als Kerrins Schule in diesem April schloß, graute mir bei dem Gedanken, daß sie nun ihre Tage zu Hause verbringen würde. Irgend etwas schien seit acht Monaten nicht mit ihr zu stimmen, abgesehen von ihrer leidenschaftlichen Selbstsucht und Unzufriedenheit. Die Lehrtätigkeit hatte den dunklen Strom in ihrem Innern, schon bei der Geburt entstanden, nur für eine Weile eingedämmt.

Vier Jahre nach unserer Ankunft hatte sie in der Union County School zu unterrichten begonnen, obwohl sie erst neunzehn gewesen war. Manche Mitglieder der Schulbehörde meinten, sie sei zu jung, obwohl sie ohnehin nur als Ersatz für Ally Hines fungieren sollte. Allerdings galten die Bedenken weniger Kerrins Alter. Wir hatten nie die Kirche besucht, und manche Leute sagten, sie sei »nicht die Richtige für diese Stellung«. Doch man besann sich bald anders. Sie war eine gute Lehrerin und arbeitete so hart, wie es Ally Hines mit ihren vom Krebs befallenen Knochen und ihrem Husten nie geschafft hätte.

Um die Mitte des Jahres war Ally krank geworden, und Kerrin hatte sich um die Stelle beworben. Die Schulbehörde wäre niemals von sich aus an sie herangetreten, aber als man von ihrem High-School-Abschluß erfuhr (auch Ally besaß keine bessere Ausbildung), engagierte man sie, weil man keine andere Möglichkeit sah. Allys Erkrankung hatte die Leute wie ein Blitz aus heiterem Himmel getroffen und ziemlich verwirrt. Wir waren froh – nicht nur wegen des Geldes, das Kerrin für sich behielt, weil es ihr eine gewisse Macht verlieh, obwohl sie sich vielleicht manchmal gezwungen sehen würde, uns etwas zu borgen. Vor allem freuten wir uns, weil sie nicht mehr daheim war.

Selbst wenn sie den Mund hielt oder las – in ihrer Nähe fand ich niemals Ruhe, ebensowenig wie die anderen. Nur draußen auf den Feldern konnten wir inneren Frieden genießen, während sie im Haus saß. Hin und wieder trat ich ein, und ohne sie zu sehen oder zu hören wußte ich, daß sie da war. Genauso wußte ich es, wann immer sie hinausging, auch wenn keine Schritte erklangen. Unabhängig von ihrer Stimmung – es gab Zeiten, wo sie überaus heiter und freundlich war – erzeugte sie eine gespannte Atmosphäre, die niemals verschwand. Ständig fürchteten wir, was sie sagen oder tun mochte.

Sie war eine gute Lehrerin, weil sie all die unruhigen Kinder besser verstand als sonst jemand und sie mit eiserner Strenge, aber auch einer gewissen Nachsicht disziplinieren konnte. Kerrins Erfolg beruhte auf echtem Interesse an ihren Schützlingen. Sie fand es wichtig, daß sie über die Staaten und Gesetze Bescheid wußten, die Jahre, wo dies oder jenes geschehen war, obwohl es ihr nichts ausmachte, wenn sie's selber vergaß. Aus irgendeinem Grund erschien es ihr bedeutsam, ihnen das Geheimnis der Quadratwurzeln zu erklären.

Niemals fragte sie sich selbst, warum sie imstande war, einen so ausgezeichneten, gründlichen Unterricht zu erteilen. Es gibt eine Antriebskraft – eine Energie in der Blindheit, jenen unbekannt, die ständig Fragen stellen, empfänglich sind für alle Eindrücke, die von ihren Gedanken zu Zweifeln geführt werden und von dort durch alle Stadien der vergeblichen Mühe und des Unglücks – bis sie sich wie gelähmt fühlen und nicht einmal den Kindern etwas beibringen, die auf Hohn und Spott verzichten. Aber Kerrin, die alle Gesetze verlachte, fand eine fanatische Freude daran, den Schülern Recht und Ordnung in die friedfertigen Hälse zu stopfen, die sich bereitwillig öffneten. Die Kinder liebten sie, und manchmal nahm sie nach der Schule ein oder zwei mit nach Hause, einfach nur, weil sie darum gebeten hatten. Wenn kleine Jungen kamen, hörte Vater zu arbeiten auf, sprach eifrig und herzlich mit ihnen, zeigte ihnen den Schweinestall und die

Pumpe am Teich, lachte über alles, was sie sagten, ob es nun klug oder dumm war.

Auch Kerrin mochte die Jungs lieber, weil sie nicht so alberne Gesichter hatten und ihre Gehirne schneller funktionierten. Die Mädchen seien schon jetzt Hausfrauen mit lauter Stroh im Kopf, behauptete sie, mit ständig plappernden Mäulern, aber von Konventionen gefesselt. Eine dicke Mauer würde zwischen diesen Kindern und den unbekannten Dingen stehen. Und sie hielt es nicht für ihre Aufgabe, ein Loch hineinzubrechen, durch das sie kriechen konnte. »Lauter Hinterwäldler und sture Farmer«, sagte sie. »Niemals wird ein Lincoln aus dieser Hefe kommen. Vielleicht sind sie schlau genug, um Lehrer zu werden, zu wiederholen, was sie gelesen haben. Warum sollte ich mehr aus ihnen herausholen? Sie wollen nur genug wissen, um mal irgendwo Verkäufer zu werden und sonntags in einem Ford zu fahren, Magazine und Kataloge zu lesen. Wenn sie nach Höherem streben, müssen sie woanders hingehen und sich's beschaffen. Aber keins dieser Kinder wird das jemals tun . . .«

Das stimmte, aber nicht ganz. Die Leute klebten nicht mehr an der Scholle, auf der sie geboren waren. Sie kamen und gingen, kehrten zurück, verließen die Heimat erneut – nicht massenweise, aber in vereinzelten Fällen. Nach langen Jahren in einem anderen Leben suchten sie ihr Zuhause wieder auf, so wie wir, verliehen den alten Dingen neue Züge, sahen sie nicht mehr so wie die Menschen, die mit dem Lärm brüllender Kälber in den Ohren und dem Geschmack von Kuhmist im Mund geboren waren und sonst nichts kannten. Es gab keine Einsamkeit mehr, die nicht durchdrungen wurde, keine völlige Isolation – nur für das innere Ich.

Hätte Kerrin beschlossen, den Kindern die Myriaden

der Lebensfacetten zu zeigen, die Besonderheit des Atems an sich, sie wären nicht so blind und engstirnig geblieben, selbst wenn sie allem so gleichgültig gegenübergestanden hätten, wie sie dachte. Aber vielleicht erkannte sie die Dinge selber nicht, war ebenfalls blind, was sie rastlos stimmte, zu wütenden Launen führte und insbesondere zu einem Leid, das sie ganz allein erdulden mußte.

Ich hoffte, in diesem Jahr würde sie genug Arbeit finden, um ruhiger zu werden, und wünschte, der Schulanfang im August läge nicht so weit entfernt, obwohl wir ihre Hilfe weiß Gott brauchten. Sie war Vater nützlicher gewesen, als sie's selber wußte. Während ihrer Lehrtätigkeit hatten ihn die einzelnen Pflichten doppelt soviel Zeit gekostet wie davor. Langsam und ungeschickt zerrte er am Pferdegeschirr, bis die Tiere nervös umherstampften. Kerrin schob schnell und energisch die Kandaren an ihren Platz, nicht erst nach mehreren zögerlichen Versuchen. Mit einer Art verächtlicher Sicherheit. Zu Mittag warf sie das Maisfutter in den Stall, freundlich und doch wütend, weil sie sich über die Freßgier der Pferde ärgerte. In ihrer Abwesenheit lag der Mist knöcheltief in den Boxen, denn Vater fand keine Zeit, ihn zu entfernen. Aber dieses Jahr schien sie nach Schulschluß alles zu vergessen, was sie sonst getan hatte, und arbeitete nur, wenn wir sie dazu drängten.

Immer wieder wünschte ich, wir könnten von der Kraft profitieren, die sie an ihren Haß verschwendete, an ihre Suche nach etwas, das sie selber nicht zu benennen wußte. Doch diese Kraft allein hätte uns kaum geholfen. Auch wenn wir neun Farmen bewirtschaftet hätten, wäre weniger als der Ertrag eines einzigen Morgens Land für uns persönlich übriggeblieben. Kerrin kümmerte sich nie darum, ob der Schuldenberg kleiner wurde oder nicht. Für sie war unser Grundbesitz nur der Ort, wo sie wohnte, einsam wie Berggipfel oder Inseln.

Den Großteil ihrer Zeit verbrachte sie, so wie in der Kindheit, mit Büchern, las offenbar alles, was sich in den Regalen häufte. Da lag sie, und ihr hartes, gebräuntes Gesicht warf einen Schatten auf die aufgeschlagene Seite. Sie verschlang die alten Bücher, die Großvater gehört hatten. Darin mußte man lange blättern, bis man neue Absätze oder Bilder fand. Diese Werke waren mit obskuren Philosophien angefüllt, düster wie die Einbände und vielleicht sogar noch dauerhafter. Stundenlang las sie, hörte nicht – wie Merle und ich – bei einer bestimmten Seite oder zu einem gewissen Zeitpunkt auf, um das Geschirr zu spülen oder die Erde im Garten umzugraben. An Regeln oder Zeiten fühlte sie sich nicht gebunden, bedachte auch nicht, daß ihre Augen zu schmerzen beginnen könnten. Und sie glaubte mit fast religiösem Fanatismus, die Dinge müßten so sein, wie es in den Büchern stand, wenn sich jemand die Mühe machte, sie ernsthaft niederzuschreiben und in gebundener Form der Menschheit zu übergeben.

Selbst wenn wir mehr Geld besessen hätten, wäre Kerrin wohl kaum zufrieden gewesen. Sie trug die Wurzel ihrer Unrast mit sich herum, und diese Wurzel war nicht von jener Art, die das Ich antreibt, zu Leistungen anspornt und mit Sehnsucht erfüllt, sondern ein giftiges Gewächs, das seine Stärke vergeudete, indem es sich in unfruchtbaren, steinigen Boden hineinfraß. Ich wußte, daß sie sich Liebe wünschte – keine, wie wir sie ihr schenken konnten, sparsam und altjüngferlich. Die Hoffnung auf Vaters Liebe hatte sie längst aufgegeben. Nun träumte sie von der Liebe eines Mannes. Darin wollte sie das Bild widergespiegelt sehen, das sie sich von ihrer eigenen Person machte und das auf diese Weise zur halben Wahrheit werden konnte.

Diese wilde Rastlosigkeit hatte sie sogar nach dem ganztägigen Schulunterricht abends veranlaßt, die Milch zu holen, die Dinge zu erledigen, die sich in den vergangenen Stunden angehäuft hatten wie ein Müllberg, nachts mit den Farmern auf Fuchsjagd zu gehen oder allein durch Sumpfgras und Unkraut zu waten, die zerfurchten Straßen entlangzuwandern bis zum Morgen. In solchen Nächten krümmte ich mich fröstelnd im Bett oder kauerte am Fenster, besessen von dem seltsamen Drang, sie kommen und gehen zu sehen. Ich fand erst Schlaf, wenn der leere Mondfleck auf ihrem Bett ausgefüllt war, wenn silbernes Licht auf ihre knochigen, glatten Arme fiel.

Manchmal fühlte ich mich leer und durstig, träumte von wilden, unmöglichen Dingen, wurde aber leicht davon abgelenkt, durch die Gestalt eines Schattens oder einen Topf auf dem Herd, auch von trockenem Humor, der meine Phantasie bewog, das Ende der Vision zu sehen. Nicht einmal in Aprilnächten, schwer vom Duft der Trauben, oder unter dunklen Bäumen konnte mein Gehirn die unausweichliche Mittagssonne vergessen.

## 8

Dieses Jahr ging ich an Vaters Geburtstag zu der alten Steinmauer, wo Cale beerdigt worden war. Merle und ich hatten Steine aufeinandergehäuft, um eine Art Grabmal zu errichten, und wilden Ingwer dazwischen gepflanzt. Manchmal sahen wir Kerrin den Hang hinaufgehen, und einmal, vor Jahren, hatte sie auf den Steinen gesessen und geweint. Wir schlichen davon und taten so, als hätten wir sie nicht bemerkt. Es erschien uns seltsam, denn wir selber hatten nach jenem Abend nie mehr geweint und den Hund doch so sehr geliebt, als er noch am Leben gewesen war – viel mehr als Kerrin, wie wir glaubten. Jetzt bin ich mir nicht mehr so sicher. Auf sonderbare Weise schien sie die Dinge nicht wahrzunehmen oder zu schätzen, aber Jahre später entdeckten wir lebendige, leidenschaftliche Gefühle in ihr, unter einer dünnen Schicht aus Gleichgültigkeit verborgen.

Die Steine waren von Wurzeln auseinandergerissen worden, und der wilde Ingwer überwucherte sie mit Blättern, die an wilden Efeu erinnerten. Unten auf der Straße sah ich Kerrin und überlegte, ob sie zum Grab kommen würde. In mancher Hinsicht entwickelte sie eine sonderbare Sentimentalität und spielte kleine Rollen, auch wenn niemand zuschaute, nur sich selbst zuliebe. Es hätte ihr ähnlich gesehen, an diesem Tag Cales letzte Ruhestätte zu besuchen. Doch sie ging weiter zur Scheune und blickte nicht einmal herauf.

Wir feierten Vaters Geburtstag nicht mehr, aber ich hätte ihm gern etwas aus dem Wald mitgebracht, irgend etwas Albernes, eine Knospe oder einen Stein – nur um ihm zu zeigen, daß ich mich an seinen Geburtstag erinnerte. Doch es ist schwierig, triviale Dinge zu verschenken. Außerdem fragte ich mich, ob es mich überhaupt freute, daß er geboren war, ob ich einen Grund hatte, diesen Tag besonders hervorzuheben. Hätte ich Geld für ein Geschenk ausgegeben, würde er sich wie immer wegen des Preises sorgen oder mißtrauisch fragen, woher ich es hatte, und befürchten, man würde uns wegen einer Zehn-Cent-Krawatte die Farm wegnehmen.

Also ließen wir den Geburtstag verstreichen, ohne viel

zu sagen. Wahrscheinlich war ihm die Bedeutung dieses Tages gar nicht mehr bewußt, der sich allerdings durch ein besonderes Ereignis von den anderen unterschied.

Abends kam Vater müde nach Hause. Merle schnitt gerade dicke Schalen von den Kartoffeln ab, den Kopf wie immer voll seltsamer Dinge, an die sie dachte oder die sie sich gemerkt hatte, und so nahm sie gar nicht wahr, was sie tat. Geistesabwesend lächelte er sie an, mehr aus Gewohnheit, jener Zeit entsprungen, wo sie noch klein gewesen war und ihr Haar wie verfilztes Unkraut vom Nacken abgestanden hatte, als aus freundlichen Gefühlen heraus, die er jetzt empfand. Er wandte sich zur Mutter, warf seinen Hut auf den Tisch und strich über sein feuchtes, zerfurchtes Gesicht. »Max kommt nicht mehr. Es scheint sich nicht zu lohnen, für mich zu arbeiten.« Er starrte sie an, als hätte sie Max vertrieben oder die Aufgabe, ihn hier festzuhalten, falsch angepackt.

Doch sie bemerkte weder seine bittere Stimme noch die Anschuldigung. Ihre einzige Sorge galt der Frage, welche Bedeutung dies für Max und ihn haben würde. »Was ist los, Arnold? Was stimmt denn nicht mit Max?« Sie sah ihn krank, schwer verletzt, von einem Wagen überfahren, bereits auf dem Totenbett. Stets führte sie das Leben anderer, als hätte sie kein eigenes.

»Mit dem ist alles in Ordnung. Er geht zum Straßenbau, weil er da mehr verdient, und läßt mich im Stich. Wenn er pflügte oder auf den Maisfeldern arbeitete, bekam er einen Anteil von der Ernte. Ich hatte kein Geld, um ihn zu bezahlen. Jemand muß es für Naturalien machen.«

»Vielleicht kannst du den Mais in diesem Herbst verkaufen und eine Arbeitskraft einstellen?«

Vater lachte. Es klang mehr wie ein höhnisches Schnaufen, so als freute es ihn, sie auf einen Irrtum hinzuweisen.

»Wenn die Felder gute Erträge abwerfen, werden auch alle anderen viel ernten. Das Land wird im Mais ertrinken. Wie soll man das vorher wissen?« stieß er erbost hervor. »Man müßte imstande sein, alles zu verkaufen, was man anbaut. Irgend jemand braucht es ganz sicher. Eine Farm sollte sich ebenso bezahlt machen wie eine Straße. Die ernährt keinen Menschen!« Er sah alt aus – alt und kindisch, den Tränen nahe. Seine Wut war schrecklich, doch die fürchteten wir nicht so sehr wie seine Verzweiflung.

»Vielleicht kann Christian Ramsey zu uns kommen«, schlug Mutter vor, sprach langsam, schien sich zögernd durch seine Gedanken zu tasten.

Grob brüllte er sie an: »Bei dem ist alles überschwemmt, der Bach ist über die Ufer getreten! Wie soll er da noch zehn Morgen mehr bearbeiten?«

»Dann könnte dir Grant Koven helfen.« Mutter wußte, daß nichts so überwältigend oder endgültig war, wie er's zu glauben schien. Wenn er erst mal abwarten würde, statt zu schreien, hätte er möglicherweise nach absehbarer Zeit gar keinen Grund mehr dazu.

»Nein.« Kategorisch verwarf er ihre Vorschläge, als wären das alberne Ideen, die ihm schon vor Stunden gekommen waren und die er sinnlos gefunden hatte. Er starrte auf seine Hände, mürrisch und erschöpft, sein Zorn verrauchte. Dann wandte er seinen Kopf ruckartig zu Merle, sah die zur Hälfte geschälten Kartoffeln und den Abfall und fragte, wann das Essen fertig sei. »Am besten bald«, murmelte er. »Heute abend gehe ich zu den Kovens.«

Ich war froh, daß Kerrin nicht da war. Sie legte Wert darauf, bis zur Essenszeit draußen zu bleiben, in den Scheunen oder auf den Feldern. Manchmal kam sie nicht einmal, wenn wir uns an den Tisch setzten, und aß allein, heimlich und heißhungrig. Mit bloßen Händen schöpfte sie den Süßkartoffelsirup aus der Schüssel, rieb die Bratpfanne mit abgerissenen Brotstücken aus. Schließlich hörte Vater auf, nach ihr zu fragen, musterte sie skeptisch, wenn sie eintrat und verdächtigte sie irgendwelcher verborgener Machenschaften. Niemals konnte ich mich an seine krankhafte Ungeduld gewöhnen, Haß und Mitleid peinigten mich unentwegt. Schon früher, als wir noch jünger gewesen waren, hatte ich manchmal am Tisch gesessen und ihn beobachtet. Er saß da, ließ ein paar Bissen auf seinem Teller zurück, sagte nicht viel, und sein müdes Gesicht trieb mir oft Tränen in die Augen. Aber sofort haßte ich ihn wieder, wenn er sich plötzlich zu uns wandte und schrie: »Eßt, Mädchen! Spielt nicht herum!« Und die ganze Zeit spürte ich unsere Schultern, schwer wie Felsgestein auf seiner Seele – vier Menschenleben, die er überallhin mitschleppen mußte. Und kein Geld.

Kerrin sagte einmal, er erinnere sie an den verrückten König Lear und sie frage sich, ob dessen Töchter wirklich im Unrecht gewesen seien. »Er war ein wilder alter Mann und schon halb wahnsinnig. Wie konnten sie mit so einem vernünftig reden?« Sie hatte das Drama mit düsterem Vergnügen gelesen, einzelne Seiten auswendig gelernt – vor allem die kalten, rationalen Worte Gonerils und dann, mehr um des Lärms willen, das Geheul Edgars auf der Heide. Jetzt erleichterte es mich, daß sie nicht hier war. Sonst hätte sie Vater beobachtet und über ihn nachgedacht, während er dasaß, mit den Fingern auf das Tischtuch trommelte, nicht hungrig, aber erschöpft und ungeduldig. Gleich nach dem Essen ging er zu den Kovens.

Ich hatte Grant nie gesehen, aber Merle schon, als sie noch klein gewesen und er zu uns gekommen war, auf der Suche nach einem entlaufenen Pferd. Sie erinnerte sich kaum daran, wußte nur noch, daß er einen müden Gaul geritten und ihn bei der Scheune hatte stehenlassen, um seinen Weg zu Fuß fortzusetzen. Sie gab dem Tier zu trinken, dann kam er zurück und verwendete das restliche Wasser, um ihm den Kopf und die Flanken zu waschen. Er habe Hände, groß wie Schaufeln, sagte sie, sonst sei ihr nichts aufgefallen.

Kerrin würde sich an alles erinnern, sogar seine Kleidung, an seine Worte, auch die unausgesprochenen. Er sei etwa einunddreißig, erklärte Mutter, und fünf Jahre von daheim weggewesen, habe nach dem Schulabschluß auf Ranches und in den Bergwerken gearbeitet, sei aber jetzt auf die Farm seines Vaters zurückgekehrt. Bernard Koven war Prediger gewesen, dann hatte er ein Stück Land gekauft. Er wollte wieder Farmer werden, solange er noch etwas Geld und genug Kraft besaß, um es zu nutzen. Es war nur Weideland, und man konnte nichts anderes darauf anbauen als Wollkraut. Die Kovens hielten Ochsen und Schweine, züchteten keine Milchkühe, taten nichts von den Dingen, die Vater begonnen hatte und für die er sich jetzt abrackerte, und jedes einzelne war zuviel für einen Mann allein.

In dieser Nacht wanderte ich in den Wald, zum Teich. Es war kühl und windig, fast zu kalt für einen Regenguß. Die Frösche quakten ohrenbetäubend im Wasser, wie gakkernde alte Weiber, verstummten aber bei meiner Ankunft. Nur ein einziger Gedanke beschäftigte mich. Würde Grant zu uns kommen? War er so wie Vater? Ich fand es schwierig, mir einen anderen Mann vorzustellen, insbesondere einen jüngeren. Seltsam – vielleicht würde jemand in unser Leben treten, der außerhalb dieses Countys und dieses Staates einiges gelernt und gewisse Dinge gesehen hatte, statt nur darüber zu lesen. Das hatte auch Dad getan. Aber nun erschien es mir so, als hätten die zehn Jahre auf der Farm die Vergangenheit ausgelöscht und er würde sich nur geringfügig von den anderen rings um uns unterscheiden – den Ramseys und Huttons und Mayers, die eine Menge wußten, aber alles nur von ihrer Scholle aus betrachteten.

Es war bitter kalt, der Boden sogar am Ufer hartgefroren. Nirgendwo Frühling, sogar die wilden Pflaumenbäume schwächlich wie schmutzige Spinnweben. Trotzdem fühlte ich mich freudig erregt, von namenloser Hoffnung erfüllt. Dieses Jahr, dachte ich, wird anders sein – besser. Ich stand lange genug ganz still da, so daß die Frösche glaubten, ich wäre gegangen. Sie begannen wieder zu grunzen und zu knurren, und dann erhob sich der schrille, irrwitzige Chor, wie lärmende Speerspitzen, um wenig später erneut zu verhallen.

## 9

Vor Grants Ankunft dachte ich oft an ihn. Aber Merle wirkte nur mäßig interessiert und hoffte, er würde nicht zuviel essen. Kerrin sagte gar nichts über ihn. Vielleicht wußte sie nicht einmal, daß er kommen würde. Sie war nie da, wenn über dies oder jenes geredet wurde, und später tat sie so, als hätten wir uns gegen sie verschworen, um ihr etwas zu verheimlichen.

Als ich sie in jenen Tagen einmal anschaute, verfiel ich auf einen seltsamen Gedanken. Wenn ich wie sie aussähe und wüßte, nichts könnte etwas daran ändern, weder Krankheit noch Angst, weder ein Unfall noch das Alter – dann wäre es mir egal, was geschah, dann könnte mir nichts mehr Kummer bereiten. Sie war schön, auf düstere, sonderbare Art, mit straffer, kühler, brauner Haut und wilden Fohlenaugen. Manchmal drehte sie ihr Gesicht vor dem Spiegel hin und her, fuhr mit beiden Händen durch ihr Haar, das irreal wirkte, wie roter Glanz. Sie reckte den Hals, um zu sehen, wie das Licht glatt und sirupsüß auf ihren Wangen schimmerte. Und ich fand es traurig, daß ihre ganze Schönheit nur an uns vergeudet wurde – daß nur ein paar tolpatschige, schüchterne Burschen oder verheiratete Farmer sie zu sehen bekamen.

Ich kam mir kleinmütig und niederträchtig vor, weil ich sie beneidete und mich nach einer Schönheit sehnte, die sich niemals ändern würde. Nicht einmal mir selbst mochte ich das eingestehen, aber es war so. Oft fragte ich mich, wie Menschen, die gemordet oder böse, abscheuliche Dinge getan hatten, weiterleben konnten mit ihrem Wesen, von dem sie dazu getrieben worden waren und das immer noch in ihnen steckte wie ein ekliger Wurm, wie ein Krebsgeschwür. Aber nun begann ich zu erkennen, wie einfach es war, Entschuldigungen zu finden. Wie erstaunlich gütig und tolerant wir uns selber behandeln! Welch eine unendliche Geduld haben wir mit dem eigenen Ich!

Als ich mich im Spiegel betrachtete, entdeckte ich nur unzulängliche, matte Züge. Ein heller Fleck ohne Leben in der Haut, ein Mund wie ein waagrechter Schnitt. Ich war unansehnlich – o Gott, so langweilig! Aber ich hatte schon häßlichere Leute gesehen, mich nicht so sehr daran gestört und manche sogar geliebt. Damit versuchte ich mich zu trösten, entsann mich jedoch, daß sie *starke* Gesichter besaßen. Uns – vor allem mich – empfand ich wie eine Krankheit auf dieser Welt, verglichen mit anderen Dingen. Unser Leben, unsere Häuser, unsere Gedanken – eine Art Krankheit, von der Erde erduldet. Diese grotesken, morbiden Überlegungen suchten mich häufig heim in der unerträglichen Reinheit jenes Frühlings.

Doch mich bewegten auch andere Gedanken, mehr im Zusammenhang mit Grants Ankunft. Hin und wieder vergaß ich sogar den Ärger über Kerrins Rückkehr angesichts grüner Ulmen und der zartfarbigen jungen Bergahornblätter. Die Pappelkätzchen öffneten sich zuerst an den Spitzen der Zweige und glichen schaukelnden Eichhörnchenschwänzen. Und die oberen Hülsen fielen herab, während die unteren Äste noch keimten, und die wachsgelben Schnäbel lagen im Gras. Ich wünschte, wir könnten vom Anblick solcher Dinge leben (das wäre viel billiger, meinte Merle), aber sie sind nur Stückwerk, können nicht alle befriedigen. Die meisten Leute gehen blind wie Neugeborene durchs Leben – eine unheilbare Blindheit, denn das Sehvermögen existiert, wird aber nicht genutzt. Doch als Merle und ich hierher aufs Land gezogen waren, hatten wir geglaubt, unsere Herzen wären winzig und geschrumpft. Denn sie fühlten sich so prall gefüllt an, obwohl unsere Augen all die Schönheit nur einen Atemzug lang getrunken hatten. Wir fragten, ob sie bis zum Jahresende wachsen oder platzen würden, weil sie all die Nächte und Tage in sich aufnehmen mußten, die Veränderungen von Stunde zu Stunde, sogar von Minute zu Minute, wenn Wolkenschatten die Hügel hinauf- und hinabglitten.

In jenen frühen Jahren hatte es Merle und mir genügt, zu lesen und zu essen und auf dem Land zu leben. Schon am ersten Tag schlugen wir Wurzeln wie die beiden miteinander verwachsenen Zwergeichen auf der Nordweide, die aus weißem Gestein aufragten und sich im Herbst lackrot färbten. Wir nannten sie Zwillinge, und ihre kurzen inneren Zweige schlangen sich ineinander, so daß sie wie ein einziger Baum mit zwei Stämmen wirkten.

Niemals wandelte sich das Leben ganz plötzlich, und es gab keinen Moment, von dem man behaupten konnte, er habe uns grundlegend verändert. Wir glichen dem organischen Wachstum der Tage, die sich aufbauten wie Korallenriffe, aus unzähligen Dingen zusammengesetzt. Der Augenblick der Abendluft zwischen dem Herd und dem Brunnen draußen – das Geräusch des Windes, der heulend an den Fensterrahmen zerrte – das Fleisch der Maiskörner – Angst, solche Angst vor den Laternenschatten – Angst vor der Hypothek – kalte Milch und saure rote Bete – grüne Bohnen und Maisbrot, in unseren Mündern zerkrümelt – wieder Angst – und die Stimme Kerrins, die im Kälberstall vor sich hinsang – das Gefühl der Sicherheit in Mutters Nähe – der stille Glaube, der in ihr lebte und warm aus ihr herausstrahlte – unser Beisammensein, lustvolle Lebensliebe, das Wissen, daß es einen Morgen geben würde und zahllose andere Tage, jeder ein eigenes Leben, jeder für sich genug ...

Und wir wurden ergänzt von den Schatten der Blätter und den Blättern an sich – den bläulichen Wellen über dem Schnee und dem rasselnden Schrei des Eisvogels, wenn die Gewässer zufroren. Wir waren die harten, dicken grünen Erbsen, die Merle erst spät sammelte, so daß sie die Kraft der morgendlichen Erde aufnahmen und bis zum Abend noch größer anschwollen, ohne unsere Mühe, nicht auf unsere Kosten, was uns seltsam und fast zu gütig erschien – wie ein Wunder, um das wir nicht gebeten hatten. Sie waren ebenso ein Teil von uns wie der Anblick weißknochiger Bergahorne, die sich vor dem Himmel abzeichneten, oder die Wolken, wie Dampf über den Wipfeln schwebend. Mit den Gedanken an die Eigenart unseres Wesens konnten wir Stunden verbringen, als würden wir durch ein Labyrinth reisen, und dieses Rätsel genügte unseren Gehirnen während jener Tage, um ständig rastlos auf die Suche zu gehen, hungrig und niemals satt; ach ja, das Geheimnis der Steckrüben, du hast das Steckrübenblatt vergessen.

Kerrin hatten diese Dinge niemals zufriedengestellt, auch nicht in anderen Jahren. Von wilder Unruhe getrieben, ritt sie durch die Nächte, während wir dasaßen und lasen. »Wo ist Kerrin?« pflegte Vater zu fragen, las ein Kapitel, dann spähte er wieder hinaus ins Mondlicht. »Warum hältst du sie nicht im Haus zurück, Willa?« warf er Mutter vor. »Wie kannst du wissen, was sie da draußen macht? Kein Mädchen dürfte nachts im Freien sein.« Bei Einbruch der Dunkelheit war er müde, wollte früh zu Bett gehen, manchmal schon um acht, doch er blieb auf, bis Kerrin zurückkam, oft erst um neun oder zehn. Wir hörten die Ackergäule schnauben und am Zaun entlanggaloppieren, dann die Hufschläge des Rotfuchses auf den Straßensteinen, eine Viertelmeile entfernt, sein schrilles, erschöpftes Wiehern.

»Da ist sie«, sagte Mutter. »Nichts ist ihr passiert. Geh jetzt schlafen, Arnold.«

Und wenn sich die Hufschläge näherten, klappte Vater sein Buch zu, das seit einer halben Stunde ungelesen vor ihm lag, und ging nach oben. Er hatte gelernt, daß er ihr in solchen Momenten nicht gegenübertreten, nichts zu ihr sagen konnte. Und er erinnerte sich an jene Nacht, wo sie zum erstenmal so lange weggeblieben und er zu ihr hinausgestürmt war, um Erklärungen zu verlangen, die er nie bekommen hatte. Vor Zorn schrie er unartikuliert, als sie weder antworten noch ins Haus gehen mochte. Sie verbrachte die Nacht in der Scheune, schlummerte im Heu aus trockenem Unkraut, vielleicht bequemer als wir, unglücklich und schlaflos in unseren Betten.

Oft denke ich an den Morgen nach jener Nacht. Es war ein kalter Apriltag, Nebelschleier hingen über dem Dach des Schafstalls. Wir sahen Kerrin aus der Scheune kommen, dürre Unkrautstengel im Haar. Gähnend streckte sie sich im Sonnenlicht, das den Nebel durchdrang, und schlenderte in die Küche, nachdem Dad gegangen war.

Wir blickten uns an und erschauerten, glaubten aber, das läge am Nebel, der sich an unsere Kleider klammerte und sie mit feuchter Kälte durchtränkte. Vor dem Herdfeuer schlugen wir auf die Röcke und versuchten, die Nässe zu verscheuchen. Wortlos setzte sich Kerrin an den Tisch, das Heu steckte immer noch in ihren Haaren. Eine Gänsehaut überzog ihre Beine, nachdem sie durch das Gras gewatet war. Sie beobachtete uns, um abzuwarten, was wir sagen würden, doch wir fuhren einfach nur fort, unsere Kleider zu trocknen, und interessierten uns viel mehr für den üppigen Geruch des gebratenen Specks, den Haferbrei auf der Herdplatte. Mutter brachte ihr ein Stück Speck, eine Scheibe Toast und Milch, von Sahne gekrönt, und forderte sie auf, ihre Sachen am Herd trocknen zu lassen. Wir merkten ihr an, daß sie hoffte, Vater würde sehr lange draußen bleiben.

Kerrin aß heißhungrig wie ein Wolf, bestrich ihr Brot dick mit Marmelade, und als sie es verspeist hatte, löffelte sie die Marmelade aus dem Glas, in hoch aufgetürmten, bebenden Häufchen. Geduldig verzehrten Merle und ich unseren Haferbrei, der in Milch schwamm. Vage kam mir der unvollendete Gedanke, wie viele Stunden voll Sonnenlicht, Erntearbeit und Ofenhitze all das gebraucht hatte, was Kerrin innerhalb weniger Minuten in sich hineinschlang, was nun ein Teil von ihr wurde, ihr Kraft gab, um zu hassen, zu schreien und Tränen zu vergießen. Und ich fragte mich, wie Mutters fester Glaube damit zurechtkam, denn die Dinge schienen sich heftiger zu verzerren denn je. Aber ich fand keine Zeit, um diese Überlegungen abzuschließen – was vielleicht gut war, denn es gab keine Antwort, zumindest keine, die ich gefunden hätte. Denn in diesem Augenblick trat Vater auf die Schwelle und starrte uns an.

Er war ein großer, schwergewichtiger Mann, und sein Gesicht hing in langen, dünnen Falten herab. Das früher so dichte rote Haar bildete nun schüttere, traurige Büschel. Einmal hatte er es bis in den Kragen hineinwachsen lassen und dadurch etwas freundlicher ausgesehen, wie ein Priester. Aber meistens rasierte er seinen Nacken und glich einem Außerirdischen. Er besaß frostige Augen – weißblau, mit wild funkelnden Pupillen. Manchmal liebte ich ihn, wenn er lächelte – wahrscheinlich, weil es so selten geschah. Er bevorzugte Merle und mich – teilweise, weil uns das Land so viel bedeutete, was seine Mühe zu rechtfertigen und ihn irgendwie zu trösten schien. Vor allem liebte er Merle, und er pflegte zu sagen, sie hätte einen guten Jungen abgegeben. Aber er versuchte nicht, sie wie einen Sohn zu behandeln, denn er dachte, nichts könnte ein Mädchen verändern. Er betrachtete uns über eine neblige Schlucht hinweg, die nach seiner Meinung zwischen ihm und allen Frauen klaffte, und glaubte, der Ort, wo sie sich umherbewegten und dies oder jenes taten, läge weit entfernt – und vielleicht würden sie irgendwann den Abgrund überqueren, um einen Mann zu heiraten, könnten aber jederzeit auf die andere Seite zurückkehren. Nur Mutter sah er nicht durch Nebelschwaden, sondern ganz klar – zumindest ihre äußere Erscheinung. Wenn sie jenen Frauenort heimlich wieder aufsuchte, merkte er es nicht, denn in ihren Augen war die Ehe etwas, das nur wenige Männer verdienten – eine Religion und die Bereitschaft, lebenslang nur zu geben statt zu nehmen.

Er schien Kerrin nicht zu sehen, oder er hatte sie vergessen, vielleicht wäre sie ihm überhaupt nicht aufgefallen, hätte sie den Mund gehalten und sich gekämmt, statt die Heuhalme im Haar zu lassen. »Max kommt heute nicht«, sagte er, »er ist krank.« Als er die Milchkanne auf den Boden stellte, schaute er Kerrin an und wollte etwas sagen, doch dann errötete er, wandte sich hilflos und ärgerlich ab. Mutter fragte, wieviel sie am Morgen erledigt hätten, und er entgegnete, nicht einmal ein Drittel der ganzen Arbeit. Max sei so langsam, murmelte er, und außerdem müsse er auch daheim sehr viel arbeiten. Die Rathmans würden ebenfalls Mais anbauen. Falls der sich nicht verkaufen lasse, könnten sie ihn lagern . . .

»Warum baust du nicht was an, das sonst niemand hat?« platzte Kerrin heraus. »Irgendwas, das uns mehr Geld einbringt als dein Mais!«

»Du willst zu viel – und zu schnell.« Seine Stimme klang kalt und ruhig, Lichtjahre von ihrem schrillen Jammerton entfernt. Er sprach wie mit einem kleinen Hund, der zu laut kläffte und dem er vermutlich bald einen Tritt versetzen würde.

Ich sah, wie Mutter ihn angespannt beobachtete und ihn ermahnte, nicht mit Worten, sondern mit ihren Augen. Sei vorsichtig . . . Sei vorsichtig . . . Schau sie nicht so an! Dabei betete sie stumm, das wußte ich. Laut sagte sie, mit gleichgültiger Miene, später könne er es vielleicht mit Sellerie versuchen, der sei allerdings schwer zu züchten, wachse aber nirgendwo in dieser Gegend und müsse öfter bewässert werden, als sich das irgend jemand zeitlich oder finanziell leisten würde.

»Und wer soll das Wasser schleppen?« erkundigte sich

Dad. Weniger eine Frage als verächtlicher Hohn. Sein Gesicht zeigte den üblichen müden Ausdruck, den es immer annahm, wenn wir mit ihm stritten, den Blick eines Gehetzten, zum Kampf gegen Dinge gezwungen, die es gar nicht wert waren – einen Blick, der verriet, wie sehr die Frauen seine Nerven strapazierten.

»Das kann ich machen!« rief Kerrin in plötzlichem Eifer.

»Dann wollen wir mal sehen, was du kannst.« Er schob seinen Stuhl zurück, saß lachend da. Das Gelächter klang unangenehm und dünn, ärgerlich und nach innen gekehrt, als würde es einem anderen unsichtbaren Mann in seinem Innern gelten, der ihn verstand und bemitleidete. Nur selten fluchte er laut, denn er dachte, das würde sich vor seinen Töchtern nicht schicken. Doch die Blasphemie war da, drohte in ihm zu bersten, ihn zu vergiften.

Merle und ich schlichen aus dem Haus. Die Nebelschleier waren emporgestiegen, und wir konnten ins Tal hinabschauen, wo die Pfirsichbäume in spärlichem Rosa zu blühen begannen, mit dünnen Blüten. Aber die wilden Pflaumenbäume sahen aus wie üppige Wolken. Hinter den Nebengebäuden bildeten sie eine lange Reihe, und wir gingen hin, vorbei an frischen, dampfenden Dunghaufen, an den großen Schweinen, die im Schlamm scharrten. Clytemnestra, die alte Muttersau, starrte uns in dumpfem Argwohn an und grunzte leise, neun dichtbehaarte Ferkel folgten ihrer breiten Schlammspur. Ringsum stank die Luft, roch aber auch nach frischem Gras. Wir hatten das Gefühl, eine drückende Last wäre von uns abgefallen, kletterten über den Zaun, rannten schnell wie der Wind und stolpernd über die Taschenrattenwiese. Wir wollten den Wald erreichen und uns in den dürftigen grünen Schatten verstecken. In den Senken wuchsen zarte Gänseblümchen, bläulich angehaucht, als würden sie von Frost oder Nebel umhüllt, und sie bedeckten den Boden so dicht wie die Grashalme. Wir gingen am Teich vorbei, wo bereits die schleimigen Eier der Frösche und Salamander zusammenklebten, durchsichtig und rund, wie schwarzgefleckte, aneinandergedrückte Tapiokakugeln. Merle hob eins auf, legte es in ihre Hand, aber es schlüpfte davon wie ein dicker, glitschiger Fisch und schien sich beinahe zu winden. Wir warteten und schauten uns um, entdeckten aber keinen Frosch, der sich aufplusterte, um zu quaken, und nichts, was zu leben schien, außer den schwirrenden Käfern, die umherschossen und ihre Spuren auf der Wasserfläche hinterließen wie Schlittschuhkratzer auf dem Eis.

An den Traubeneichen hingen Quasten, aber die lassen sich nicht beschreiben. Wir standen einfach nur da wie zwei Baumstümpfe, sahen uns alles an und dachten, irgend etwas würde in uns brechen, denn wir fühlten uns zu vollgestopft und zu schwer, um noch mehr aufzunehmen. Dann kniete Merle im Gras nieder und begann, Gänseblümchen auszureißen, fast wütend, in dicken Büscheln. »Da sind so viele. Niemand wird welche vermissen, und wenn ich tausend pflücke.« Auch ich riß einige aus, und es schien den Schmerz zu verscheuchen, wenn man die Finger fest um die Stengel klammerte, obwohl man wußte, daß sie sterben würden . . .

An einem Felsenbirnenbaum fanden wir eine Fledermaus, die kopfüber herabhing wie der Leib einer gigantischen Motte, und das goldbraune Fell strahlte ein metallisches Licht aus. Glühendes Orange. Wir spähten in die Stachelbeersträucher und sahen die Eintagsfliegen tanzen wie Pollenstaub, und unter den Holzapfelbäumen bewegten sich welke Blätter, wo irgendein Tier einen Tunnel gegraben hatte. Aber es zeigte sich nicht, und so konnten wir nicht feststellen, ob es eine Maus oder ein Maulwurf war.

»Schau!« wisperte Merle atemlos und zeigte auf eine Färbereiche, ausgehöhlt von einer Krankheit, mit großen, angeschwollenen Rindenklumpen. Ich sah den kalten Blick gestreifter Eulengesichter. Junge mit steinernen Augen. Und ich glaubte, vor Aufregung platzen zu müssen, wollte schreien und wagte doch nicht, mich zu bewegen. Seit unserer Ankunft hatten wir das Nest gesucht und gewußt, es müßte sich irgendwo in der Nähe befinden, hatten die alten Eulen schreien und einander antworten hören, sogar im Tageslicht und an frühen Abenden.

Ich dachte, mein übergroßes Glück müßte für den Rest des Lebens reichen und alle schlimmen Dinge wettmachen wie diesen Morgen in der Küche, die verdrehten, mißgestalteten Dinge, die meine Tage in Haufen voll beißender Ameisen verwandelten. Und dann überlegte ich – wie so oft, wenn der Wald alle Probleme zu lösen und alle Wunden zu heilen und meinem Leben einen Sinn zu geben schien, mehr als genug, daß wir ihn verlieren könnten nach einer Dürre oder einem verregneten Jahr oder nach einer zu guten Ernte, wenn auch alle anderen genug verkaufen konnten. Ein paar Krakel auf einem Blatt Papier würden uns hundert Morgen Land rauben, unser Leben. Wieder einmal schnürte mir diese Furcht die Kehle zu, wie eine bösartige Hand.

»Was ist los?« wollte Merle wissen. Wahrscheinlich vermochte sie meine Gedanken zu lesen, als stünden sie mir deutlich im breiten, glatten Gesicht geschrieben. Sie kaute an einem Zweig, und das Licht in ihren Augen war erloschen. Über dem Nebel der Judas- und wilden Pflaumenbäume, in bewegten Sonnenflecken schwebten Bussarde mit breiten Schwingen dahin oder erhoben sich widerstrebend aus dem Gebüsch, und ihre roten Hälse sahen nackt und wund aus. Derselbe Gedanke grub sich in unsere Köpfe.

Aber nur wahnsinnige Menschen fürchten sich unentwegt, Tag und Nacht, tragen einen tiefen Kanal in ihrem Kopf, durch den alle Gedanken reisen müssen. Und da wir damals so vernünftig und normal waren wie die makellose Rundung eines Tellers, glichen sich die düsteren Gefühle und das Vergessen dieser Ängste aus, und wir grübelten genauso wenig darüber wie die jungen Kälber. Wir beobachteten, wie die Mittagssonne alle Schatten verkleinerte, und plötzlich fühlten wir uns ganz leer, gepeinigt von einem Hunger, den keine Furcht verscheuchen, den kein wilder Ingwer stillen konnte; und Merle hoffte, es würde Brötchen geben – ganz große, mit harten, knusprigen Spitzen. Und das Gebäck war wichtiger und begehrenswerter als alle Berge dieser Welt.

## *10*

Jetzt liegt das alles keineswegs hinter uns, wir sind ihm weder entwachsen, noch wurde es aus unserem Leben entfernt. Es steckt immer noch in uns, hat sich nur in der Form verändert. Ich stelle mir gern vor, daß die Jahre einen verändern, neue Wertmaßstäbe setzen, aber wie ich zu erkennen beginne, bewirkt die Zeit nichts weiter, als das Wesen eines Menschen zu vergrößern, ohne Mutation. Man bekommt eine Chance – mehr als das, sie wird einem sogar *aufgezwungen* –, in aller Stille allein zu sein. In die Vergangenheit und in die Zukunft zu schauen und alles ganz klar zu sehen. Die rückliegenden Jahre zu betrachten, die essentielle Einsamkeit und die Gleichförmigkeit der Jahre. Die schreckliche Ordnung von Ursache und Wirkung. Die Wurzel führt zum Stengel, zum unvermeidlichen Wachstum, und derselbe Keim gleitet durch das Gewebe verschiedener Jahre, gezeichnet wie die Zweige von den unausweichlichen Narben des Gedeihens.

In den ersten Jahren war es nicht schwer gewesen, zu vergessen, auszugehen und zurückzukommen, die Dinge leichtzunehmen, manchmal niedergedrückt von schweren, aber letztendlich bezwingbaren Schatten. Offenbar schaffte es nur Merle, eine fast kindhafte Freude in glücklichen Augenblicken zu empfinden, ohne an deren Ende oder Anfang zu denken. Im Lauf der Jahre hatte sie sich kaum verändert. Während dieses Frühlings lebten immer noch zwei parallele Wesenszüge in ihr – die klare, manchmal messerscharfe Vernunft, so hell und gesund wie ihre Haut, und daneben die verletzliche Feinfühligkeit, dunkler Aberglaube, kindische Angst. Sie war so alt und zugleich so jung, daß man sie nur schwer verstehen konnte, andererseits aber auch schlicht, auf seltsame Weise. Offen und ehrlich wie das Tageslicht, besaß sie, was ich mir immer wünschte – den Mut, so zu leben, wie es ihren Überzeugungen entsprach.

So oft gehen wir mit der Schmalseite voran durchs Dasein, tragen ein Schild vor uns her, und die Hälfte unseres Lebens ist eine Lüge. Und vor Gericht verschweigen wir die zweischneidige Wahrheit, verhüllen sie wieder. Ich wünschte, wir wären wortkarg, sparsam mit Lob, würden immer nur aussprechen, was wir für richtig halten. Nur so können wir echte Wertmaßstäbe besitzen. Merle näherte sich diesen Idealen, wenn auch nicht willentlich, sie war einfach ehrlich *geboren*. Niemals kämpfte sie halbherzig gegen gesichtslose Schatten, maskierte Gestalten, die sie nicht zu benennen wagte, sondern sie nahm die Dinge so, wie sie waren, und bog sie dann zurecht. In ihrem Leben schien sie zu bestreiten, was ich immer als wahr betrachtet hatte – daß Liebe und Furcht gemeinsam wachsen, mit fast mathematischer Präzision: je größer die Liebe, desto größer die Angst. Merle hatte die Hypothek gehaßt, aber nie gefürchtet, obwohl sie die Farm ebenso liebte wie ich, wenn nicht noch inniger. Ich dachte, falls wir uns jemals vom Schuldenberg befreien sollten, dann nur mit Hilfe ihrer Hartnäckigkeit und ihres Hasses. Zumindest kam es mir in jenem Frühling so vor. Man glaubt so gern, irgendwo Kraft zu finden.

## *11*

Mitte April, an einem kalten, trockenen Tag, kam Grant zu uns. Der Tag unterschied sich nicht von den anderen – die Wiesen leuchteten grün, die Holzapfelknospen feurig rot, und die Hagedornblüten öffneten sich, aber der Boden war rissig von der Dürre, und die Pflanzen krümmten sich unter der Mühe, geboren zu werden. Ich sah ihn die Straße heraufgehen, und Vater eilte ihm entgegen. In unserem Leben geschah so selten etwas Neues, daß nicht einmal all die späteren Ereignisse seine Ankunft aus meiner Erinnerung vertreiben konnten. Damals gab es kaum etwas anderes, woran ich denken konnte.

Grant war älter, als ich geglaubt hatte, und anfangs erschien er uns merkwürdig, mit kantigen Umrissen, groß und dünn. Wie Kinder starrten wir zu seinem Gesicht hinauf. Seine Stimme klang freundlich, beinahe uralt, und oft lächelte er ganz unvermittelt. Wir merkten ihm seine Verlegenheit an, aber wie ich feststellte, stand er ruhig und unverkrampft da, nicht steif und angespannt wie die meisten Menschen, die sich unbehaglich fühlen. »Er hatte Angst und wollte die Flucht ergreifen«, meinte Merle hinterher. »Ich sah, wie er unter der Sonnenbräune feuerrot wurde.« Aber auf mich hatte er sehr gelassen gewirkt.

»Ich bin froh, daß Sie da sind, Mr. Koven.« Mutter sprach so förmlich mit ihm, als wäre er ein Priester oder Sheriff, aber sie lächelte, und man merkte ihr an, daß sie es ernst meinte.

»Es ist wundervoll, einen *neuen Menschen* hier zu haben«, platzte Merle heraus.

Da lachte Grant laut und herzhaft und sah gleich viel jünger aus. »Ihr macht's mir leicht, und ich freue mich auf die Arbeit.«

Vater wußte nichts zu sagen und tat so, als hätte er nichts gehört, und ich konnte nur albern nicken, als ich Grant vorgestellt wurde. Kerrin war nicht da. Sie wollte ihn auf andere Weise kennenlernen als wir und zog es vor, Zeitpunkt und Ort selbst zu wählen.

»Das wird ein gutes Jahr«, meinte Vater schließlich. Das sagte er immer, wenn Worte erforderlich waren und wenn ihm nichts Besseres einfiel. »Einen ertragreichen Herbst hätten wir bitter nötig, und die Familie kann diese ganze Arbeit unmöglich allein schaffen.«

»Ja, weiß Gott, wir brauchen eine gute Ernte«, bestätigte Grant. »Wir haben's satt, nur Schalen statt Mais zu verfüttern.«

»Allmählich wird man's leid, die Garbenbündel hin und her zu drehen, bis man endlich ein paar Kolben findet«, bemerkte Merle. »Und die meisten sind nicht zu gebrauchen, verfault oder vom Brand befallen. Was wir den Stieren vorwarfen, getrauten wir uns gar nicht anzuschauen, und wir taten einfach so, als wäre es Mais.«

Grant grinste. »Jedenfalls sieht's wie Mais aus. Das redete Dad seinen Färsen so lange ein, bis sie's glaubten.«

»Da müssen ihre Mägen laut genug geknurrt haben, um ihnen den Blick zu trüben«, erwiderte Merle. »Und wenn man sieben Färsen hat ...«

»Kommen Sie mit in die Scheune«, fiel Vater ihr ins Wort. »Es ist spät, und es gibt noch eine ganze Menge zu tun.« Für ihn war es immer spät, sogar um sieben Uhr morgens. Wahrscheinlich glich sein Schlaf einem Wettlauf zwischen Dunkelheit und Tageslicht, und seine Stiefel standen stets griffbereit auf dem Stuhl neben seinem Bett.

»Bald essen wir zu Mittag«, erinnerte ihn Mutter. Zu Ehren von Grant hatte sie eine besonders gute Mahlzeit vorbereitet, und sie wußte, daß Vater sich oft verspätete oder überhaupt vergaß, ins Haus zu kommen, wenn sie nicht hinausging und ihm Bescheid gab. Er wurde hungrig und dann mißgelaunt, weil er hungrig war, dachte aber nicht über die Ursache nach.

»Eine Neuheit sind Sie nur ein einziges Mal«, sagte Merle zu Grant. »Also wird Ihretwegen nur einmal ein Pfirsichglas geöffnet. Am besten essen Sie heute, soviel Sie nur können.«

»Wer hat Pfirsiche gekauft?« wollte Dad wissen und lief vor Mißtrauen feuerrot an, aber Mutter lachte nur.

»Das Glas ist vom letzten Jahr. Und die Pfirsiche hast du selber gepflückt.«

Verlegen stapfte er davon, und ich fragte mich, was Grant denken mochte. Würde er sich an diese ständige Feilscherei gewohnen? Oder kannte er sie bereits aus eigener Erfahrung?

»Es braucht keine eingemachten Pfirsiche, um mich

mittags ins Haus zu locken«, erklärte Grant. »Wenn man hungrig genug ist, schmeckt sogar Schweinefutter.« Er lächelte uns alle der Reihe nach an, dann folgte er Vater.

»Der wird eine ganze Menge essen«, seufzte Merle. »Wo er doch so riesengroß ist ... Wir hätten niemals beschließen sollen, ihn hier zu verköstigen.«

»Das wird ein gutes Jahr«, entgegnete Mutter. »Und wir haben genug zum Essen, wenn auch zuwenig zum Anziehen. Irgendwie kriegen wir ihn schon satt.« Aber sie schaute besorgt drein, dann verschwand sie in der Speisekammer, um die restlichen Einmachgläser zu zählen, als würden sie sich irgendwie vermehren, wenn sie das oft genug tat.

»Genug zum Essen ...« Unentwegt kreisten diese Worte in meinem Gehirn, mit einer eigenen Erinnerung verknüpft, obwohl ich sie oft genug gehört hatte, so daß sie nichts mehr bedeuteten. »Ihr Farmer habt wenigstens genug zum Essen ...«

Und dann entsann ich mich des Mannes, der vor Jahren hierhergekommen war, und das alte Grauen kehrte zurück – die Furcht, auch noch aus diesem letzten Schlupfwinkel verjagt zu werden.

*

Er war im Herbst nach unserer Übersiedlung aufgetaucht. Schon damals glich die Hypothek einem Stein, den wir ständig in unseren Seelen herumschleppten. Bitterkeit lag in der Saat und im Reifen, ganz gleichgültig, wie gut die Ernte sein mochte (und in jenem ersten Jahr wog sie so schwer wie alle Eichenstämme zusammen, war so üppig wie das Unkraut). Denn die ganze Mühe brachte uns nur das Privileg ein, die Arbeit noch einmal leisten zu dürfen, und wir hatten nichts weiter vorzuweisen als ein kleines Zeichen auf Papier. Und dann das Bedürfnis, die schreckliche Sehnsucht nach Beständigkeit und Sicherheit; zu spüren, daß einem das Land gehörte, das man pflügte und bestellte, über das man mit krummem Rücken ging, daß es einem nicht von einer hingekritzelten Ziffer unter den Füßen weggezogen werden konnte.

Daran dachte ich manchmal, wenn die Obstgärten zu blühen begannen, wenn sich ihr Grau in den weißen Pelz entlang der Pflaumenbaumzweige verwandelte und die Pfirsichbäume in rosigem Licht schimmerten. Und ich dachte daran, wenn sich die Pfirsichblüten röteten, wenn man vom Rand des Schweinepferchs in ein Tal voller weißer Gischt hinabschauen konnte, wo die hohen Birnbäume wuchsen. Ich kratzte mit einem Fingernagel über den Zaunpfosten und überlegte: Wenn jemand genauso über ein Blatt Papier kratzt, dann verlieren wir das alles, und ein winziger Kratzer ist größer als das Tal mit all seinen Bäumen. Nach der Ankunft des Mannes wurde die Angst noch schlimmer, noch bedrückender.

Es war im Oktober, und an jenem Morgen brachten wir den Hühnern saure Milch. Wir blieben neben dem Zaun stehen und sahen ihn die Straße heraufkommen. Langsam ging er am abgeernteten Pflaumendickicht vorbei, an den mittlerweile kahlen Traubeneichen und schaute sich immer wieder um, schien aber nicht viel zu erblicken. Wir beobachteten ihn, albern wie zwei Ferkel, halb und halb auf dem Sprung, um davonzulaufen, aber neugierig genug, um auszuharren. Während er sich dem Gatter näherte, bemerkten wir, daß er zwei dünnhäutige Säcke über der Schulter trug. In einem steckte ein Klumpen, der immer wieder gegen seinen Rücken schlug. Leberflecken übersäten seine gelbliche Haut, und er erweckte den Eindruck, als wäre er eben erst aus einem dunklen Keller geflohen.

»Wo ist euer Dad, Mädchen?« Seine Stimme klang müde und unangenehm.

Ich zeigte zur Scheune, Merle gaffte ihn an. Sein zu enger Mantel reichte ihm nur bis zu den Knien, mit einem schwarzen Samtkragen, wie Dad ihn vor langer Zeit einmal getragen hatte. Die rote Nase lief ihm, und er wischte sie an seinem Ärmel ab. Vater kam heraus und fragte, was er wolle – in einem Tonfall, als hätte sich der Neuankömmling bereits als Dieb entlarvt.

»Brauchen Sie Hilfe?« wollte der Mann wissen. »Gibt's noch irgend etwas zu ernten oder umzugraben? Oder könnte ich was in Kisten packen und behalten, was übrigbleibt?« Er holte ein paar Süßkartoffeln aus einem Sack, vertrocknete, verschrumpelte Knollen mit Fäulnisflecken, aber teilweise eßbar. »Die hab' ich auf der letzten Farm gekriegt. Nicht viel, was? Aber für ein Plätzchen zum Schlafen, irgendwo im Stall . . .«

Vater unterbrach ihn: »Warum vagabundieren Sie hier herum?«

»Ihr Farmer habt immer genug zum Essen. Und ich muß eine Familie ernähren.«

Ich fürchtete mich vor ihm, und gleichzeitig tat er mir leid. Er sah so ausgemergelt aus, wie von Würmern zerfressen, und offenbar war er nicht an lange Fußmärsche gewöhnt. Am liebsten hätte ich ihm geraten, nicht so herausfordernd mit Vater zu reden, und erklärt, dies sei die falsche Art, um etwas zu bitten. Ich sah, wie Dads Miene einen kalten, stahlharten Ausdruck annahm. Daß der Mann die Schuld an seinem Schicksal nicht bei sich selbst suchte, sondern beim Leben oder den Menschen oder Gott, nahm Dad sofort gegen ihn ein. Das ist Blasphemie, dachte er, wenn dieser Kerl irgendwas anderes für seinen Hunger verantwortlich macht und nicht sich selbst. Ich wollte den Mann warnen, aber ich konnte es nicht, stand nur da und gaffte, während die saure Milch aus der übervollen Kanne auf meine Schuhe schwappte.

»Hier brauche ich keine Hilfe«, erwiderte Vater. »Ein Farmer muß genauso sparen wie jeder andere. Wir rakkern uns nicht ab, weil es uns Spaß macht, irgendwas zu verschenken.« Er starrte den Mann an – oder das, was einmal ein Mann gewesen war und jetzt nur noch wie ein schwacher Schatten wirkte. »Verschwinden Sie!«

Ich glaube, er wollte den Mann einfach nicht auf seinem Grund und Boden sehen, schäbig gekleidet, mit gelbsüchtiger Haut und Rotznase. Er sah aus, als wäre er krank bis in die Tiefen seiner Seele hinein, und vermutlich erinnerte er Vater an die Gefahr, die ihm selbst gedroht hätte, wären wir nicht vom Land gerettet worden – und an alles, was immer noch geschehen konnte.

Der Fremde verfluchte ihn, dann trottete er den Weg zur Straße hinab, kroch davon wie ein Wesen, das weder Mensch noch Tier war – höchstens eine elende, schmutzige Fliege.

»Ein verlogener Faulenzer.« Dad wandte sich ab und kehrte in die Scheune zurück.

»Wir hätten ihm was geben sollen«, sagte Merle, und ich dachte an all die gelagerten Kartoffeln, die übereinandergehäuften Möhren, die vor sich hinwelkten. Ich fürchtete den Mann, doch den Klumpen in meiner Kehle, von heftigem Mitleid erzeugt, ertrug ich nicht. Nein, ich mochte ihn nicht davongehen sehen mit diesem schlaffen Sack, in dem ein paar vermoderte Kartoffeln steckten.

»Überqueren wir das Feld, dann können wir ihn auf der Straße einholen«, schlug ich vor. »Verstecken wir ein paar

Sachen in meinem Pullover.« Merle hatte Angst. Vielleicht glaubte sie, er würde uns entführen oder ermorden. Davor graute auch mir. Wir schlichen in den Keller, und ich raffte einige Kartoffeln an mich. Merle ergriff Möhren und einen Apfel. Wir kletterten über den Zaun, rannten über das Feld. Es war schlammig, und wir kamen mühsamer voran als im tiefen Schnee. Zweimal fiel sie hin, und ihr Gesicht wurde ganz schmutzig. Sie weinte, und ihr fehlte der Atem, um nach dem Mann zu rufen. Dann sahen wir ihn um die Straßenkurve biegen, hörten ihn vor sich hinschimpfen, und der Mantel, an dem Windstöße zerrten, klebte eng an dem armseligen Etwas, was von ihm übriggeblieben war. »Mister!« schrie ich, aber er hörte meine schwache Stimme nicht, die so klang wie in einem fernen Traum. Unbehaglich und keuchend stand ich da, die Kartoffeln unter meine Arme geklemmt. Erfüllt von Angst und Scham, hätte ich nicht noch einmal rufen können. Bald verschwand er aus unserem Blickfeld.

*

Nie konnte ich sein gehässiges, krankes Gesicht und das Mitleid vergessen, das ich für ihn empfunden hatte; und die Angst vor dem Schicksal, das ihn getroffen hatte, kehrte manchmal so qualvoll zurück, als hätten wir ihn erst gestern im Wind davongehen sehen. »Guter Gott!« sagte ich wie in einem Gebet, ohne zu merken, daß ich laut sprach.

Merle wandte ihr gerötetes Gesicht von den kochenden Möhren ab. »Was ist los?« fragte sie, schien es aber zu wissen, ohne daß ich's ihr erzählen mußte. Heftig schüttelte sie den Topf über der Flamme und knallte den Deckel darauf. »Die Kartoffelernte war schlecht in jenem Jahr, und wir hatten selber nicht viel!« fügte sie herausfordernd hinzu. Das war keine Entschuldigung, an die sie glaubte, denn sie kannte dieses alte, abgenutzte Argument, das wir nur um des lieben Friedens willen zu benutzen pflegten. Gewisse Dinge blieben in ihrem Gedächtnis haften und verletzten sie, aber sie konnte sie leicht vergessen, und sie verdarben ihre glücklichen Augenblicke nicht. Ich wünschte, ich könnte so wetterwendisch sein und würde es meinen alten Ängsten nicht gestatten, sich in mir auszubreiten und sogar zu beflecken, was ich liebte.

Sie öffnete ein Glas mit Maiskörnern, schraubte widerstrebend und doch freudig erregt den Deckel ab. Den Mann hatte sie bereits wieder vergessen. Grinsend schnüffelte sie am süßen Maisgeruch. Die Körner, immer noch goldgelb, schwammen in milchigen Fasern. »Fünfzehneinhalb Kolben«, verkündete sie, »alles für dieses kleine Glas. Hätte ich auch die Würmer dazugetan, wäre es noch voller geworden.« Sie kostete einen Löffel und schüttete den Rest in einen Topf. »Hoffentlich schmeckt's ihm. Jetzt werden wir lange kein Glas mehr aufmachen.«

»Es ist gar keins mehr da«, entgegnete ich. »Es war das letzte.«

»Wir bekommen ja auch nicht jeden Tag einen neuen Arbeiter«, warf Mutter hastig ein. »Und irgendwann muß der Mais ja gegessen werden.« Sie freute sich sichtlich auf den jungen Gast. Seltsam, wie wenig sie sich in jenen Jahren verändert hatte, trotz aller Mühe, Überlegungen und Enttäuschungen ... Vielleicht, weil sie das Leben langsam anging und auf etwas vertraute, das man weder spüren noch sehen konnte, an dessen Existenz man aber nicht zweifelte.

»Nicht jeden Tag ein neuer Arbeiter, Gott sei Dank!« murmelte Merle. »Dieser Topf wird ihn nicht einmal bis zu den Kniekehlen anfüllen, vom Rest ganz zu schweigen. So große Männer sollten lernen, was Billigeres zu essen – etwas, das man tonnen- oder sackweise kaufen kann, wie ganze Kolben oder Heu. Der Allmächtige hätte mit diesen Knochen etwas knausern sollen, aber dafür ist's jetzt zu spät.«

## 12

Ich erinnere mich gern an dieses Mittagessen. Kerrin kam nicht ins Haus, und wie immer fühlten wir uns freier und wohler ohne sie. Sogar Vater wirkte weniger ungeduldig und besorgt. Er verspeiste zwei eingemachte Pfirsiche und vergaß zu fragen, wie viele noch übrig waren. Eine ganze Hälfte legte er auf sein Brot und lächelte über den süßsauren Geschmack.

Grant war keineswegs ein umgänglicher Mann, und es lag ihm auch nicht, ständig Spaß zu machen. Er sprach nicht so schnell und laut wie Merle, aber er nahm bereitwillig die neuen Eindrücke auf, und er wußte seine Geschichten sehr lebendig zu erzählen.

Er redete mit Vater über all die alten Argumente und Theorien, die wir zu gut kannten, um noch länger darüber zu debattieren oder sie auch nur anzuhören; indem er Dad hin und wieder zustimmte, gab er ihm das Gefühl, endlich Unterstützung zu haben. Er besaß auch eine Art trockenen Humor, manchmal bitter, aber nie bösartig oder kleinlich. Später lernte er, sich mit Merle auf seine eigene Weise zu unterhalten, aber damals war sie ihm noch nicht so vertraut, und so lachte er nur über die Dinge, die sie sagte.

Ich saß da und beobachtete sie, während sie sprachen. Zweimal häufte Merle Maiskörner auf seinen Teller, trotz der Mißgunst, die sie zuvor in Worte gefaßt hatte. Die Sonne malte lange, warme Streifen auf den Boden, und in ihr Goldgelb zeichneten die Geranienschatten ein Muster. Wenn wir unsere Gläser berührten, glitten weiße Lichtkreise über die Wände und die Zimmerdecke, und die Kristallschüssel mit den Pfirsichen warf Regenbogenfarben auf das Tischtuch. Das Essen schmeckte gut, besser denn je, und Mutter hatte einen Biskuitzopf mit Rosinen gebacken. Ich vergaß zusammenzurechnen, was die gekauften Zutaten gekostet haben mochten, freute mich am Zucker und an der Zimtkruste.

Tief atmete Grant den würzigen Duft ein, dann schüttelte er den Kopf. »Für die meisten Dinge gibt es Worte, aber für das da fällt mir keins ein. Jedenfalls glaube ich, daß ein Mensch auf dieser Seite des Jordans nicht näher ans Paradies herankommen kann.«

»Auf der anderen Seite vermutlich auch nicht.« Merle brach ein Stück von dem Biskuitzopf für ihn ab, der immer noch heiß war und gelb glänzte.

Grant nahm einen großen Bissen, und nach drei weiteren hatte er das ganze Kuchenstück verschlungen. »Köstlich«, versicherte er munter, »aber alles Lob, das aus einem Mund kommt, sollte nicht so viel bedeuten, wie das Essen, das er verschluckt. Essen – das ist viel ehrlicher als Worte.«

»Dann müßte Max ein Schreihals sein«, seufzte Merle. »Er fraß wie ein Schwein und sagte nie was, wenn auch ein Grunzen genügte.«

»Die Frauen sind viel zu versessen auf Worte.« Mit einem schwachen Grinsen lehnte sich Vater in seinem Stuhl zurück. »Sie lassen sich gern erzählen, was ein

Mann einfach sehen kann. Allein von Worten werden sie dick und rund.«

»Im August wirst du dir wünschen, das würde stimmen«, erwiderte Merle. »Da wird es mehr Worte geben und weniger zu essen.« Sie schaute zu den Feldern jenseits der Scheune hinaus, wo der Wind kalten Staub aus den Furchen hochwirbelte.

»Der Mai müßte uns mit gewaltigen Wasserfluten verwöhnen. Hör zu nörgeln auf und gib dem Regen eine Chance. Drei dürre Jahre hintereinander, das war noch nie da, und jetzt habe ich einen tüchtigen Mann, der mir hilft!«

»Wie wär's mit einem Trinkspruch, obwohl wir uns nur mit Wasser zuprosten können?« schlug Merle vor. »Eine größere Ehre kannst du Grant derzeit nicht erweisen.«

Vater hob sein Glas und schenkte uns allen jenes plötzliche Lächeln, das wir so selten sahen. Dann schob er seinen Stuhl zurück, während wir noch ganz überrascht dasaßen und kaum glaubten, was er getan hatte. »Eine gute Mahlzeit, Willa«, sagte er, dann wandte er sich rasch zu Grant. »Jetzt müssen wir gehen. Wir sind spät dran und haben schon zu viel Zeit verschwendet.«

Grant stand auf und straffte die breiten, ein wenig wie Geierflügel geschwungenen Schultern, dann streckte er die langen, dünnen Arme aus. »Für mich war das keine vergeudete Zeit«, antwortete er. »Jetzt könnte ich einen ganzen Berg umpflügen.«

»Die *Berge* sind das, was sie sind«, murmelte Dad. »Felsblöcke und steiniger Schlamm . . .« Aber er schaute nicht grimmig drein und zeigte einen ganz neuen Eifer.

# 13

Ich fragte mich, wie wir in den Jahren vor Grants Ankunft allein zurechtgekommen waren. Er wohnte bei uns, nahm seine Mahlzeiten mit uns ein, nur an manchen Sonntagen besuchte er die Farm seines Vaters. Dad war stolz auf ihn und tat so, als würde die Kraft des jungen Mannes ihm selbst zum Ruhm gereichen; als wäre sie sein Verdienst.

Locker schienen die langen Glieder an Grants starkem Körper zu hängen. Merle und ich fragten uns oft, wie er es schaffte, diese baumelnden Gelenke und Knochen fest genug zusammenzuhalten, um so viel und so hart zu arbeiten. »Er sieht aus wie ein magerer alter Baum mit langen Ästen«, bemerkte sie einmal.

Dad fuhr blitzschnell zu ihr herum. »So was darfst du nicht sagen!« schrie er. »Grant sieht gut aus – besser als die meisten!«

Vielleicht habe er recht, erwiderte Merle, und solange Grant seine Pflicht tue, könne er aussehen wie ein Zaunpfosten, das würde sie nicht kümmern. Aber für einen Mann sei er tatsächlich recht attraktiv, und man müsse bedenken, daß die Männer nichts tun könnten, um hübscher zu *erscheinen*, so wie die Frauen. Dad starrte sie an, aber offenbar verstand er nicht, was sie meinte. Aber weil sie lächelte, hielt er ihre Worte für schmeichelhaft genug und nahm nicht an, daß sie spottete.

»Die Männer sind alle gleich«, behauptete Merle. »Und Grant ist auch nicht anders. Sie gleichen sich wie die Fische in einem Teich, und allein schon, weil sie geboren sind, halten sie sich für Götter.«

So redete sie, nicht bösartig, aber im Brustton der Überzeugung, bis er eines Tages zu Mittag heraufkam und sie gerade die Wäscheleine spannte. Er ging müde und langsam, so wie Dad, aber seine Miene wirkte lebendiger. Er lächelte nicht oft, aber warmherzig und gewinnend, und dann strahlte sein ganzes Gesicht. (». . . als würde er eine Kerze anzünden«, sagte Merle.) Er hatte ein Feld gepflügt und sah halb verhungert aus, das Hemd schweißnaß.

Auch Merle war erschöpft, und ihre durchdringende Stimme klang immer schwächer, bis ihr Gesang nur noch ein Krächzen war. Sie wandte nur kurz den Kopf zu ihm. Schwerfällig sank er auf die Eingangsstufen des Hauses, so wie Vater es immer tat als wollte er nie wieder aufstehen. Sie wrang die Geschirrtücher aus, dann zog sie Hemden hoch und ließ sie über den Rand des Trogs hängen, damit er sehen konnte, daß es seine waren. Sofort sprang er auf, kam zu ihr und forderte sie auf, ihr den Rest der Arbeit zu überlassen. »Ich habe jetzt Zeit, gib mir die alten Fetzen.«

Das Blut stieg ihr in die Wangen, und beinahe wäre ihr eine unhöfliche Antwort herausgerutscht. »Was ist los?« begann sie und wollte hinzufügen: Hast du's so eilig mit dem Essen? Aber im letzten Moment schluckte sie's runter. Er packte drei Hemden auf einmal, wrang sie alle zusammen aus, brach ein paar Knöpfe entzwei. Dann warf er sie über die Leine und trat grinsend zurück, hochrot im Gesicht und verlegen. Merle setzte sich auf die Stufen, lehnte am Geländer und sagte, jetzt solle er die Arbeitsanzüge aufhängen. Sicher hielt sie ihn für ein bißchen verrückt, hoffte aber, er würde die Arbeit zu Ende bringen, ehe der Bann brach. Grant wrang alles aus, bis die Tröge leer waren, und sie starrte ihn an wie einen seltsamen Dinosaurier oder Dämon. Ich beobachtete ihren Sinneswandel, spürte, wie ihr Herz schmolz. »Du kannst mehr als die meisten«, gab sie zu. »Daß du ein Mann bist, ist vielleicht doch nicht der einzige Grund, warum du lebst.«

»Aber ein sehr guter.« Lachend schaute er sie an, dann fragte er, warum sie nicht ins Haus gehe, um zu kochen.

»Du hast dich umsonst angestrengt, wenn du mir nur deshalb helfen wolltest. Marget hat sich schon ums Essen gekümmert.« Sie fauchte ihn an, war aber nicht böse und meinte auch nicht ernst, was sie sagte. Als sie davonging, sah ich, wie er ihr nachschaute, ein frohes Lächeln im müden Gesicht.

## 14

An diesem Nachmittag begleitete ich ihn auf die Weide. Das hätte ich nie getan, aber er hatte den Wasserkrug dort vergessen und brauchte noch mehr. Jeden Vormittag trank er fast eine Gallone.

»Komm mit und hol den Krug«, sagte er. »Laß Merle das Geschirr abwaschen. Sie hat sich ja schon ausgeruht.« Dann eilte er hinaus, ehe sie ihn mit Spülwasser bespritzen konnte. (Aber ich bezweifelte, daß sie's getan hätte, nachdem der Wasserspiegel des Teichs gesunken und er nurmehr zwei Fuß tief war.)

Wir gingen die Straße am Bach entlang, und er redete mit mir, als würde ihn meine Gesellschaft wirklich freuen, als hätte er mich nicht nur aufgefordert, mit ihm zu kommen, weil ich ihm frisches Wasser bringen sollte. Über sich selbst sprach er nur, wenn ich Fragen stellte.

Er erinnerte sich an den Tag, wo er das Pferd gesucht und Merle im Hof getroffen hatte. Damals sei sie ganz rot im Gesicht gewesen, sagte er, klein und stämmig, mit zerzaustem Kraushaar im Nacken. Beim Anblick seines Pferdes »marschierte sie an mir vorbei, als wäre ich Luft, und pumpte am Brunnen Wasser in den Eimer. Dann starrte sie mich an wie ein wütender junger Stier. Offenbar dachte sie, ich wollte dem Gaul das Wasser stehlen.« Grant lachte. An jene Szene schien er oft zu denken, und es gefiel mir, daß er sie nicht vergessen hatte.

Die Wildkirschen blühten. Es war immer noch heiß, und die Tintenlöscherwolken verunstalteten zwar den Himmel, brachten aber keinen Regen. Das Frühlingsgrün leuchtete wie grünes Sonnenlicht oder grünes Feuer – jedenfalls schöner als einfache Blätter. Und entlang der Weide zogen sich gelbe Sassafrasbüschel dahin. Im hohlen Ast eines Bergahorns fanden wir eine Schlange, spähten hinein und sahen Augen, die milchblauen Steinen glichen, hart und rund und ohne Pupillen. Ich dachte, sie müßte blind sein. Aber Grant erklärte, Blindheit würde für ein wildes Tier den sicheren Tod bedeuten und die alte Haut habe sich über den Augen nur verdickt, ehe sie abgeworfen würde. Da schämte ich mich, weil ich Jahr für Jahr solche Dinge beobachtet und mir nie Mühe gemacht hatte, nach den Ursachen zu forschen, mehr darüber zu erfahren. Vielleicht, weil immer soviel Zeit vor mir gelegen und im jeweiligen Moment gefehlt hatte. Niemals ließ Grant Dinge an sich vorbeiziehen, ohne ihre Bedeutung zu ergründen. »Ich halte an dem närrischen, hoffnungslosen Glauben fest, daß wir imstande sind, alles desto besser zu verstehen, je mehr wir darüber wissen.«

»Für dich ist es vielleicht so«, erwiderte ich. »Aber mich verwirrt es nur, mehr zu wissen.«

»Besser verwirrt als blind.« Wir beobachteten, wie die Schlange tiefer in das Astloch hineinglitt, und die Windungen klangen seltsam trocken und kratzig. Grant erklärte, von den Augen würden sich die Schuppen zuerst lösen. »Erst neue Augen, dann eine ganze neue Haut – was für großartige Worte, Marget! O Gott, ich hätte Prediger werden sollen wie mein Dad!«

Er stützte eine Hand auf den Zaunpfosten und schwang sich über die Drähte, so mühelos, als würde er einen Stein darüber schleudern. Dabei erschreckte er das Gespann, und die Tiere begannen davonzutrotten, zerrten den Pflug aus der Ackerfurche und stießen gegeneinander. Grant schrie nicht. Rasch wandte er sich zu mir, lächelte mich an, dann lief er den Pferden nach, ohne große Eile. Sie hatten sich in den Riemen verfangen und waren nicht weit gekommen. Nervös stampften sie umher, während er ihre Füße zu befreien suchte. Nachdem es ihm gelungen war, kehrte er nicht zu mir zurück, winkte nur und schrie irgendwas über »langbeinige Narren«, womit wohl alle drei gemeint waren. Dann führte er das Gespann die Furche hinauf, sang noch lauter und abscheulicher als Kerrin.

Auf dem Rückweg überlegte ich, wie sich Dad bei einem solchen Mißgeschick verhalten hätte. Schreiend und zornig wäre er ins Schwitzen geraten und unfähig gewesen, die Dinge daran zu hindern, ihn lächerlich zu machen. Er fürchtete alles, was seine Würde verletzten konnte, die auf so schwachen Füßen stand.

Grant zog geradere Ackerfurchen als Dad oder Max, und er pflügte auch tiefer. Deshalb dachte ich, die Saat würde noch vor dem Winter in der Erde wurzeln.

# 15

Jener Monat war unwirklich und schön. Es regnete nicht, doch das schien keine große Rolle zu spielen. Darum kümmerte ich mich nicht mehr. Ich vergaß die Hypothek, die im nächsten Monat fällig sein würde, vergaß alles, was mir früher Angst gemacht hatte, lebte in einer Art Nebel aus namenlosem Glück – undefinierbar und scheinbar ohne Ursprung, wie die Frühlingsdüfte, die im März heranwehen, wenn noch nicht einmal ein winziges Blättchen oder Blümchen keimt.

Grundlos glücklich verbrachte ich meine Tage. Die Pfirsichbäume erschienen mir schöner als in allen anderen Jahren und sandten ihren würzigen süßen Duft in den Wind. Aber sogar der Frühling war ein kleineres Wunder. Jetzt denke ich fast ungläubig an jene ersten paar Wochen, erinnere mich an das blinde Glück, das nicht einmal von der Sorge um Kerrin getrübt wurde. Auch Vater war eine Zeitlang etwas fröhlicher, weil er jetzt außer uns noch jemanden hatte, mit dem er reden konnte, einen Mann, der so fühlte wie er; obwohl wir anderen von Anfang an merkten, daß die Gedanken der beiden meilenweit getrennte Wege gingen und Grant in vielerlei Hinsicht vorauseilte.

Grant mochte Dad so gern, daß er ihn nie oder nur selten vor uns bloßstellte. Das hätte er tun können, wann immer wir alle miteinander redeten. Nur wenn sie allein waren, entkräftete er Argumente mit einem einzigen Satz oder auch nur mit einem Wort, mit Fakten, die Vater übersehen hatte beziehungsweise nicht kannte. Manchmal belauschte ich sie und staunte, nicht so sehr über Grants Wissen und seine Gabe, die Dinge als Ganzes zu sehen, vielmehr über seine Fähigkeit, Vaters Gedankenpyramiden unwiderlegbar niederzureißen, ohne ihn zu ärgern. Dad hielt ihn vielleicht für einen etwas zu radikalen Freigeist, gestand ihm aber gute Gründe für alles zu, was er sagte.

Wenn Grant auch viel freundlicher und längst nicht so hart war wie seine Überzeugungen, aus bitteren Erfahrungen gewonnen, enthielt seine Seele doch eine steinerne Schicht. Manche Menschen sind weich wie Morast; man greift in ihr Inneres, immer tiefer hinein, wühlt im Schlamm ihrer Unsicherheit und findet nirgends einen Kiesel. Aber bei Grant stieß man auf festen Boden, nicht auf Arroganz, sondern den Felssockel seines Glaubens. Es war kein Glaube an göttliche Güte, sondern etwas, das ihm größeren Nutzen brachte. Allem rückhaltlos zu trauen – sogar dem eigenen Sehvermögen – mag eine Form von Blindheit sein; aber in dieser Blindheit liegt eine treibende Kraft. Und ich glaube, das ist der einzige Weg, um etwas zu erreichen: große Scheuklappen am Gehirn anzubringen und nur die Straße zu sehen, die geradeaus führt.

Daß er trotz seiner harten, fast zynischen Einstellung zu gewissen Dingen so freundlich war, erfüllte mich mit einer Dankbarkeit, die fast schmerzte. Ich empfand sie vor allem dann, wenn Dad mit uns am Tisch saß, etwas zu beweisen versuchte und einzelne Fakten durcheinanderbrachte. Grant ließ es dabei bewenden, obwohl er's besser wußte, aber er wollte ihn nicht lächerlich machen und Kerrins Bosheit ausliefern.

Grant hatte Kerrin damals gemocht. Das war nicht schwer zu begreifen, und vielleicht hätte ich sie an seiner Stelle auch gemocht und alles, was ich an ihr haßte, sogar geliebt – ihre wilde Unberechenbarkeit, ihren Wankelmut, ihre Selbstsucht . . .

Sie kam jetzt überhaupt nicht mehr zu den Mahlzeiten.

Anfangs fand ich das sonderbar, weil Grant jeden Abend mit uns aß. Aber nach einer Weile begann ich es zu verstehen – wenn man Kerrin überhaupt jemals verstehen kann. Einerseits lag es an den Unterschieden zwischen ihr und uns, andererseits an ihrem Wunsch, ihm nicht auf dieselbe Weise zu begegnen wie wir. Sie erkannte ebenfalls, wenn auch irgendwie verzerrt, seinen Weitblick und ahnte, daß er ihre Unrast und clevere Grausamkeit, die ihn manchmal anzog, nicht immer entschuldigen würde.

In jenem Frühling wollte ich sie vergessen und mir noch etwas länger einreden, sie würde sich irgendwann ändern. Oder verschwinden. Hin und wieder gewann ich den Eindruck, dieses Gefühl des Wartens, eines Lebens in der Schwebe, innerhalb eines engen kleinen Kreises, würde ein Ende finden, wenn sie uns verließ. Ich wußte, das würde nicht geschehen. Nichts würde wirklich anfangen, das keine Wurzeln in uns selbst hatte. Aber ich konnte die Furcht nicht verdrängen, daß sie es war, die mich zu erdrücken drohte. Irgendwas fehlte in ihrer Seele – oder etwas steckte in ihr, das es ihr verwehrte, über ihr verdrehtes, gigantisches »Ich« hinauszublicken. Sie tat alles, was sie wollte, weil sie die Welt ganz falsch sah und keine Entschuldigungen brauchte, nur ihre Sehnsüchte. Was ist denn Vernunft, wenn nicht die *Kontrolle* des Wahnsinns? Doch es mußte noch mehr sein, etwas Positives, inklusive der Nächstenliebe und einer gewissen Distanz zur eigenen Person ... Schritt für Schritt kämpfte ich mich in meinen Gedanken zu den Dingen vor, die ich mein Leben lang gekannt und gewußt hatte, aber das merkte ich erst in jenem Jahr.

Im Mai wurde dies alles vom ersten Glücksnebel verschleiert, der zwischen mir und der Realität hing.

# 16

Der Mai war ein eigenartiger Monat. Der Beginn des Verstehens. Ein kalter, trockener Monat. Der modersüße Geruch der Alraunen lag in der Luft, aber die meisten Pflanzen froren zu sehr, um zu blühen. Kein Regen, nur Staubwirbel hinter dem Pflug. Irgendwie wirkt kalter Staub unheimlich. Vater sorgte sich wegen des Teichs, dessen Wasserspiegel ständig sank. Das alles paßte zum trüben Ende des Monats, der so beschaulich und glückselig angefangen hatte.

Am 1. Mai ging ich zu den Rathmans, um Saatgut zu holen. Max besaß ein neues Auto, das er mit seinem Verdienst beim Straßenbau bezahlen wollte, was aber noch nicht geschehen war. Er kam öfter in die Stadt als Vater und brachte uns Sachen aus dem Union-Laden mit, erklärte aber, auf unserer tief durchfurchten Straße könne er nicht fahren. Und so blieben die Waren, die er für uns gekauft hatte, bei ihm daheim liegen. Das sah ihm ähnlich, und wir nahmen es als selbstverständlich hin. Trotzdem war ich froh über die Gelegenheit, seine Familie zu besuchen, die so stabil wirkte und so wenig benötigte. Die Trauben des alten Rathman ließen sich gut verkaufen, was übrigblieb, wurde zu Wein verarbeitet. Er wußte, wo er seine Produkte am besten abzusetzen vermochte, und beförderte sie in einem Laster von Tür zu Tür. Das Land war schuldenfrei, was immer darauf wuchs, gehörte ihm, nichts von den Erträgen mußte bei einem unsichtbaren Eigentümer abgeliefert werden. Im Garten, bis zum Hauseingang umgegraben, überwucherten die Kohlrabis fast die Stufen. Alles war alt und üppig wie die Erde selbst.

Das Land der Rathmans lag geschützter als unseres, am Fuß eines Hügels. Seit zehn Jahren hatte der alte

Mann die Gegend nicht mehr verlassen. Karl war nach Bailey gezogen, um dort zu heiraten, Max hatte den Job beim Straßenbau angenommen. Von den drei Söhnen lebte nur noch Aaron daheim und half dem Vater. Ich glaube, der Alte bewies den beiden anderen ganz gern, wie gut er ohne sie zurechtkam. Er kannte weder Ruh noch Rast, und mit seinem schiefen Hut sah er wie ein buckliger Gnom aus.

An diesem Tag war er nicht so selbstsicher, aber immer noch furchtlos. »Auf zwei Morgen verdorren die Erdbeeren genauso wie die Blätter. Was für ein harter, trockener Boden! Und kein Regen in Sicht! Soll ich die gottverdammten kleinen Dinger etwa mit der Kanne gießen? Nein, da lasse ich sie lieber eingehen.« Grinsend gab er mir ein paar Beeren aus einer der Kisten. Obenauf lagen die dicken, saftigen, darunter die verschrumpelten. »Schenk ihr eine Kiste, alte Lady«, sagte er zu Mrs. Rathman und zeigte auf schlaffe Spinatblätter. »Das können wir gar nicht alles essen.« Ich erklärte ihm, auch bei uns würde der Spinat auf einem ganzen Morgen verwelken, aber er wollte nicht auf mich hören.

Die alte Mrs. Rathman war ganz begierig drauf, mit mir zu reden, und erzählte von den Süßkartoffeln, die Max im letzten Jahr nur für sich selbst angebaut, aber nicht erkannt hatte, als sie ihm mal serviert worden waren. Sie berichtete auch von seinem Mädchen, Lena Hone. »Man kann sich so nett mit ihr unterhalten ... Schwarze Augen und schwarzes Haar – nicht allzu hübsch. Irgendwie erinnert sie mich an dich ...« Sie hoffte, Max würde bald heiraten und daheim bleiben, Karls Mary hatte noch keine Kinder bekommen. Vielleicht würde Max mit Lena mehr Glück haben. Ob ich ihr noch ein bißchen Gesellschaft leisten könnte? Nein? Nun, dann ein Glas Apfelkonfitüre ...

Früher mußte sie schön gewesen sein. Jetzt hatte sie weißes Haar, aber immer noch jugendlichen Glanz in den Augen, und die Falten in den Wangen kündeten von einem besonderen ernsthaften Humor. Ich fragte mich, wie es sein mochte, in Sicherheit zu leben. Schuldenfrei. Daß sie trotz allen Komforts ihre eigenen Sorgen hatten, konnte ich nicht glauben. Und damals gab es *wirklich* keine. Bevor ich ging, legte der alte Rathman eine Hand auf meinen Arm und fragte nach Grant. »Was hält dein Pop von diesem neuen Burschen? Ist der vielleicht tüchtiger als Max?«

Ich erwiderte, Grant sei sehr fleißig, und dann erkundigte er sich, was ich über Ramseys Darlehen wisse. Ob mir zu Ohren gekommen sei, daß man diesen »schwarzen Ramsey« (so nannte Rathman ihn immer, nicht voller Haß und Mißtrauen, sondern so, wie man vielleicht über ein Wesen aus einer anderen Welt spricht, über eine Giraffe oder einen Buschmann) letztes Jahr beinahe von seinem Land vertrieben habe? Ich verneinte, und er erzählte, Ramsey sei zu ihm gekommen und habe sich was leihen wollen, um seine Pacht zu bezahlen. »›Aber ich habe kein Geld‹, sagte ich ihm. ›Ich habe Land und Gemüse und Obst, aber kein Geld.‹ Vielleicht hätte ich ihm ein paar Kohlrabis für seine Pacht geben sollen. Die alte Lady schenkte ihm ein Glas mit Pickles, aber kein Geld.«

Wie ich seinen unzusammenhängenden Worten entnahm, war Ramsey zu den Kovens gegangen und hatte dort das Darlehen bekommen. Das wußte Rathman, weil er den alten Koven selber gefragt hatte. Er erzählte, Grant habe Ramsey zunächst geraten, die Pacht nicht zu bezahlen – die sei zu hoch. »›Sollen sie doch versuchen, dich zu vertreiben‹, sagte er, ›wart erst mal ab, was passiert.‹« Aber der verängstigte Christian hatte nichts riskieren wollen. »›Du könntest so was machen‹, erwiderte er, ›du bist ja kein Nigger. Du hast keine Frau und keine sieben Kinder. Ein Nigger braucht nicht abzuwarten, was passiert, das *weiß* er!‹«

Da hatte Grant ihm das Geld geliehen, und das hätte er schon früher getan. Aber er haßte es, was für den alten Turner herauszurücken, der es gar nicht brauchte und Christian unter der Schuldenlast leiden ließ. Geld für Turner lockerzumachen – das war Grant so vorgekommen, als würde er es in den Ausguß werfen oder einen wurmstichigen alten Schuppen mit nagelneuen Pfosten versehen. Aber wenigstens würde das Dach nicht über Ramseys Kopf einstürzen. Man durfte doch nicht untätig zuschauen, wie ein Mensch gequält wurde, nur weil man's für falsch hielt.

»Mehr wird Grant ihm wohl nicht leihen«, meinte Rathman. »Der alte Koven ist mit seinen Steuern schon zwei Jahre im Rückstand.«

So geht's uns allen, dachte ich auf dem Rückweg durch die Straßenfurchen. Wir schieben unsere Schulden vor uns her wie Dunghaufen voller Mistkäfer. Und wir sind schlimmer dran als die Käfer, denn die können ihre Bürde vergraben und vergessen. Wir alle – abgesehen von den Rathmans ... Die sind sicher vor solchen Ängsten. Sie müssen nur für das jetzige Leben arbeiten, brauchen nicht für die vergangenen Jahre zu zahlen ...

Ich durchquerte ihren Obstgarten, wo die Apfelbäume blühten, mit weißen Blüten übersät wie nach einem Schneesturm, und die langen, gebogenen Zweige reichten bis zum Boden. O Gott, wie schön sie waren! Einige Minuten stand ich unter einem Baum, wie in einer großen, umgestülpten weißen Schüssel. Meisen pickten an der schuppigen Rinde, auf der Suche nach Blattläusen, und krähten unentwegt. Ein heißes, unvernünftiges Glücksgefühl erfaßte mich – die Ramseys, die Hypothek und Kerrin waren vergessen, nur noch Schatten. Und ich wußte, daß es teils am warmen Blütenduft lag und teils an meinem Gespräch mit Rathman, wobei Grants Name so oft erwähnt worden war.

## 17

Mitte Mai waren fast alle Einmachgläser vom Vorjahr leer und neun verdorben. Mutter sprach darüber, als wäre es aus irgendeinem Grund ihre Schuld, statt Vater verantwortlich zu machen, der die billigsten Gummiringe gekauft hatte. Wahrscheinlich war ihm nichts anderes übriggeblieben, denn er hatte neue Sterilisatoren für die Milchwirtschaft besorgen müssen und versucht, an unseren persönlichen Bedürfnissen möglichst zu sparen. Der ranzige, üble Geruch der verdorbenen Einweckgläser klebte noch stundenlang an unseren Händen, nachdem wir das Zeug weggeworfen hatten.

Die Kühe gaben weniger Milch. Wegen des Zwiebelfutters verloren wir sechs Gallonen. Milch war überall Mangelware, aber deshalb zahlte uns die Molkerei nicht mehr. Letztes Jahr war's zuviel gewesen, alle Farmer hatten geliefert. Vater bekam weniger für eine Gallone, weil auch Rathman seine Kannen hinschickte. Dieses Jahr verfügte niemand über größere Erträge, doch der Preis schien sich nicht zu ändern – jedenfalls nicht am *Hinter*eingang der Molkerei. Im Lauf der Dinge lag eine ironische Perfektion.

Ich betete zu Gott, es möge regnen. In den Bachbetten beim Steinbruch konnte ich spazierengehen, nur der geisterhafte Wegerich wuchs hartnäckig auf den Wiesen. Angesichts des rissigen Bodens wurde Dad immer verzweifelter, und er glaubte bereits zu sehen, wie sich die Weiden gelb färbten ... Jetzt ist es nicht schwierig, diese Dinge zu erzählen. Wir waren daran gewöhnt und hofften immer noch. Aber die Dinge, die wir fühlten, ließen sich am schwersten in Worte fassen. Es fällt einem immer leichter, vom Haß zu sprechen als von der Liebe. Wie soll ich Liebe durch ein Sieb aus Worten pressen, so daß nicht nur banaler Brei herauskommt?

Grant war sehr freundlich zu mir. Und was Schlimmeres hätte ich mir gar nicht wünschen können. Irgend etwas zerrte an meinem Herzen und machte mich ganz schusselig, wenn ich unvermutet seine Stimme hörte. Aber nach einer Weile verflog die alberne Ekstase, der Nebel löste sich auf, nur Kummer und die Wirklichkeit blieben zurück. Eines Abends begann ich klarer zu sehen, als wir auf die Nordweide gingen, um seine Uhr zu suchen, die er in der Nähe des Pflugs verloren hatte. Hell funkelten die Sterne über dem Wind, und im Westen glühte ein riesiger Planet. Kein Mond schien, doch die weißen Immerschönflecken leuchteten wie Scheiben im dunklen Gras.

»Such du beim Pflug«, sagte er, »ich schaue im Unkraut nach. Vielleicht ist die Uhr da hineingefallen.« Bald fand ich sie, halb vergraben in einer staubigen Furche nahe dem Zughaken. Sie war aus Silber, groß und alt, und er besaß sie schon jahrelang. Nie konnte er die Zeit am Sonnenstand oder an seinem Hunger erkennen. »Ich würde zum Mittagessen kommen, während Merle noch das Frühstücksgeschirr spült. Trau der Natur nicht, Marget, nur diesen winzigen Rädern.« Im Sternenlicht betrachtete er den matten Schimmer des Zifferblatts und wischte den Staub weg.

Die Holzapfelbäume verströmten einen schweren süßen Duft, und durch die verschlungenen Zweige schaute ich zu den Sternen hinauf. Im Dunkel entgleitet alles und wird unwichtig. Es ist fast wie ein Schlaf, eine Befreiung vom eigenen Ich, von der Häßlichkeit – sogar eine Flucht vor dem Gedanken an Kerrin, die Schulden, die Zukunft. Die Finsternis gleicht einem Beichtvater. Leg die ganze Plakkerei deines Lebens beiseite ... Gesteh all die Phantome ... Wirf in der Nacht die Bürde ab, die tagsüber gewachsen ist ...

Doch als ich Grant erklärte, die Dunkelheit sei das einzige wirksame Heilmittel, das einem nichts stehlen könne, schüttelte er den Kopf. »Darin finde ich keine Heilung, Marget. Die Nacht ist eine Art Blindheit, die man überwinden muß. Ich mag die Mittagsstunde. Kurze Schatten. Ich will sehen, was ich tue.«

Das wird dir die Sonne nicht immer zeigen, wollte ich erwidern, aber ich schwieg. Grant hatte kein tristes, langweiliges Gesicht zu verbergen – nichts, was kein Sonnenlicht ertragen hätte. Was bedeutete es ihm schon, daß Kerrin immer unvernünftiger wurde? Was bedeutete ihm unsere Hypothek? Dieses Gefühl der Unsicherheit, das endlose Warten? Der unbeabsichtigte Haß in der Liebe? *Er* konnte gehen, wann immer er wollte, *er* verspürte kein Bedürfnis nach Sicherheit und festem Boden unter den Füßen. Ihn störte die schreckliche Vergeudung des Lebens nicht. Da lag diese harte Schicht in seiner Seele, die alle Dinge akzeptierte, ohne zu zerbrechen ... Stumm dachte ich über diese Dinge nach, und wir gingen bald nach Hause. Es gab keinen Grund, noch länger draußen zu bleiben, aber es erschien mir fast wie eine Sünde, in solchen Nächten zu schlafen, blind und tot für die Sterne. Doch wir waren so müde, daß sie keine Rolle spielten.

Vater und Grant pflegten wie Steine zu schlafen, und Merle wäre nicht einmal erwacht, hätte Gottvater persönlich in der Dunkelheit gewartet. Aber Kerrin eilte öfter hinaus denn je, wenn die Nacht hereinbrach. Als wir zurückkamen, war sie immer noch verschwunden.

Dad glaubte, es wäre Kerrin, die mit Grant eintrat, wandte sich zu uns und blinzelte im rauchigen Licht. »Wo wart ihr zwei?« schrie er. Die Lampe zitterte in einer Hand, warf Schatten wie schwarzes Feuer und ließ seine Brillengläser glitzern.

Grant verstand ihn sehr gut und wußte, wie er ihn beruhigen oder es wenigstens vermeiden konnte, alles noch schlimmer zu machen. Er erzählte, wir seien zur Nordweide gegangen, um seine Uhr zu suchen. »Marget fand sie in einer Furche. Sie sieht sehr gut in der Finsternis.«

Da merkte Vater, daß ich es war und nicht Kerrin, und er seufzte, erleichtert und verlegen. »Du bist das, Marget? Du solltest jetzt ins Bett gehen«, mahnte er, stieg die Treppe hinauf und ließ uns im Dunkel stehen. Ich war's, nicht Kerrin, also gab es nichts zu befürchten, keinen Grund zu schreien. Ganz deutlich erkannte ich, was er gemeint hatte. Und das Wissen, daß es stimmte, linderte den Schmerz kein bißchen.

## *18*

Ich begann klar zu sehen, was ich bereits geahnt, aber noch nicht lange genug durchdachte, um den Tatsachen ins Auge zu blicken. Anfangs entnahm ich es nicht den Worten, die ausgesprochen wurden, sondern Grants Gesicht, wenn er sich unbeobachtet fühlte. Er war nicht so leicht zu durchschauen wie Vater, seine Augen und Lippen verrieten nichts von Liebe oder Haß. Das gefiel mir, andererseits verwirrte es mich, denn ich war nicht an die Gesellschaft von Menschen gewöhnt, die ihre Gefühle ebenso verbargen wie ich.

Was Merle damals empfunden hat, weiß ich nicht. Wir redeten nie direkt oder freimütig über Grant, nur in banalen Zusammenhängen. Manchmal sprach sie kurz über Kerrins Verhalten, leicht verächtlich und mitleidig, und lachte, aber ohne Bosheit, wie man es nur vermag, wenn man weder liebt noch haßt...

Wir sahen sie oft zusammen bei den Schachblumen stehen, die Grant für Mutter gepflanzt hatte und die Kerrin täglich goß, immer dann, wenn er mit der Milch heraufkam. Grinsend wandte sich Merle zu mir. Wir hörten Kerrins schrilles, düsteres Gelächter und beobachteten, wie er lächelnd ihr erhitztes, aufgeregtes Gesicht musterte. Ich war froh, als die Schachblumen eingingen und uns Kerrins allabendliche Farce fortan ersparten. Es ist nicht so einfach zuzuschauen, wenn sich jemand zum Narren macht.

Und es fiel mir noch schwerer, mit anzusehen, wie sie das Wasser für die Blumen vergeudete. Die hatte Grant in einem rührenden Versuch, Mutter eine Freude zu bereiten, in einer bewaldeten Schlucht ausgegraben. Als sie eingingen, erwähnten wir's nicht, aber Merle zeigte auf die verdorrten Dinger und bemerkte: »Dieses Jahr haben wir schon im Frühling Heu.« Er lachte, wurde aber feuerrot, dann ging er auf die Suche nach weiteren Schachblumen, fand aber keine. »Warum muß er ständig was ausreißen und woanders eingraben?« fragte mich Merle. »Warum kann er die Blumen nicht da wachsen lassen, wo sie damit angefangen haben? Es sterben schon genug Pflanzen, auch ohne seine Hilfe!«

In anderer Hinsicht verhielt sich Kerrin so ähnlich. Während die Männer das Heu gemäht hatten, war sie vormittags zweimal hinausgegangen, um ihnen Wasser zu bringen. Eines Tages sah sie müde aus, und ich erbot mich, diese Aufgabe zu übernehmen. Da fauchte sie mich an wie ein Puma. »Das hast du noch nie getan! Warum fängst du jetzt damit an?« Eindringlich starrte sie mir in die Augen, dann brach sie in schallendes Gelächter aus ... Haß ist sinnlos, sagte ich mir. Dafür fehlt uns die Zeit. Es ist blinde, schreckliche Verschwendung – aber ich konnte nicht dagegen ankämpfen.

Kerrin begehrte Grant, mehr als alles andere, was sie je an sich gerafft hatte. Wahrscheinlich, weil er greifbar war. Den wirklichen Grant wollte sie nicht, und der interessierte sie auch gar nicht, denn sein Inneres hatte sie nie gekannt. Sie erinnerte mich an die Stechwinden, die blindlings, ziellos und hungrig nach allen Richtungen tasteten, bis sie einen Stengel fanden, den sie umschlingen konnten.

Damals ließ ich sie gehen – für andere Arbeiten taugte sie ohnehin nicht – und wanderte zum Erdbeerfeld. Die Sonnenhitze lag wie eine Feuerdecke auf meinen Schultern, aber es wehte ein kalter Wind. Hasenfuß überwucherte den rissigen Boden. Nur wenige Beeren wuchsen auf dem alten Feld. Es kostete große Mühe, sie immer wieder neu zu pflanzen und zu pflegen. Ich fühlte mich erschöpft, doch das Gras roch gut – nach Heu und doch nach frischem Grün.

Wie ich mich entsann, hatte ich hier vor Jahren unter einem Roßkastanienbaum auf einem Felsbrocken gesessen, und die gelblichen Blüten waren wie Regen auf Ameisenhügel herabgerieselt. Ich weiß nicht, warum ich wieder daran dachte. Jedenfalls hatte es mir gutgetan, einfach nur dazusitzen und den geschwollenen Füßen Ruhe zu gönnen, mich um nichts anderes zu sorgen. Ich war müde gewesen, aber nicht so wie in diesem Frühling. Nicht die Qual des langen Wartens, des Zwangs, Monat für Monat dieselben Dinge zu tun, ohne Veränderung ... Damals hatte ich die Last dieser Dinge noch nicht gespürt. Ich wünschte, ich wäre zehn Jahre jünger – oder älter. Wäre ich jünger, würde das alles nicht existieren – wäre ich älter, könnte ich lernen, es zu akzeptieren. Gäbe es doch jemanden, der mir zuhören würde! Wenn ich die Bürde in Worte faßte, würde sie vielleicht nicht mehr so schwer auf mir lasten. Aber den Menschen in meiner Umgebung konnte ich nichts erzählen und danach mit ihnen weiterleben, im Wissen, daß sie es wußten, darüber nachdachten und mich beobachteten. Sicher, sie wären freundlich, aber Freundlichkeit ist ein schwacher Trost.

# *Teil II*

# *Die lange Dürre*

# 1

Im Juni schrumpften die braunen Pflanzen, aber noch war nicht alles ausgedörrt und häßlich. Die Hitze und die Trockenheit bedrückten mich weniger als die Angst, was sie anrichten würden. In der Beharrlichkeit dieser Dürre lag eine grausige Faszination, eine ironische Perfektion in ihrem langsamen Morden. Wir hätten staunend ausrufen können, so etwas habe es nie gegeben, niemals etwas Schlimmeres. Oder vielleicht hätten wir die Köpfe schütteln und dieses Jahr mit den anderen vergleichen sollen, in morbidem Entzücken. Doch so etwas vermochte man nur, wenn man ein Drama darin sah, das man vergaß, sobald es ein Ende gefunden hatte. Für uns gab es keinen erlösenden letzten Vorhang – es sei denn, man würde den Tod so nennen. Es war zu real.

Aber sogar in diesem Jahr erschien mir die Schönheit gewisser Stunden und Orte so unerträglich, daß sich mein Herz zusammenkrampfte und mir die Worte fehlten. Abends entstand ein überirdischer Duft, ein eigenartiges Gemisch von wilden Trauben und Trompetenbaum und unbekannten Blüten, und eines Nachts weckte mich im blendenden Mondschein das Klagen einer Spottdrossel zwischen den Weideröschen. Glühwürmchen schwärmten über dem dunklen Sumpf, und manchmal hingen sie mehrere Sekunden lang reglos in der Luft. Gleichgültig nahm die Erde alle Schönheit hin, mit der sie überschüttet wurde, und ich ging umher und glaubte, inmitten dieses Zaubers müßte meine Brust bersten.

In Merles Augen enthielten alle Dinge ein heiliges Wunder. Wie soll ich es erklären? Sie erkannte es nicht nur in pfauenblauen und braunen Eidechsenhäuten, im grellen Weiß der Gänseblümchenwiesen, sondern in allem, was sie tat oder sah. Wenn sie Kirschen entkernte und der saure Saft ihre Haut befleckte, wenn sie eingeweckt wurden, was das ganze Haus mit Hektik und Verwirrung erfüllte ... Oder wenn der bullernde Herd so heiß wurde, daß man sich fernhalten mußte, und der Dampf aus den kochenden Gläsern stieg ... Wenn sich die Kirschen zu üppiger Siruppröte auflösten ... Sie rannte zwischen den Kesseln umher, kostete und naschte, schrie den brodelnden Früchten »Ah!« und »Oh!« zu, rührte darin, atmete tief den starken Geruch des verbrannten, verkohlten Safts ein, wann immer ein Topf überkochte. Ich weiß nicht, was sie dazu trieb – vielleicht einfach nur ihre unverwüstliche Gesundheit, ein Zuviel in ihrem Inneren, das herausstrahlen mußte wie die Glut ihres überhitzten Herds. Und dann war sie wieder still, zum Schweigen gebracht vom Anblick der Weizenfelder, die sich auf einigen hundert Morgen erstreckten, orangerot und glatt wie gebürstetes Fell.

Trotz der Dürre ernteten wir in diesem Jahr große Kirschen, und Grant brachte sie ins Haus, wenn Merle keine Zeit hatte. Abends half er ihr sogar, die Früchte zu entkernen. Wenn sie nachts eingekocht wurden, blieb er lange auf – weil er Kirschkuchen liebte und fürchtete, sie könnte halb einschlafen und Gott weiß was in die Gläser füllen.

Die kochenden Kirschen rochen angenehm, süß und säuerlich, aber ich stellte mir vor, wie sich der Zucker darin auflöste, und wünschte, Merle würde weniger hineintun und abwarten, ob sie trotzdem nicht verdarben. Und was sollte uns all das Eingemachte nützen, wenn wir nicht einmal Gummiringe kaufen konnten? Für uns gab es zu viele Kirschen, aber der Überschuß reichte nicht aus, um abtransportiert und verkauft zu werden, und die Union-Märkte wurden überschwemmt. Es tat weh, das Obst vergeudet zu sehen, und manchmal schickten wir einen Teil mit der Milch weg.

»Verschenkt die Kirschen«, schlug Mutter vor. »Sonst werden die Eichelhäher und Würmer zu dick davon. Irgend jemand wird sie schon nehmen, wenn sie nichts kosten.«

»Nächstes Jahr werden wir keine Sprühmittel verschwenden«, murmelte Vater. »Man kann sich nicht leisten, was zu verschenken, wenn man nichts dafür bekommt, und ohne Gewinn zu arbeiten, solange das kein anderer ringsum tut.«

»Irgendwer muß damit anfangen«, erwiderte Grant, und nun erlebte ich zum erstenmal, wie er Dad in helle Wut brachte.

»Nicht nur irgendwer!« schrie Vater. »Nicht nur wir! Alle müßten's machen! Es ist unmöglich, Milch und Ferkel und Zeit zu verschenken, wenn man für Pflüge und Öl zahlen muß – und für eine Hilfskraft!«

»Das tun Sie doch ohnehin«, wandte Grant ein.

Dad schlug mit der Faust auf den Tisch. »Vielleicht – aber das heißt noch lange nicht, daß ich's richtig finde.«

Ich lauschte und dachte, wie viele tausend mal ich das schon gehört hatte. Es war so alt und neu und langweilig und wichtig wie das Wetter. Dann wandte sich Vater zu mir, froh über die Gelegenheit, das Thema zu wechseln, und beauftragte mich, abends zu den Ramseys zu gehen und zu fragen, ob wir uns morgen das Maultier ausleihen könnten. Im Herbst würden wir ihnen bei der Maisernte helfen. Grant schaute ihn an und schien sich zu wundern, woher wir die Zeit dafür nehmen sollten. Genau das dachte ich auch. Aber würde Christian uns das Maultier für nichts und wieder nichts borgen?

»Vielleicht habt ihr im September keine Zeit«, warf Kerrin ein. »Da müssen wir unseren eigenen Mais ernten.«

»Dad wird schon Zeit finden«, entgegnete Mutter hastig. »Es wäre nicht das erste Mal. Ramsey hat mehr Mais angebaut als wir, also ist er auf unsere Hilfe angewiesen.«

»Mit einem wundgescheuerten Pferd kann ich nichts anfangen«, sagte Vater zu Kerrin. »Also brauche ich Ramseys Maultier. Mit welchem Geld soll ich denn eins *mieten*?« Abwartend starrte er ihr ins Gesicht.

Da trat sie den Rückzug an. »Mach, was du willst ... Aber du wirst es noch bereuen.«

Halb hilflos, halb ärgerlich grinste er und wandte sich wieder zu mir. »Geh hin. Wenn ich Merle losschicke, würde es zu lange dauern. Die redet zuviel. Aber du vergeudest deine Zeit nicht.«

»Lucia redet genausoviel wie Marget, sogar mit den Zaunpfählen«, flüsterte Kerrin, aber laut genug, so daß es mir nicht entgehen konnte. Rasch verließ ich das Zimmer und tat so, als hätte ich nichts gehört.

Allmählich wurde es dunkel, und Grant sattelte das Pferd für mich. »Ramsey wird euch das Maultier bestimmt leihen«, meinte er. »Aber laß dir nicht von Lucia die ganze Farm schenken.«

## 2

Ich ritt die drei Meilen hinab, dachte ununterbrochen an Grant und merkte nicht, ob mir der Weg lang oder kurz erschien. Irgendwie fand ich ein schmerzliches Vergnügen daran, mir sein Gesicht vorzustellen – die schmale Nase, die klaren Augen, die viel mehr sahen als Vater oder sogar Merle.

In meiner Phantasie erschien sein Bild, wie er sich über die kochenden Kirschen beugte und sie kostete, um ihr eine Freude zu machen – und sich selber auch. Seine große Hand hielt den Löffel wie einen Spaten. Und Merle – die Wangen hochrot vom Dampf, was die Augen plötzlich in einem unnatürlichen Blau leuchten ließ – starrte ihn an, forderte ihn zur Kritik heraus und lachte lauthals, als er die Lippen verzog und eine Grimasse schnitt. Ich fand es seltsam, daß sie nicht merkte, was ihm ins Gesicht stand, daß sie ihn nicht liebte. Ich wollte sie nicht vor einem Mann auf den Knien liegen sehen, wünschte jedoch, sie würde Grant etwas mehr schenken als diese lässige Freundschaft, mehr empfinden als das Bedürfnis nach einer Schulter zum Anlehnen. So, wie sie ihn behandelte, hätte er einer von uns sein und schon all die Jahre bei uns leben können. Wenn sie seine Gefühle doch erkennen und ihm mehr geben würde ... Ich haßte die Gefahr, ihn eines Tages leiden zu sehen, so wie ich gelitten hatte – wie ich manchmal immer noch litt ... Für eins bin ich zumindest dankbar – trotz all meiner kleinlichen, wirren Gedanken war ich nie eifersüchtig auf Merle, betete niemals, Grant möge sich nichts aus ihr machen. Das ist nicht viel, aber immerhin etwas.

Ich ritt durch den sonderbaren Mischgeruch von Heu und Dunkelheit, Unkraut und Rindergehegen, und weiter unten wehte mir der intensive Malzgeruch der Haferfelder bei Ramseys Farm entgegen. Und ich dachte, wenn mich irgend etwas gegen die künftigen Ereignisse wappnen konnte (obwohl ich nie die Hoffnung verlor, fühlte ich, daß wir auf einen schrecklichen, endgültigen Augenblick zusteuerten), dann müßten es kleine, ewige Dinge sein – das langgezogene Geheul des schreienden Ziegenmelkers nahe der Höhle – die Silhouetten junger Maultiere vor der Felsenwand, die sich anmutiger bewegten als die Böcke auf der Weide – der Zikadenchor, die rotgefärbten Teiche am Abend ... Solange ich sehen kann, überlegte ich, werde ich niemals allzu qualvoll hungern oder dürsten oder sterben wollen.

Das dachte ich, weil ich nichts wußte und immer noch hoffte, Grant wäre nicht außerhalb meiner Reichweite, weil ich ihn immer noch wenigstens sehen und hören konnte. Aber ich fürchtete mich und betete: Herr, schenk mir Zufriedenheit mit kleinen Dingen, mit dem Leben am Rand des Lebens, laß mich die Rinde lieben, nicht den Baum ...

Bei den Ramseys brannte Licht, und Neds Gebrüll drang zu mir. »Geh weg! Nimm deinen Hintern aus meinem Gesicht, Charley!« Und ich hörte wilden Gesang und Lucias Gelächter. Aber nichts von Christian.

»Er nimmt alles sehr schwer«, pflegte Lucia zu sagen. Ein Neger von Seltenheitswert, beinahe so still wie ein Stummer, ein Mann, der das Land mehr liebte als menschliche Gesellschaft.

Lucia raffte sich auf und zündete eine Kerze an. Vorsichtig, scheu und kichernd kamen die Kinder näher. Sie schnitten Grimassen und rannten kreischend davon, bis auf Henry, der stehenblieb und gaffte, halb verborgen hinter dem dicken Arm seiner Mutter. »Er ist wie Christian«, sagte sie. »Überallhin folgt er ihm und redet kaum was.«

»Ich hab den Garten umgegraben«, verkündete Henry mit schriller Stimme, dann verschwand er beschämt hinter Lucias Rock. Zusammengesunken saß Christian auf seinem Stuhl, das Kerzenlicht verwandelte sein Gesicht in einen geschnitzten schwarzen Totenschädel. Fleckige Augäpfel spiegelten den Flammenschein wider. Er grübelte vor sich hin, in einer Welt versunken, die außerhalb der unseren lag, und nur Lucia redete, mit tiefer, tröstlicher Stimme.

Es gab zwei Räume im Haus (einer war eine Art Stall für die Hunde und Hühner). Ringsum in den dunklen Ekken sah ich die Umrisse der Betten. Da waren ein Herd und ein Tisch, und in die abgestandene Luft mischte sich der Geruch von schalem Kaffee und Suppe. Bilder bedeckten die Wände, aus Büchern herausgerissene Bibelillustrationen – der gute Hirte, das Scherflein der Witwe. Daneben hingen Anzeigen für Lebermedizin. In einem Winkel stapelten sich alte Zeitungen, die als Brennmaterial dienen sollten, darunter lag Anzündholz, von Christian auf seinen Ausflügen in die Stadt gesammelt. Es war stickig hier drinnen, Moskitos schwirrten durch die zerrissenen Netze an den Fenstern herein und hinaus. Aber die gelassene Lucia schien die Insektenstiche nicht zu spüren. Runde silberne Schweißperlen rannen über ihre glatten Wangen wie friedliche Tränen.

Vor zehn Jahren hatte Ramsey das Land gepachtet und erwartet, er würde es später kaufen können. Aber er schaffte es immer nur mit Müh und Not, das Geld für die Pacht zusammenzukratzen und die Hälfte der Ernte als Wintervorrat zu verwahren. Nach fünf Jahren hatte er fünfzig Dollar gespart und dann für ein neues Pferdegespann ausgeben müssen. Aber jeden Frühling behauptete Lucia, in *diesem* Jahr würden sie es schaffen. Ramsey murmelte so etwas Ähnliches vor sich hin, doch sie bezahlten immer nur die Pacht . . .

Ich erklärte, wir würden ihre Hilfe brauchen, und sie musterten mich verblüfft. Offenbar sahen sie uns so wie wir die Rathmans – Leute, die in komfortablen, gesicherten Verhältnissen lebten. Offenbar erweckten wir den Anschein des Wohlstands mit unserer Milchwirtschaft und den Maisfeldern und den Hühnern, mit unseren Ochsen, dem Pferdegespann und den Obstgärten – obwohl nichts davon genug einbrachte, um sich selbst zu tragen. Nachdem ich von dem wundgescheuerten Pferd erzählt hatte, schaute Lucia ihren Mann an und wartete ab, was er sagen würde. Wäre es nach ihr gegangen, hätte sie mir beide Maultiere gegeben und alles, was sie sonst noch zwischen die Finger kriegen konnte.

Den Blick auf seine Hände gerichtet, antwortete er langsam, als koste ihn das Sprechen große Mühe: »Du kannst sie beide haben. Getrennt ziehen sie nicht gut. Aber deshalb müßt ihr uns im Herbst nicht helfen.«

»Christian glaubt, zur Maisernte werden wir gar nicht mehr hier sein«, warf Lucia ein. »Wir können Turner die Pacht nicht geben. Einen Teil müßten wir bar zahlen und ihm außerdem die halbe Ernte überlassen, doch dieses Jahr haben wir kein Geld. Aber er wird uns nicht verjagen. Da sitz ich, und da bleib ich. Turner muß sich schon mächtig anstrengen, wenn er seinem alten Köter diese große schwarze Zecke aus dem Ohr ziehen will.«

»Koven wird uns nicht noch mal was leihen«, murmelte Christian. »Die haben selber nichts mehr.«

»Grant Koven arbeitet doch jetzt für euch, nicht wahr?« fragte mich Lucia.

»Hauptsächlich für freie Kost und Unterkunft. Vater kann ihm nicht viel zahlen. Der alte Koven lebt von den Ochsen und den Ersparnissen. Für sich selbst hat er grade genug, aber nicht für andere.«

»Grant hat die Schule besucht, und sein Vater war mal Prediger«, bemerkte Lucia. »Was für ein guter Mensch dieser Grant ist . . .«

Es gefiel mir, über Grant und alles, was ich an ihm mochte, zu reden, mit arglosen Leuten, die mich nicht durchschauen würden. »Er arbeitet sehr viel – härter als sonst jemand, den ich kenne, außer meinem Vater. Aber er fühlt sich wohl. Abends liest er. Und er ist niemals wütend auf die Hitze, im Gegensatz zu Dad.«

»Dein Pop ist ein guter Mann!« platzte Christian plötzlich heraus und starrte mich mit seinen runden, fleckigen Augen durchdringend an, dann sank er wieder in sich zusammen und brütete vor sich hin.

»Christian mag es nicht, wenn die Leute sich das Maul über deinen Dad zerreißen«, sagte Lucia. »Den meisten anderen würde er seine Maultiere nicht leihen.« Sie begleitete mich zur Tür. Ihr umfangreicher Körper verfinsterte das Licht hinter uns. Sie schnüffelte in die Luft, dann blickte sie zu den Sternen hinauf, die jetzt immer viel zu klar funkelten, sich niemals veränderten oder hinter Wolken verschwanden. »Vielleicht regnet es morgen. Nach Frost sieht's jedenfalls nicht aus.«

Die Kinder kicherten, und Christian lachte freudlos. »Mach dir nichts vor, Lucia!«

Sie grinste. »Christian hat was an der Galle. Deshalb klingt alles, was er sagt, so bitter. Richte deinem Pop aus, wir tun ihm immer gern einen Gefallen, und er soll sich bei der Arbeit nicht erkälten.«

Der Rückweg erschien mir sehr weit. Ich war zwar froh,

weil wir die Maultiere bekommen hatten, aber daß wir uns den Ramseys jetzt verpflichtet fühlen mußten, lag mir schwer auf der Seele. Wahrscheinlich würden wir's ihnen niemals vergelten. Wir hatten schon Schulden genug, ohne die zusätzliche Last nachbarschaftlicher Hilfeleistungen. Bald konnte ich nur noch denken, welch eine Erleichterung es sein würde, daheim einzutreffen und ins Bett zu kriechen. Allein die Vorstellung, daß ich mein Pferd absatteln mußte, war mir zu anstrengend. Ich versuchte, meine Müdigkeit mit der Hoffnung zu bekämpfen, Grant würde mich erwarten und mir die Arbeit abnehmen. Dann erstarb sogar dieser Gedanke, und es gab nur noch das schaukelnde, stolpernde Pferd und die Schmerzen der Erschöpfung wie Steine über meinen Lungen. Die Sterne waren idiotische quälende Nadelstiche, und ich überlegte, ob ich zuerst die Erbsen oder den Spinat aufbrauchen sollte. Würde Kerrin dran denken, den Hühnerstall auszumisten? Nicht nur dran denken – würde sie es auch tun? Und wie würde Dad es aufnehmen, wenn er herausfand, daß die Streichhölzer um eineinhalb Cent teurer geworden waren?

Bei der Scheune brannte Licht, als ich heimkam, und sekundenlang glaubte ich, Grant hätte wirklich gewartet. Mit zitternden Händen umklammerte ich die Zügel, von unvernünftiger Hoffnung erfüllt. Dann trat Merle aus dem Eichenschatten, half mit, Cairn abzusatteln, und führte ihn zur Tränke. »Die anderen schlafen schon. Grant fiel zuerst ins Bett. Er merkte gar nicht, wie grau die Teller waren, die er abwischte, und er wusch sich nicht mal das Gesicht. Müde wie ein altes Maultier . . .«

Ich fragte, ob Kerrin schon da sei, und Merle erwiderte, die würde auch schon schlafen. »Vielleicht wird sie morgen zur Abwechslung mal arbeiten.« Aber ihre Stimme klang skeptisch.

»Was sollen wir nur mit ihr anfangen?« stieß ich hervor. »Es geht ihr mit jedem Tag schlechter, und sie sieht wie ihr eigener Geist aus. Es ist einfach schrecklich, mit ansehen zu müssen, wie sie sich selber zerstört und unglücklich macht.«

»Dagegen kannst du nichts tun. So war sie schon immer. Sie gehört nicht hierher, und sonst gibt es keinen Ort, wo sie hingehen kann. Heute abend bat sie Grant, wieder mal zu singen. Statt dessen schlief er ein. Wie ein Toter hing er in seinem Sessel.«

Wir gingen ins Haus, sahen Licht in Kerrins Zimmer brennen, schwach und unsicher wie eine Kerze, und schauten uns an. Drinnen war es still und heiß, Moskitos flogen durch die Risse in den Fensternetzen herein, sogar dort, wo Merle Papier darüber geklebt hatte.

Wir legten uns hin, und sie schlief fest und reglos, als wäre sie immer noch sieben Jahre alt und ihr Bewußtsein wie Schuhe oder Haarnadeln, die man trug, wenn man sie brauchte, und dann leichthin beiseite räumte. Aber ich lag noch lange wach und fragte mich, was geschehen würde, wenn es nicht bald regnete und wie Dad seine Steuern zahlen sollte. Jetzt war Juni, und ich begann den Wert unseres gesamten Eigentums auszurechnen. War der neue Pferdestall wirklich eine so gute Idee gewesen – wenn Grant ihn auch beinahe umsonst gebaut und der alte gemodert hatte wie Eichen im Sumpf? Vielleicht hätten wir bis Juli warten und der Grundsteuer nicht noch zehn Cent hinzufügen sollen. Ich erinnerte mich, daß ich am nächsten Tag Küchendienst haben würde. Lang und breit überlegte ich, wie ich einen Kuchen ohne Zucker backen konnte, der so schmecken würde, als wäre welcher drin.

Dann erlosch Kerrins Licht. Ich hörte, wie sie sich im Bett bewegte, und die alte Furcht kehrte zurück – wie eine dunkle Wolke über allen anderen Gedanken. Da schienen wir zu liegen, eingesperrt und eingesargt in uns selbst, und nur Merle war immer noch frei von Gefühlen wie Liebe oder Haß oder Angst, die im Inneren verschlossen wurden. Und in der Dunkelheit gewann ich einen seltsamen Eindruck – je mehr ich nachdachte oder las oder sah, desto bedrückender würde sich das Leben gestalten, desto schwerer würde es mir fallen, Entscheidungen zu treffen. Vielleicht nicht im Alltag, aber im großen und ganzen.

Das normale Leben verlief einfach genug, wenn die Tage zu ausgefüllt waren für Gedanken, die Kleider sich zu schnell abnutzten und den Schmutz aufsogen wie Schwämme. Die Frage, was zu tun war, stellte sich nicht, wenn man zwei Stunden brauchte, um eine Mahlzeit vorzubereiten, die dann in zehn Minuten verspeist wurde. Man mußte keine großen Entscheidungen fällen, nur zwischen Radieschen und Bohnen wählen. Doch die Bedeutung all dieser offensichtlichen Dinge blieb verborgen.

Jeder neue Gedanke schien eine Tür zu öffnen, aber wenn das Gehirn darauf zustürmte, um einzutreten, wurde sie zugeschlagen, und es blieb wie betäubt draußen. Oft glaubte ich, auf der Schwelle eines wichtigen, aufschlußreichen Lichts zu stehen, das mir mehr als die offenkundigen Dinge erklären konnte – und dann erlosch es wieder. Es muß doch einen Grund geben, sagte ich mir, warum wir Jahr für Jahr weitermachen trotz der Schuldenlast, in der Erde scharren, ihr so viel geben und so wenig dafür erhalten. Es muß einen Grund geben, warum der Allmächtige mich still und unscheinbar und schwerfällig gemacht hat und mich nun an diesem Stein namens Liebe kauen läßt. Denn die Liebe *ist* ein Stein.

Plötzlich wünschte ich verzweifelt, Grant wäre niemals zu uns gekommen.

## 3

In drückender Hitze schleppte sich der Juni dahin. Um sieben Uhr abends waren die Vögel noch so hellwach wie zu Mittag, und die Sonne lag wie ein Feuergewicht auf den Blättern. Es regnete nicht. Die meisten Radieschen fielen den Blattläusen zum Opfer, unter deren dichtgedrängter Schar die Blätter verschwanden. Auch über den Salat fielen die Schädlinge her. Obst und Gemüse gingen in solchen Mengen ein, daß ich mich fragte, warum immer noch so viel Arbeit übrigblieb.

Man munkelte von Streiks, Gerüchte über Versammlungen, die in Carton und unten beim Fluß stattfanden, tauchten auf. Und dann krochen die Unruhen näher, breiteten sich wie eine langsame Flut über den umliegenden Farmen aus, bis sogar Vater etwas bemerkte.

Abends besuchte Grant Zusammenkünfte in der Schule, kam begeistert, aber auch unsicher zurück. Er bat Dad, mal mitzukommen und sich das alles anzuhören, aber der erwiderte, er habe keine Zeit. »Gehen Sie nur, nachher können Sie mir erzählen, was los war.«

Eines Abends erklärte Grant, am nächsten Tag dürfe die Milch nicht geliefert werden. Da war Dad wütend und verwirrt. »Wer sagt das?« schrie er. »Wer will mich zwingen, das bißchen zu verlieren, was ich noch habe? Wovon sollen wir leben?«

»Von der Hoffnung, nehme ich an. Ein Opfer für die Zukunft, so nennen sie das.«

»Ein *verdammt* großes Opfer für die Zukunft! Ich kann's mir nicht leisten, auf eine vage Chance zu setzen.«

»Das weiß ich.« Grant sprach in ruhigem, geduldigem Ton. »Trotzdem müssen Sie's tun. Wenn Sie sich weigern, wird Ihre Milch einfach weggeschüttet. Sie hätten gestern abend mitkommen und sagen sollen, was Sie zu sagen haben. Jetzt ist es zu spät.«

»Und wenn die Preise steigen?« wandte Mutter ein. »Wenn wir immer mehr auf Lager hätten und sonst nichts geliefert würde, müßte irgendwer mehr für unsere Milch zahlen, oder? Wo liegt da der Sinn?«

»Es gibt keinen«, erwiderte Merle. »Jedenfalls sollten wir jetzt an uns selber denken. Irgendwer muß zahlen.«

»Was soll ich mit hundert Gallonen machen?« wollte Vater wissen. »Können wir Milch essen, Milch lesen, Milch anziehen? Nicht einmal die Schweine saufen so viel.«

Aber es gab keinen Ausweg, wir mußten unsere Milch behalten. Selbst wenn wir uns den anderen nicht angeschlossen hätten, es wäre zwecklos gewesen. Sie stellten sich an die Straßenränder und schütteten über hundert Gallonen weg. »Ein einziger Aufschrei genügt nicht«, betonte Grant. »Wir müssen alle gemeinsam brüllen. Das Ganze nützt nichts, wenn jetzt irgendeiner ausschert.«

»Dann verschenkt die Milch«, schlug Mutter vor, »draußen auf der Straße. Daran dürfte euch niemand hindern.«

Es war schrecklich, die Milch in Tonnen und Fässern lagern, aus Schweinetrögen quellen und am Nachmittag gerinnen zu sehen. Und ich fand es grauenvoll, Vater zu beobachten, der die Kühe abends in den Stall trieb und stundenlang molk, nur um die Milch den Schweinen hinzuschütten. Grant ertrug das ebensowenig.

Am zweiten Tag lud er die Kannen auf einen Laster und verkündete, nun würde er alles verschenken. »Tun Sie das, ganz egal, wo«, sagte Vater, halb von Sinnen angesichts dieser Verschwendung.

Als Grant zurückkehrte, waren die Kannen leer und einige verbeult. Vater half ihm, sie abzuladen, und beim Anblick der Dellen schüttelte er fassungslos den Kopf. »Was ist passiert? Wer hat meine Kannen beschädigt?« Er streichelte sie, als wären sie lebendige Geschöpfe.

»Ich habe die Milch in der Stadt verschenkt«, berichtete Grant. »Die ganze Milch – außer den neun Gallonen, die der junge Rathman weggoß, ehe ich ihm den Schädel einschlagen konnte, was ich am liebsten getan hätte. ›Sie Streikbrecher!‹ schrie er mich in einem fort an und machte so viel Lärm, daß er gar nicht hörte, was ich sagte.«

»Max hat einen Kopf wie eine Kanonenkugel«, meinte Merle. »Was haben Sie gemacht, um ihm Vernunft einzubleuen?«

»Ich stieß ihn in den Laster und nahm ihn ein Stück mit.« Grant lachte, aber er sah müde und bekümmert aus.

»Wie wird das alles enden?« seufzte Dad. »Was für eine Hoffnung haben wir noch?«

»Das weiß ich nicht. Hedden ist jetzt in der Molkerei und erzählt den anderen Farmern, wir könnten bis in alle Ewigkeit durchhalten. Er ist selber arm wie eine Kirchenmaus, und wenn er nichts verkauft, hat er nichts zu essen. Wir müssen einander eben was leihen, bis es überstanden ist.«

»Wer sind *wir*?« brüllte Vater. »Was haben wir zu verschenken?«

Grant wußte, daß eine Diskussion sinnlos war und daß Vater genauso wie alle anderen nachgeben würde, wenn es soweit war. Also wandte er sich ab. »Wenn wir verlieren, haben wir wenigstens eine Menge Wirbel gemacht. Das könnte später einigen Leuten helfen.«

»Immer die Zukunft!« murmelte Vater und ging davon. »Immer irgendwelche anderen Leute! Gibt es denn nichts für *uns* – und zwar *jetzt*?«

Grant stapelte die Kannen aufeinander und schloß das Gatter. »Wenn man zum erstenmal ein Feld pflügt, ist es immer am schwersten, und manchmal muß man eine Mißernte hinnehmen. Vielleicht fallen ein paar Maiskolben für uns ab, vielleicht auch nicht.« Er wußte, daß wir uns keine großen Hoffnungen machen durften.

## 4

Letzten Endes wußte niemand so recht, ob der Streik erfolgreich verlaufen war oder nicht. Die Preise stiegen um einen Cent, und wir begannen unsere Milch wieder zu verkaufen. Aber die Steuer mußte bezahlt werden, und die abgeänderte Güteklassifizierung glich die geringfügige Preiserhöhung wieder aus. Das alles wurde still und leise abgewickelt, was Grant in ohnmächtige Wut brachte. Aber Vater verstand nicht ganz, was geschehen war, bis er am Monatsende Bilanz zog und der dreitägige Streik ein Loch auf einer Buchseite zurückließ. Trotzdem blieb er bis Mitternacht auf, sah die Zahlen immer wieder durch. Das Öl in der Lampe war so tief herabgesunken, daß der Docht kaum noch brannte, und vor lauter Müdigkeit konnte Dad ohnehin nichts mehr sehen.

Von diesem Zeitpunkt an schien er Grant weniger zu trauen, und die beiden kamen immer schlechter miteinander aus.

Gleichmäßig verliefen die Tage. An tiefer gelegenen Stellen grünte es immer noch, und das Eisenkraut wucherte. Morgens schien die Sonne durch einen grauen Schleier, dann stieg sie glutrot und triumphierend empor, um die Erde wieder zu versengen. Ich begann, ihr riesiges, starres Auge in stupidem, hilflosem Haß zu betrachten, und mir graute vor den Morgenstunden, aber es gab auch friedliche Momente und manchmal kurzfristige Abkühlung.

Sonntags ließ Vater die Arbeit ruhen – das heißt, er pflügte nur, wenn es sein mußte. Die Kühe molk er genauso wie sonst auch, und er machte die Räume seiner Milchwirtschaft sauber, was er täglich tat. Um vier kümmerte er sich dann wieder um die Kühe.

»Welch ein Ruhetag!« bemerkte Merle. Sie selbst arbeitete mindestens ebensoviel, aber es gelang ihr, sich die Sonntagnachmittage freizunehmen, und wir wanderten über die Wiesen zur alten Borden-Kirche, in deren Friedhof jetzt Schafe weideten. Gottesdienste wurden nicht mehr abgehalten, nicht einmal an einem einzigen Sonntag im Monat. Die Leute kamen nur her, wenn neue Gräber ausgehoben werden mußten. Ich saß draußen auf den Stufen, während Merle die alte Orgel erklingen ließ, so wie es Kerrin getan hatte, als wir noch klein gewesen waren. Manchmal überlegte ich, ob ich jemals Antworten auf all das finden würde, was ich mich vor zehn Jahren an dieser Stelle gefragt hatte . . .

Der Geistliche hielt einmal im Monat eine Predigt, und nach unserer Übersiedlung aufs Land hatte sich Mutter ein ganzes Jahr lang gewünscht, ihm einmal zuzuhören. Aber stets hatte etwas anderes erledigt werden müssen. Ein Kalb oder eine Mahlzeit oder die Einmachgläser konnten nicht warten. Wie ein nörglerischer, kranker alter Mann verlangte die Farm Tag für Tag unsere Aufmerksamkeit.

Aber eines Sonntags, ein Jahr und drei Monate nach unserem Umzug, besuchten wir endlich die Kirche. Mutters Festkleid war verblichen und zu groß geworden, aber wir fanden es schön und eindrucksvoll wegen der gefältelten Ärmel. Vater weigerte sich mitzukommen, saß auf der Veranda und starrte uns nach, die Sonntagszeitung in der Hand. Er sah erschlafft und müde aus, und er schien es etwas unanständig zu finden, daß wir ohne männliche Begleitung zur Kirche gingen. »Seid brav, Kinder«, war alles, was er sagte, dann spähte er wie ein Habicht über unsere Köpfe hinweg. Aber Mutters erwartungsvolles Gesicht strahlte, als würde sie bereits vor dem Altar knien.

Kniehoch wuchs Honigklee auf der Straße, wilde Rosen sprossen aus dem Staub. Es war ein warmer Tag, und während wir dahinwanderten, sahen wir fast von jedem Zaunpfosten singende Lerchen in ihren gelben Federwesten hochfliegen. Gänseblümchen und Schafgarben überfluteten die Wiesen mit blendendem Weiß. Ein beinahe zu schöner Tag, zu üppig vom Geißblattduft geschwängert. Als wir eintrafen, war die Kirche schon beinahe voll besetzt. Große Wagen und alte Einspänner drängten sich im Hof. Wir gingen hinein, ohne mit irgendwem zu reden. Kerrin meinte, drinnen würde es muffig riechen, und beschloß, vor dem Tor zu warten. Wahrscheinlich hoffte sie, einer der Burschen würde sie ansprechen. Aber die hatten sich alle bei den Pferden versammelt wie eine schlaksige Reiherschar. Die Frauen starrten sie an, als sie allein dastand, und nach einer Weile kam sie herein, setzte sich aber nicht zu uns, sondern in die hinterste Bank, als würde sie zu einer anderen Familie gehören.

Merle schaute zur schäbigen, vertrauten Orgelfassade hinauf und meinte, sie würde nun anders aussehen, »kirchlicher, sittsamer und bescheidener« als zu der Zeit, wo Kerrin darauf gespielt habe. An späten Nachmittagen oder in frühen Morgenstunden war sie hierhergeschlichen und durch ein unverschlossenes Fenster hereingeklettert.

Merle und ich begleiteten sie manchmal und saßen auf den Grabsteinen oder Stufen, während sie wilde Hymnen oder seltsamen, unsicheren Jazz erklingen ließ und die alten Orgelpfeifen zwang, unter gottlosen, heidnischen Melodien zu ächzen. Wir schlenderten umher, entzifferten die Namen auf den Grabmälern, und einmal fanden wir eine Heuschrecke, die sich an den verwitterten Stein der Boggs klammerte, ihren weichen, dicken Körper über die Buchstaben schleppte und Halt für ihre Füße suchte, um sich zu befreien, den dünnen Kokon abzuschütteln. Wild wucherten orangegelbe Lilien und schwarzäugige Stiefmütterchen auf den Grabhügeln, aber jeden Sonntag vor der Ankunft des Priesters wurden sie abgemäht, zu züchtiger Demut zurechtgestutzt.

Wenn die Orgel ermattete und zu asthmatisch atmete, verließ Kerrin die Kirche und kehrte nach Hause zurück, schritt vor uns im Sonnenschein wie eine Heilige mit roter Gloriole. Wir hätten nicht mit ihr kommen und gehen müssen, taten es aber, denn wir empfanden einen undefinierbaren Respekt vor allen Menschen, die älter waren, zumindest den Jahren nach. Oft waren wir hier gewesen, um ihrer verrückten, selbst komponierten Musik zu lauschen, die geklungen hatte, als würden Hexen einander anschreien. Aber nun waren wir zum erstenmal durch das vordere Tor in die Kirche gekommen, zusammen mit anderen Leuten.

Ich starrte über die Männer hinweg und überlegte, ob mich einer bemerken würde, wußte jedoch, daß ich zu unscheinbar wirkte – ein Mädchen, das von Blicken gestreift, aber nicht wahrgenommen wurde. Alle paar Minuten betastete ich meinen Hinterkopf, aus Angst, die Zopfenden hätten sich gelöst. Warum saßen die Leute in der Kirche? War der Allmächtige hier? Wieder begannen die Fragen, die Zweifel, die wie Ströme durch Tunnels flossen, schon so oft unerwartet und unerwünscht aufgetaucht waren und mich auch in all den späteren Jahren quälen sollten ...

Warum hatten diese Menschen die Kirche aufgesucht? Glaubten sie, was sie hörten – auch nach der Messe? Nicht der Priester, ein alberner, verbissener kleiner Mann, verwirrte und peinigte meine Gedanken, sondern die Schar, die sich hier eingefunden hatte, um ihm zu lauschen. »Die Sünde«, rief er, »ist die Wurzel allen Übels auf der Welt! Sie ist böse! Betet, um von ihr erlöst zu werden!« Eine Stunde lang sagte er immer wieder dasselbe, wenn auch mit anderen Worten, erklärte aber nicht, was dieses Böse sein mochte. Als ich schließlich erkannte, daß er uns das niemals mitteilen würde – entweder wußte er's nicht, oder er glaubte, das würde zu lange dauern –, begann ich mich umzuschauen. Ich dachte über die Anwesenden nach und fragte mich, ob das, was ich über ihr Leben erfahren hatte, in irgendeinen Plan paßte, in ein System, das mir verraten könnte, warum sie hier waren.

Ich betrachtete den Rücken der alten Vigney Hickam im grünen Kleid, eng über die Schulterblätter gespannt, das Haar straff unter dem Hut hochgesteckt. Bedeutete ihr die Predigt etwas, dieser altjüngferlichen Frau, die mit ihrer Mutter eine Meile von der Hauptstraße entfernt lebte und keine Gelegenheit fand, Sünden zu begehen – gleichgültig, ob sie es wünschte oder nicht? Es sei denn, es galt als verwerflich, Hecken zu stutzen und Phlox zu durchpflügen. Doch ich bezweifelte, daß der

Geistliche solche Taten für erwähnenswerte Sünden hielt, da sie bei weitem nicht so aufregend waren wie Ehebruch und Unzucht.

Auch Joe Rathman und seine Frau saßen da, der alte Mann wie ein verirrter, vergreister Gnom in einem schwarzen Anzug. Offenbar hörte er kein Wort von alldem, was gesagt wurde. Wahrscheinlich ließ er die Messe nur deshalb geduldig und resignierend über sich ergehen, weil er das sein Leben lang einmal im Monat getan hatte, und nutzte die Zeit, um sich auszurechnen, was er bisher an seinen Hühnern verdient hatte. Die drei Rathman-Söhne erschienen nie in der Kirche – große, kraftstrotzende Burschen. Dad behauptete, Aaron sei der tüchtigste, und es war auch immer nur Aaron, über den Mrs. Rathman redete. Die Abwesenheit der drei gab mir zu denken, als wenn sie hier wie Ochsen nebeneinandergehockt wären. Aaron unterschied sich von den anderen, sein Gesicht besaß deutlichere Konturen, und er hatte keine so dicke Mauer zwischen sich und seinen Gefühlen errichtet. Er erkannte, daß die Dinge nicht immer nur schwarz oder weiß waren, das es auch Zwischennuancen gab.

Ich musterte Miss Amy Meister, deren Bruder aus dem Krieg zurückgekehrt war und in einem Wutanfall den Vater getötet hatte. Aber sie führte ihr Leben wie eh und je, züchtete Bienen, verkaufte jeden Herbst große gelbe Waben, wußte mehr von Gut und Böse, als es der Priester in all seinen achtzig Jahren erträumt hatte. Aber sie lauschte wie ein Kind, während er von dieser vagen Sünde sprach. Und da war Stella Darden. Sie hatte einen Pächter geheiratet und wohnte mit seinen vierzehn Verwandten in einer Hütte, in einem einzigen Raum, kaum größer als zwei Außenklosetts zusammen. Im Winter könne man diese Behausung nicht heizen, behauptete Aaron, und müsse sich mit der geballten Körperwärme begnügen. Und Leon Kind, dessen Sohn ihn verlassen hatte, weil er das beharrliche Schweigen des Vaters nach dem Tod der Mutter nicht ertrug ...

Und dann beobachtete ich Mutter, die ruhig zuhörte, aber eher so, als hielte sie ihre eigene Zwiesprache mit Gott, würde einen Glauben nähren und tränken, für den die Orgel und die Kirche und der Geistliche nur Symbole oder Attribute waren. Sie lauschte bloß auf den Klang der Frömmigkeit in der Priesterstimme, nicht auf die Worte, die wenig oder nichts bedeuteten. Ich wollte so glauben wie sie, so standhaft, so fraglos, an einem Glauben von der Art festhalten, der ein Teil ihrer Hände und ihres Gesichts zu sein schien ... Doch das konnte ich nicht. Vielleicht wurde man mit einem solchen Glauben geboren, so wie mit der Augenfarbe und kräftigen oder schwachen Armen, und auf andere Weise vermochte man ihn nicht zu erwerben.

Kurz vor der Kommunion freuten Merle und ich uns auf die winzigen Becher und Krumen und überlegten, ob wir Wein aus Holunderbeeren oder aus wilden Trauben bekommen würden. Mutters Züge leuchteten verzückt, in mystischer Erwartung, als wäre sie um Welten von uns entfernt. Aber vor dem Beginn der Zeremonie schlich der Diakon durch den Mittelgang zu ihr, und alle Köpfe drehten sich langsam um, wie von einer unsichtbaren Schnur gezogen. Er beugte sich vor und flüsterte hinter vorgehaltener Hand: »Jetzt müssen Sie hinausgehen. Sie gehören nicht zur Kirche. Nur Kirchenmitglieder dürfen die Kommunion empfangen.« Verständnislos starrte sie ihn an und befingerte ihre Handtasche. »Sie müssen gehen«, fügte er etwas lauter hinzu.

Da kam Kerrin zu ihr und kniff sie in den Arm. »Sollen

sie doch ihren alten Sauerkrautsaft behalten«, murmelte sie und ging zum Tor.

»Oh, ich verstehe.« Hastig stand Mutter auf, nickte auf ihre nervöse Art und versuchte, dem Diakon zu bedeuten, er habe sie nicht beleidigt. Die Leute starrten uns an, unverhohlen und neugierig. Die weißen Gänseblümchen auf Vigneys Hut bebten.

Hintereinander verließen wir die Kirche, und Kerrin versuchte, das Tor krachend zuzuschlagen, aber es fiel ganz leise ins Schloß. Man hörte nichts außer dem Keuchen der Orgel und dem Gesang: »Es war da, es war da, wo ich zuerst das Licht sah, und die Bürde meiner Sünden fiel von mir ab.«

Nun standen wir vor dem leeren, weißen Gesicht des Tors und schauten uns an. Ich begann zu kichern, und Mutter lächelte, erweckte aber den Eindruck, sie hätte etwas Unersetzliches verloren und wäre plötzlich ins Leben zurückgerissen worden, mit leeren Händen. Ehe wir Kerrin zurückhalten konnten, ergriff sie einen Erdklumpen und malte ein braunes Kreuz ans Kirchentor. »Für dieses Lumpenpack! Für diese alten, von Würmern zerfressenen Hickorynußschalen!«

Vor Schreck war Mutter halb von Sinnen und bemühte sich, den Fleck mit ihrem Unterrock wegzuwischen, verschmierte ihn aber nur, so daß er die Kreuzform verlor und sich graubraun färbte. In der Nähe gab es kein Wasser, und Merle versuchte es mit Spucke, doch das nützte nicht viel. Dann verstummte die ächzende Orgel, und wir fürchteten, jemand würde herauskommen und uns alle dabei ertappen, wie wir das Tor bespuckten und schrubbten, also eilten wir zur Straße. Bekümmert schwitzte Mutter unter der Sonne, und Kerrin schritt hoch aufgerichtet voran, als würde sie nicht zu uns gehören und uns gar nicht kennen.

»Was haben wir verbrochen?« fragte Merle in einem fort. »Wieso sind wir anders als die Leute da drin?« Doch ringsum flogen heiße Staubwolken, das Sonnenfeuer trocknete die Erde aus, und niemand wollte antworten. Wir hätten auch gar keine Antwort gewußt.

*

Während ich jetzt dasaß, Merles Orgelspiel lauschte und an jenen Sonntag dachte, drängte es mich heftiger denn je, die Dinge zu ergründen. Noch sehnlicher wünschte ich mir etwas außerhalb meiner Person – einen Glauben, der ins Leben passen würde, der es nicht unterjochte. Es gab vieles, woran ich gern geglaubt hätte, zum Beispiel, daß alles, was uns widerfuhr, gerecht war, und daß ich wie Wally Huttons Frau sagen könnte, den Blick fromm nach oben gerichtet: »Der Herr gibt, und der Herr nimmt«, als sie ihr siebentes Kind begraben hatte wie einen Knochen für das Festmahl der Auferstehung.

Es wäre einfacher, das Unvermeidliche und »Gerechte« zu ertragen, wenn kein Ausweg existierte. Aber wir haben doch sicher das Recht, dachte ich, das Leben so auszukosten wie andere Menschen! Sind wir und alle ringsum – die Ramseys und Huttons und Meisters und die übrigen – schlechter als Leute, die keine Furcht kennen, keine Sümpfe zuschütten müssen, weder dem Frost noch der Dürre ausgeliefert sind? Warum wurden uns diese Lasten auferlegt? Wäre es uns unmöglich gewesen, von jenen Seltenen zu erfahren, die keine Not litten, hätten wir vielleicht begonnen, Gott für alles verantwortlich zu machen, und unseren inneren Frieden gefunden. Das Wissen ist ein zweischneidiges Schwert, mit zwei scharfen Klingen und ohne Griff, so daß nicht einmal der Besitzer damit um sich schlagen kann.

# 5

Im Juli war die Hälfte des Maises gestorben und lag flach auf den Feldern wie zerknittertes Papier. Die Wiesen verbrannten zu Asche. Einmal stolperte ich im Wald, und die Schlacke verdorrter Blätter flog hoch wie Staub. In den Kuheutern vertrocknete die Milch. Die Preise stiegen wieder, wie wir hörten, aber Dad bekam nicht mehr für seine Milch und noch weniger für die Kühe, die er verkaufte, da auch fast alle anderen Farmer ihr Vieh loszuwerden versuchten.

Die Flüsse und Bäche waren ausgedörrte Felsenbetten, die Teiche nur noch Gruben voller Risse, mit trocknendem Schlamm glasiert. Unentwegt hörte ich die durstigen Kälber auf den heißen Weiden klagen, aber wir konnten sie erst abends tränken. Das Wasser mußten wir aus einem drei Meilen entfernten Teich holen, und die Pferde waren wundgescheuert, sogar wenn sie sich ausruhten, nachdem wir uns Ramseys Maultiere ausgeliehen hatten. Die Hitze glich einer Riesenhand, die Tag und Nacht auf dem Gesicht lag. Als schließlich alles tot war, dachte ich, nun müßten wir von der Hoffnung erlöst werden. Aber die Hoffnung ist eine Besessenheit, die niemals stirbt. Vielleicht werden sich die Teiche wieder füllen – im Herbst könnte Regen auf die Weiden und in die Zisternen fallen ... Immer noch gab es die gräßliche Qual der Hoffnung, die nur mit dem Leben endet.

Einzig und allein Merle schien nicht unter der Hitze zu leiden. Sie arbeitete draußen auf den Feldern mit Grant und Dad, und die Sonne verfärbte ihre Haut zu glühendem Braun. Wie ich bemerkte, wurde sie in jenen Tagen immer stiller, nicht infolge jener Pein, die Kerrin verzehrte und ihr Inneres zerfraß wie schwarzer Talg – etwas anderes bereitete ihr Sorgen und riß sie aus ihrer sanften Heiterkeit. Furcht und Verantwortungsgefühl. Sie versuchte, Grant aus dem Weg zu gehen, und wenn sie mit ihm sprach, zeigte sie eine seltsame Mischung aus Zögern und Offenheit. Ich bemitleidete ihn und fragte mich, ob er so wie ich die betäubende Wirkung der Geduld kennenlernte, die nur möglich ist, wenn man alle Zweifel verdrängt. Nie beklagte er sich, und ich wünschte manchmal, er würde mehr sagen. Schreien oder fluchen. Sein Schweigen erschien mir wie ein Damm, der eine aufsteigende Flut bezähmt.

Weil ich still und meist untätig war, beobachtete ich Grant aufmerksamer als die anderen. Manchmal, selbst wenn er sprach, schien er sich um Jahre von uns zu entfernen und in seiner eigenen Welt zu versinken. Er war immer freundlich, scherzte mit uns, lobte das Essen, bat hin und wieder um etwas Besonderes – Reisbällchen oder Schmalzgebackenes mit Sauce. Aber obwohl wir Tag für Tag mit ihm zusammenlebten und die trivialsten Dinge teilten, fand ich ihn distanziert und ernst, und er strahlte eine Würde aus, die ich liebte.

Plötzlich kam mir – völlig grundlos, aber mit unerschütterlicher Sicherheit – zu Bewußtsein, daß weder Mutter noch Grant zu irgendeinem Menschen aufblickten oder ihn beneideten. Das hatte keineswegs mit übermäßiger Selbstachtung zu tun oder mit dem Gefühl, anders zu sein, sondern mit dem Glauben an die Würde des menschlichen Geistes. Ich stolpere auf meiner Suche nach Worten, um das zu erklären. So etwas kann man nicht in kleinen Lettern festhalten und für Kinder buchstabieren. Ich weiß nur, daß es existierte und die beiden über uns emporhob. Niemals wirkten sie kleinlich oder gar lächerlich, obwohl auch sie vermutlich ihre Fehler begingen.

Nach einiger Zeit hatten wir weniger zu tun. So viel Gartengemüse war eingegangen, der Boden zu hart zum Pflügen. In Nächten, wo uns die Hitze nicht schlafen ließ, saßen wir da und redeten. Es gab nicht viel Neues zu lesen, selbst wenn es hell genug gewesen wäre. Niemals beschwerte sich Merle darüber. Sie las alle alten Bücher noch einmal und gab vor, ihnen bei der vierten Lektüre noch mehr abzugewinnen als bei der dritten. Nur einmal erlebte ich einen Wutanfall mit. Sie schleuderte ein vergilbtes Buch, das Schilderungen längst vergangener Schlachten enthielt, beiseite und rief: »Um Gottes willen! Könnten wir doch etwas beschaffen, das nach dem Tod der Propheten geschrieben wurde und nicht nach Adam schmeckt! Ich will wissen, was die Menschen *jetzt* sagen!«

»Immer dasselbe, nehme ich an«, erwiderte Mutter. »Aber vielleicht gibt es jetzt eine neue *Art und Weise*, es auszusprechen.«

»Eine neue Art und Weise, die uns helfen könnte«, ergänzte Merle. Sie sah müder aus denn je, hob das Buch nicht auf, lächelte nicht. »Es ist nicht gut, so eingeengt, von Gott oder sonst jemandem in Schächtelchen mit der Aufschrift ›extra klein‹ gepreßt zu werden! Wir können nicht im Dunkel wachsen wie Schimmelpilze. Wenn ich denken müßte, es würde immer so sein, dann ...« Sie beendete den Satz nicht, trommelte hilflos mit ihren Fingern auf den Tisch. Immerhin wußte sie, daß es sinnlos war zu schreien.

Wenn wir in solchen Nächten beisammensaßen und in der Finsternis redeten, versuchte sie oft, Grant alles zu entlocken, was er wußte oder gehört oder gelesen oder beobachtet hatte.

»Wie sehen die Leute dort aus?« pflegte sie zu fragen. »Was sagten sie? Was lasen sie? ... Wenn der Mann gewonnen hatte, warum gaben sie ihm keinen Preis? Weil sein Name keine Rolle spielte! Sein Name! Das ist sonderbar und schwer zu verstehen ... Nun, was sagte er? Wie sah er aus? Wie kann ein Mensch eine solche Ungerechtigkeit ertragen? Du sagst, er habe es still und ungerührt hingenommen, wie ein Fels. Das war falsch. Er hätte schreien sollen, statt stumm zu leiden ... Nun, was trugen sie, als es an der Zeit war? Keine Farben? Keine Roben? ... Schwarz! Nur Schwarz? Wer würde sich schwarz anziehen, wenn er genug Geld für Rot besitzt? Großer Gott, genausogut kann man überhaupt kein Geld besitzen, ein Milchfarmer sein ... Was hatten sie zu essen, und wie servierten sie es? Fleisch oder Fisch – oder was? Du erinnerst dich nicht? Du bist schlimmer als ein unleserliches Buch. Ein Mensch sollte sich an alles erinnern, was er gesehen hat, wie ein Schwamm, der alles aufsaugt ...«

»Laß ihn in Ruhe«, mahnte Vater schließlich. »Bist du denn nie zufrieden, Merle?«

Stets hatte sie eine Antwort parat. »Nicht, bevor ich taub und stumm und blind bin«, entgegnete sie triumphierend. »Nicht, bevor ich unter dem Mais in die Erde gepflügt wurde.«

Aber Grant beantwortete ihre Fragen sehr gern. Ruhig saß er da, an einen wackligen Verandapfosten gelehnt, und versuchte, all die anderen Jahre seines Lebens mit Worten neu zu beleben. Ich glaube, er tat sogar sein Bestes, um sich an die Himmelsfarbe bestimmter Tage zu erinnern, an die Namen der Bahnhofsvorsteher in allen Städten, durch die er gereist war. Um Merle eine Freude zu machen, bemühte er sich, sämtliche Legenden und Geschichten, die er jemals gelesen hatte, zu erzählen. Manchmal sah ich ihn allein am Zaun stehen, ein halboffenes, vergessenes Gatter unter der Hand, und er kramte in seinem Gedächtnis nach Namen und Orten, Erinnerungen, die ein plötzlicher Geruch, ein Geräusch, irgendein unwichtiges Wort wachgerufen hatten.

An solchen Abenden lag Kerrin halb schlafend im Schatten des Verandadachs. In gewissen Nächten sagte sie kein Wort, in anderen sprach sie schrill und lebhaft. Sie unterbrach Grant, berichtete von Dingen, die sie auf den umliegenden Farmen aufgeschnappt hatte – Skandale, halb wahr, halb erfunden. Zum Beispiel, wie der alte Leon Kind, der immer sonderbarer wurde, seinen verdorrten Garten mit Milch gegossen, neun noch warme Gallonen aus Eimern auf die verschrumpelten Bohnen geschüttet hatte. Und sie erzählte von einem Licht, das sich um zwölf durch Miss Vigneys Gasse bewegt hatte. Und die Frau, die nach Einbruch der Dunkelheit niemals aufblieb, aus Angst, Öl und Kerzen zu verbrauchen, hatte ein Flämmchen in ihrem Fenster brennen lassen, und hinter der Jalousie war ihr Schatten gesehen worden. Das alles sei wahr, schwor Kerrin. Sie habe es von jemandem erfahren, der genau Bescheid wisse, oder mit eigenen Augen beobachtet. Und so, wie sie diese Ereignisse schilderte, wirkten sie noch eigentümlicher, unheimlicher und ein bißchen unanständig. Wenn sie von einem Todes- oder Unfall erfuhr, fand sie keine Ruhe, ehe sie sich über die näheren Umstände informiert hatte. Und irgendwie entstand aus ihren Worten eine Atmosphäre der Unrast und Angst, die sich auf allen Farmen ausbreitete. Die Furcht vor der Armut erzeugte Haß – der Haß führte zu tückischer Gewalt, manchmal zu Wahnsinn und Tod. Sie verschleierte die Geduld der Menschen, die – wie wir wußten – immer noch vorhanden war, erwähnte niemals vernünftige Pläne, die vielleicht mit der Zeit unser elendes Leben ändern würden.

Ich freute mich über diese Abende, auch über jene, wo Kerrin in ihrer schnellen, fast dämonischen Art redete, denn sie hielten mich vom Schlaf ab. Wenn ich schlief, träumte ich zuviel. Die Träume blieben immer gleich. Sie waren nie so seltsam und schön wie die meiner Schwester Merle, auch nicht so schrecklich, sondern monoton und wahrhaftig, nichts weiter als eine Wiederholung der Tage, aber mit laut ausgesprochenen und zur Kenntnis genommenen stillen Wünschen und Ängsten, wie es vielleicht auch im wirklichen Leben hätte sein können. In keinem dieser Träume gab es Augenblicke vollkommenen Glücks, ebensowenig erreichte ich darin echten Wahnsinn oder Schmerz. Sie endeten stets auf der Schwelle irgendwelcher ungeheuer böser oder ekstatischer Gefühle. Dann erwachte ich, mir war heiß und kalt. Starr wie eine Leiche lag ich da und beobachtete Vater, der sich im ersten Licht des Morgens durch den Flur tastete.

Eines Traums entsinne ich mich, der sich von den anderen unterschied und tagelang in meinem Gehirn weiterlebte. Ich stand allein am Fuß der Weidenhügel und beobachtete, wie Grant durch ein trockenes Bachbett zu mir kam. An den Ufern wuchs versengtes Gras. Deutlich sah ich ihn auf mich zugehen, wußte genau, daß es Grant sein mußte, aber sein Gesicht war verschwommen. Obwohl ich meine Augen anstrengte und unverwandt zu ihm aufblickte, als er mich erreichte, vermochte ich seine Züge nicht zu erkennen. »Bist du das, Marget?« fragte er. »Ist Merle weggegangen?« Er sprach, als wäre er blind und könnte mich genauso unscharf erkennen wie ich ihn.

»Sie ist da«, erwiderte ich. »Sie ist immer da. Und ich glaube, sie wird immer dasein.«

»Aber ich sehe sie nicht. Da sind nur Steine und Schafspuren im Staub.« Ich schaute mich um, konnte sie selber nirgends entdecken, erklärte jedoch, sie sei da bei den Steinen oder nur für eine kleine Weile davongegangen. Er wandte sich ab und meinte, es habe keinen Sinn zu warten. »Bleib du hier. Nimm alles. Halt es fest.«

Ich hob eine Hand, um ihn zurückzuhalten. »Was soll ich nehmen?« Da drehte er sich um, die Hände ausgebreitet, blickte mir direkt in die Augen. Für ein paar Sekunden sah ich sein Gesicht so deutlich, als würden die Strahlen der Mittagssonne darauffallen. Und dann erwachte ich. Dunkle Grabesstille erfüllte das Haus, nur ein Hund bellte in meilenweiter Ferne.

Dies alles war so real gewesen, daß es mich den ganzen Tag drängte, Grant zu fragen, was er mir habe sagen wollen. Eine Zeitlang schien ihm ein Teil der sonderbaren Traumszene anzuhaften. Irgendwie glaubte ich ihn jetzt besser zu kennen als die anderen, und ich fand es wunderbar, mir das einzubilden.

## 6

Die Dürre dauerte an. Bäume welkten, selbst die großen, die seit fünfzig Jahren in der Erde wurzelten. Gras verwandelte sich in Heu, sogar das Unkraut zerfiel zu Asche. Nahe dem leeren Bachbett ballten sich grüne Kletten, aber die riesigen Ulmen begannen zu sterben, auch die Limabohnen, die Blüten voller Läuse. Winden würgten die grünen Bohnenstauden, und die Möhren steckten so fest im trockenen Boden, daß man sie nicht herausholen konnte.

In manchen Nächten wanderte ich über die Felder, in der Hoffnung auf kühlere Luft, und die Sehnsucht nach

Regen entwickelte sich beinahe zu einem körperlichen Schmerz. Ich spürte die Unendlichkeit des Universums nicht mehr, ebensowenig die Winzigkeit des Ichs, von der wir angesichts weiter Felder und des Sternenhimmels sprechen. Stets fühlte ich mich zu groß, zu plump, zu qualvoll gegenwärtig. Ich konnte nicht schrumpfen.

Und eines Mittags, als wir schon glaubten, wir würden es nicht länger ertragen und genauso austrocknen und Risse bekommen wie die Erde, wehte plötzlich ein kalter Wind heran. Im Norden sahen wir eine gewaltige Wolkenbank emporragen. Die Luft, heiß und reglos, hatte sich in der Ruhe vor dem Sturm verdunkelt. Aber schon wochenlang waren verheißungsvolle Gewitterwolken aufgezogen, um sich dann in Nichts aufzulösen. Wir hatten kristallklare Sonnenuntergänge beobachtet, wie nach heftigen Regengüssen, doch kein einziger Tropfen war gefallen.

Jetzt stiegen die Wolken hoch, griffen nach vorn wie große Wellen, Donnergrollen erinnerte an eine wütende Stierherde. Das Gewitter hatte sich schnell und fast lautlos zusammengebraut, ohne Vorwarnung außer jener Ruhe. Wie Statuen standen wir da und gafften. Dann schrie Merle: »Es ist da!« Wie eine Verrückte rannte sie aus dem Haus, und überall in der schwarzen, brodelnden Masse zuckten Blitze. Dad schaute Mutter an. Auf erschreckende Weise glitt die Maske von seinem Gesicht, als hätte die Hoffnung alles erlittene Grauen, die ganze Verzweiflung der letzten Wochen an die Oberfläche gezerrt, und da weckte er Mitleid und Liebe in mir wir nie zuvor.

Mutter packte einen Eimer und stellte ihn draußen auf die Steine, voller Angst, ein Tropfen könnte entfliehen oder versickern, wo er nicht gebraucht wurde. Wir schleppten weitere Eimer und Kochtöpfe hinaus, reihten sogar Schüsseln auf dem Fenstersims aneinander, und Merle riß Grants Trinkbecher vom Wandhaken.

Es wurde dunkler, ein wilder Wind peitschte unsere Kleider. Außer sich vor Aufregung, genoß Merle die kalten Luftströme. Wir sahen Kerrin von der Scheune zum Haus laufen, schwankend wie eine Weidenrute. Schafe drängten sich die Straße herab und glichen einer buckligen Flutwelle, strebten blökend und kreischend zum Stall. Ich wollte umherspringen und jubeln, wünschte mir Flügel, um emporzuschweben wie die Krähen, die über uns ihre Kreise zogen. Und Grant, um zehn Jahre verjüngt, brüllte wie ein Kind. Wir blickten uns alle an, fühlten uns endlich befreit von dem Kummer, der aus uns herausfloß wie Regen.

»Holt die Tröge!« befahl Vater. »Bald ist das Gewitter da, ich sag's euch!« Er eilte zu den Kellerstufen, als die ersten Tropfen fielen, mit hartem Klatschen, weit voneinander entfernt. Taumelnd trug er die Waschtröge herauf, und der Regen prasselte hinein mit dem Lärm von Hammerschlägen auf hohles Blech. Ein wundervolles Licht erhellte Mutters Gesicht, als sie dastand, einen fast hingerissenen, mystischen Ausdruck in den Augen. Blumentöpfe hingen an ihren Fingern.

Jene ersten Tropfen besprühten ein paar welke Blätter an den Weinranken und verschwanden dann im Erdreich. Im Norden verbreiterte sich furchtbar schnell ein blauer Streifen, die Sturmwolken wanderten nach Süden. Keine neuen Tropfen fielen, ein langes Strahlenbündel durchbohrte das Schwarz, das Sonnenauge vergrößerte zusehends das Loch. Wir spürten bereits, wie der Wind abflaute und nur etwas kühlere Luft zurückließ – keinen Regen.

Vaters Knie schienen einzuknicken, schwerfällig sank er auf die Stufen.

»Gottes Wille wird geschehen!« rief Kerrin und brach in Gelächter aus. »Wozu stehen die Tröge da, Grant?«

»Damit sie den Sonnenschein einfangen und das himmlische Licht für die Dunkelheit bewahren.« Er sah wütend und verhärmt aus, Windböen trockneten den Schweiß auf seinem Gesicht, und eine Wunde, vom Stacheldraht eingekerbt, zog sich wie ein Zickzackblitz über seine Wange.

Kerrin begann wieder zu kichern und warf die Arme hoch. Sie erschien mir seltsam und lächerlich, und ich merkte, wie dünn sie geworden war. Der Wind schien durch ihre Knochen zu blasen. Es tat mir in der Seele weh, sie anzuschauen. Grant wandte sich zur Sonne und beschattete mit einer Hand seine Lider. »Dieses verdammte alte Zyklopenauge!« murmelte er. Hilflos und voller Haß starrte er zum Himmel hinauf.

Die Wolken zerteilten sich. Riesige blaue Flecken leuchteten glasklar. Fast unhörbar polterte der Donner in weiter Ferne . . . Nichts hatte sich verändert.

## 7

An diesem Abend kam Christian Ramsey zu uns. Vater lag im Halbschlaf auf der Veranda. Seit das Gewitter vorbeigezogen war, hatte er kein Wort gesprochen. Auch Kerrin sagte fast nichts und beobachtete Grant. Die kühle Luft hatte sich erwärmt und den Wind erstickt. Sonderbar, wieviel der menschliche Geist erdulden und immer noch an der Hülle des Verstandes festhalten kann . . . Zerstört zu große Angst sich selbst? Verscheucht eine zu schlimme Krankheit den Schmerz? Eine grausige Geduld schien uns zu befallen, eine Lähmung, die dem Tod glich.

Im Mondlicht wirkte Christian wie ein Skelett, mit Lumpen behangen, die Augen und Wangenknochen verschwommene helle Male. Merle weckte Vater, der ihn anstarrte und zunächst nicht erkannte. Ich schob einen Stuhl zu Ramsey hinüber, aber er blieb stehen, eine Hand am Geländer der Veranda abgestützt. Vater setzte sich auf und blinzelte ihn im Dunkeln an. »Warum sind Sie hergekommen, Ramsey?« fragte er mit mißtrauischer, harter Stimme, die aber mit einem müden Seufzer verhallte.

»Wir müssen von der Farm verschwinden«, murmelte Ramsey nervös und so leise, daß Vater wütend wurde, weil er sich anstrengen mußte, um alle Worte zu verstehen. »Und heute abend bin ich hier, weil die Ernte verloren ist. Lucia sagt, es gibt keine Hoffnung mehr. Wir dachten, diesmal würde es endlich regnen. Den ganzen Tag warteten wir, und kein Tropfen fiel vom Himmel.« Er zog etwas Kleines, Zerknittertes aus der Tasche und hielt es hoch. »Das ist ein Halm von einer Kartoffelstaude. Sieht aus wie altes, welkes Heu.«

»So geht's uns allen«, erwiderte Dad. »Der Mais ist beim Teufel, alles vernichtet. Ich kann Ihnen nicht helfen.«

»Die Pacht muß bezahlt werden, sonst verjagt man uns von der Farm. Jetzt sind wir schon ein Jahr im Rückstand. Ich dachte, vielleicht könnten Sie alle . . .«

»Da haben Sie sich wohl geirrt, Ramsey.« Vater kehrte ihm den Rücken. »Ich würde Ihnen helfen, wenn ich Geld hätte, aber ich hab keins. Nicht einmal meine eigenen Schulden kann ich begleichen – und keinen einzigen Cent erübrigen.«

»Ich meine – nur eine Leihgabe. Vielleicht zahlen wir es Ihnen nächstes Jahr zurück.« Offenbar konnte Ramsey nicht glauben, daß Vater das Problem verstanden hatte und sich trotzdem weigerte, ihm beizustehen.

»Wenn ich Geld hätte, würde ich Ihnen was leihen, Ramsey«, entgegnete Vater kurz angebunden und erschöpft. »Aber ich hab keins. Das ist alles.«

»Was soll ich denn tun?« stieß Christian verzweifelt hervor. »Es gibt keinen Ort, wo wir hingehen könnten! Und Lucia möchte auch gar nicht woanders hinziehen. Wir wollen hierbleiben – und einfach nur leben!«

»Haben Sie keine Verwandten? Würde Ihnen niemand anders in dieser Gegend Geld borgen?«

Ramsey starrte zu Boden und schüttelte den Kopf. »Ich war schon überall, auch weiter oben im County, aber die Leute sagen, solange ich kein Essen brauche, würde ich schon zurechtkommen.«

Dad richtete sich wieder auf und wischte sein Gesicht ab. »Tut mir leid, Ramsey, ich kann nichts für Sie tun.« Dann erhob er sich und schlurfte ins Haus, gebeugt wie ein Grabhügel.

Ramsey starrte ihm nach. Ich war froh über die Dunkelheit, die uns das Unglück verheimlichte, das seine Augen widerspiegeln mußten. Schließlich drehte er sich um und trottete davon, redete mit sich selbst, in düsterem, verwirrtem Gemurmel.

Keiner von uns konnte irgend etwas tun oder sagen. Es gab keinen Ausweg. Dad hatte recht. Wir waren außerstande, Geld zu verleihen, besaßen nur Lebensmittel – aber damit konnte Christian die Pacht nicht bezahlen. Seit zwei Monaten hatten wir nichts mehr gekauft, nicht einmal Zucker außer der Menge, die wir fürs Einmachen brauchten ...

Als Ramsey in der Nacht verschwunden war, hörte ich Merle weinen, und sogar Kerrin schien sich elend zu fühlen.

# 8

Am nächsten Morgen ging Grant zu Turner, aber den Weg hätte er sich sparen können.

»Die Ramseys sind keine guten Pächter«, behauptete Turner. »Die wissen nicht, wie man das Beste aus der Farm herausholt. Jeder andere hätte das geschafft.« Er lächelte nur, als Grant betonte, in diesem Jahr habe es niemand geschafft.

»Er war nicht grausam«, erzählte Grant, »nicht grausam wie ein kleiner Junge, der einer Kröte die Augen aussticht. Aber er hat einfach keine Seele, keine Phantasie. Wenn er auch versicherte, er würde alles einsehen und verstehen – in Wirklichkeit begriff er überhaupt nichts. ›Sie haben keine Ahnung, was das für Ramsey bedeutet!‹ redetet ich auf ihn ein. O Gott, ich wußte nicht, wie ich es in Worte fassen und dem alten Mann klarmachen konnte. ›Ramsey hat sein Leben lang auf dem Land gearbeitet‹, fügte ich hinzu. ›Jetzt hat er neun Kinder – keine Verwandten – keinen Ort, wo er hingehen könnte . . .‹ Aber Turner saß einfach nur da wie ein Felsblock. ›Nigger sind nun mal schlechte Pächter‹, wiederholte er in einem fort. ›Ein Weißer hätte seine Sache besser gemacht.‹ Da wurde ich wütend und fragte, ob er glaube, die schwarze Hautfarbe hätte den Regen von der Farm ferngehalten, aber er grinste nur. Dann sagte er, er brauche die Pacht und würde einfache ›Pläne schmieden‹. In diesen ›Plänen‹ werden die Ramseys nicht berücksichtigt.«

»Also müssen sie wegziehen?« fragte Mutter. »Kann man denn gar nichts mehr tun?«

»Gar nichts«, bestätigte Grant so verbittert, wie ich ihn nie zuvor gesehen hatte.

»Hättest du ihn doch geschlagen, Grant«, rief Merle,

»auch in meinem Namen, und zwar so fest, daß er nie wieder auf die Beine gekommen wäre!«

»Dann hätte er sich wahrscheinlich nicht mehr aufgerappelt«, murmelte Grant mißmutig. »Er wäre am Boden zu Staub zerfallen.«

Für uns lag das Grauen dieser Armut in der Angst, im Knausern, das Geist und Seele verwundete und schwächte, für Infektionen anfällig machte. Aber für Mutter war es eine Schande, nicht helfen zu können, machtlos zusehen zu müssen, wie das Leben andere Menschen zerstörte ... Und diesmal konnten wir wirklich nichts anderes tun als zusehen.

## 9

Am letzten Juliabend saßen wir still auf der Veranda. Vater blätterte im Almanach, auf der Suche nach Regenfällen im August. Grant gesellte sich zu uns, stellte seine Eimer ab und inspizierte das Barometer, so wie Merle es jeden Abend tat – als besäße das zerbrochene alte Ding die Gabe, Regen herbeizurufen, statt immer nur auf »wolkenlos und trocken« zu zeigen. Manchmal schüttelte sie es, aber der Wetterzeiger rührte sich nicht von der Stelle.

Grant bemerkte meinen prüfenden Blick und grinste. Nur zu gut wußte er, daß ich ihn erst vor einer Stunde, als er heraufgekommen war, um die Eimer zu holen, das Barometer hatte studieren sehen. »Es hätte sich geändert haben können«, sagte er. »Man kann nie wissen ...« Er wirkte ausgebrannt, von der Hitze verzehrt, aber immer noch hoch aufgerichtet. Seine Wangenknochen traten stärker hervor, nachdem das Fleisch geschrumpft war. »Geh lieber arbeiten«, fügte er hinzu, »und weide dich nicht an den Schwächen anderer Menschen. Immerhin ist da ein gewisser Dunstschleier . . .« Es war nur Staub, das wußte er ebensogut wie ich, aber mein Gehirn war zu ausgelaugt, um sich eine Antwort auszudenken. Und er tat auch so, als wollte er keine hören, denn er hatte es aufgegeben, von mir Widerspruch zu erwarten, so wie von Merle.

Er setzte sich zu mir, und wir starrten ins Grau des Tals hinab. Dumpfes Violett begann an den Hängen hochzukriechen, und der einzig noch verbliebene Teich schimmerte wie stumpfes Messing. Über den Felsenhügeln lag immer noch rötliches Licht. Wir waren beisammen, aber um Welten getrennt, seine Gedanken wie immer bei Merle, und ich ahnte, wie bald er von ihr reden würde. Konnte ich mich jemals von diesem vertrauten Schmerz befreien, uralt wie das Leben selbst? Liebe ohne Gegenliebe oder Hoffnung, keiner Veränderung unterworfen . . .

Vornübergebeugt saß er da, als hätte er herausgefunden, daß jeglicher Widerstand die ohnehin unvermeidlichen Dinge nur erschwerte. Die fast beschämende Müdigkeit haftete ihm an, die von Hitze und zu wenig Arbeit herrührte. Doch ich irrte mich. Das erkannte ich, als er aufstand. Sein Körper drückte immer noch Trotz und innere Anspannung aus. Steif und kerzengerade. Hartnäkkig weigerte er sich, das Leben bedingungslos zu akzeptieren und mit sich selbst einen trostlosen Frieden zu schließen. Eine Zeitlang würde er alles hinnehmen – aber nicht für immer.

Eine leichte Brise erhob sich, bewegte die welken Blätter einer Weinranke – fast kühl in der trockenen Stille – und erstarb dann. »Der Wind wird zurückkommen«, sagte Dad. »Davon können die Farmer im Tal nur träumen. Da unten regt sich kein Lüftchen.« Er nahm seinen Hut ab und legte ihn auf die Stufen, strich über sein feuchtes Haar, das schütter wurde und die rote Kopfhaut durchscheinen ließ. Neuerdings wirkte er irgendwie heiterer, ein Mann, der durch so viele Tiefen gegangen war, daß nichts Schlimmeres möglich erschien, und der jetzt zu hoffen begonnen hatte.

Kein Geräusch durchbrach das Schweigen. Nur einmal heulte ein durstiger Ochse drüben bei den Rathmans. Wieder kam eine Brise auf und zerzauste Grants nasses Haar. »Die Nächte sind nicht mehr so heiß wie früher«, meinte Dad. »Unten am Fluß ist es fast kalt.«

»Nächstes Jahr wird es anders sein«, bemerkte Mutter. »Ich habe noch keine Dürre in drei aufeinanderfolgenden Jahren erlebt. Und der Mais müßte viel mehr einbringen, nach dieser schlechten Ernte.«

»Vielleicht«, erwiderte Dad. Nach diesen zehn Jahren hütete er sich, etwas Positives auszusprechen oder vorherzusagen. Wir erklärten immer nur, was geschehen könnte, nur ganz selten behaupteten wir: »Es wird geschehen.« Doch es gab Hoffnung, wenn auch nur schwach und in weiter Ferne, und sie milderte die Hitze und den Tod ringsum. Langsam und widerstrebend kühlte die Luft ab. Der violette Nebel kletterte höher, verbarg das Flußbett und die Tannen. Nächstes Jahr ... Neue Hoffnung ... Eine Chance, etwas Geld beiseite zu legen. Die Dürre, die über uns hereingebrochen war, konnte sich nicht wiederholen. Irgendwie würde uns die Erde für diese trockene, vernichtende Hölle entschädigen ...

Plötzlich sprang Grant auf und ging in den Hof. Er zeigte nach Süden zur Straße hinab, und wir sahen zwei Maultiere, die qualvoll langsam einen Wagen bergauf zogen. Ihre Hufe wirbelten Staub auf, und sie verschwanden beinahe in den Wolken.

»Das sind Ramseys Maultiere«, sagte Grant. Pop spähte durch seine schmutzigen Brillengläser und fragte, wohin Ramsey um diese späte Stunde wohl fahren mochte. »Sie müssen sich irren, Grant. Der hat gar keine Zeit, herumzukutschieren. Schon gar nicht an einem Wochentag.«

»Jetzt hat Ramsey so viel Zeit, wie er nur will«, entgegnete Grant. »So viel Zeit, daß er sie gar nicht nutzen kann.« Aber Vater verstand es noch immer nicht.

Der Wagen näherte sich, und wir sahen, daß Christian das Gespann lenkte, vornübergebeugt, die Zügel locker in der Hand, wie im Halbschlaf. Lucia saß neben ihm, ihr umfangreicher Körper quoll über den Sitz. In ihren Armen schlummerte Mac, der winzige Dreckfink. Die anderen Kinder kauerten hinten im Wagen, eingeklemmt zwischen Kisten und anderen Sachen, vielleicht Brennholz oder Stühle. Ernst starrten sie uns an, Henrys Gesicht war vom Weinen angeschwollen. Eines der kleinen Mädchen winkte. Sie hielten am Gatter, Schweiß rann an den Flanken der Maultiere herab, hatte das Fell unter den hohlwangigen Gesichtern schwarz gefärbt. Eines war an der Hinterbacke vom Geschirr wundgescheuert, das Mal handtellergroß, dunkel an den Rändern, aber rot in der Mitte, wo sich Fliegen tummelten.

»Turner hat ihn rausgeworfen«, erklärte Grant. »Weil er die Pacht nicht zusammenkratzen konnte.«

Dad schaute ihn an. »So ist das also«, antwortete er in einem eigenartigen Tonfall, als würde er nichts glauben oder verstehen, uns aber das Gegenteil weismachen wollen. Es traf ihn wie ein Schock, obwohl Ramsey ihm nichts bedeutete.

Zögernd ging ich mit Grant zum Gatter. Mit glanzlosen Augen blickten uns die Kinder entgegen, und sogar Lucia wirkte alt. »Das gottverdammte alte Krokodil hat uns rausgeschmissen, Mr. Koven. Hat einen seiner Männer rübergeschickt, und der sagte, wir sollen keinen Ärger machen. Wäre er selber gekommen, hätte ich unseren Herd auf seinem Schädel zertrümmert. Sicher hat er das gewußt!«

Henry kletterte über ein Wagenrad herunter und gab Grant die Hand. Feierlich schaute er zu ihm auf und zupfte an seiner Nase.

Als Grant fragte, ob sie irgendwo unterkommen könnten, schüttelte Ramsey den Kopf. »Wir bleiben irgendwo in den Staaten. Vielleicht kriegt Lucia Arbeit in einer Fabrik.« Er starrte auf die Maultiere hinab, sah uns nicht an, niedergeschlagen und hoffnungslos, so daß alles, was wir sagen mochten, hohl geklungen hätte.

»Wir haben immer noch den alten Moore«, flüsterte Henry und zeigte auf eine geisterhafte Pferdegestalt, mit schmutzigen Riemen an einem Hinterrad festgebunden. »*Er* wollte ihn töten, aber Mom sagte, nein, den behalten wir für die Kinder.«

Ramsey rüttelte an den Zügeln, richtete sich auf und sprach mit Henry – nicht böse, eher so, als spielte nichts mehr eine große Rolle und er würde den Jungen nur aus alter Gewohnheit zu sich rufen. Grant hob das Kind auf den Wagen, setzte es neben ein rostiges Eisenbett.

Die Karre war mit Sachen vollgestopft, die an die Hinterlassenschaft eines Trödlers erinnerte. Paula kauerte auf einem Haufen rostiger Blechbüchsen und umklammerte einen alten Autoreifen voller Löcher. »Damit flicken wir unsere Schuhe«, erklärte Henry. Unter Säcken und Möbelstücken häuften sich Maiskolben.

»Die haben wir mitgenommen«, sagte Lucia. »Eigentlich war Christian dem alten Mr. Turner alles schuldig, was wir noch hatten, und so stahlen wir, was wir in den

Wagen laden konnten. Die Maultiere wird Mr. Turner holen lassen, wenn wir am Ziel sind – irgendwo, aber er sagte, den Wagen will er nicht. Das da ist der ganze Mais, der dieses Jahr halbwegs gediehen ist.«

»Werdet ihr ihn verkaufen?« fragte Grant. »An was könntet ihr ihn denn verfüttern?«

Da grinste Lucia. »Den behalten wir, Mr. Koven. Es dauert sehr lange, bis Mais verdirbt. Vielleicht beschaffen wir uns eines Tages ein paar Hühner und ein Schwein. Dann haben wir wenigstens was, womit wir sie füttern können.« Zuversichtlich straffte sie die Schultern. »Schöne Grüße an die Familie, Marget. Und auf Wiedersehen. Mr. Koven, auf Wiedersehen.«

Christian riß an den Zügeln, und die Maultiere schwankten weiter. Henry winkte uns lebhaft, stand im Wagen auf und beugte sich über den hinteren Rand. Kreischend verabschiedeten sich die Kinder, und Lucia hob eine Hand. Plötzlich verzog sich ihr großes schwarzes Gesicht, und sie brach in Tränen aus.

Die Maultiere trotteten um die Biegung beim verdorrten Maisfeld und verschwanden aus unserem Blickfeld.

So wird es uns auch gehen, dachte ich. Wir werden uns genauso armselig davonschleppen, wie wir hier angekommen sind.

»Arme alte Lucia!« sagte Grant. »Ich wünschte, sie hätte Turner den Schädel eingeschlagen.«

# 10

In derselben Woche stürzte der alte Rathman und brach sich die Hüfte. Grant ritt am nächsten Tag hinüber und blieb eine Weile bei der Familie, um ihr zu helfen. Max hatte seine Lena geheiratet und ins Elternhaus gebracht, weil sie dort umsonst wohnen konnten, war aber den ganzen Tag weg, und die restlichen Söhne hatten ihr Heim längst verlassen. Grant erzählte, der alte Rathman sei ins Schlafzimmer hinaufgegangen, von einem seiner Schwindelanfälle übermannt worden und hingefallen. Seine Frau hörte den Krach und eilte hinauf, versuchte, ihn aufs Bett zu hieven, schaffte es aber nicht. Sie ging wieder nach unten, wo Max gerade zu essen begonnen hatte. »Wenn du fertig bist, mußt du mir helfen, Pop aufs Bett zu heben«, sagte sie. Daß die Hüfte an zwei Stellen gebrochen war, erfuhren sie erst, als der Arzt eintraf.

»Der Alte hat sich zuviel zugemutet«, meinte Dad. »Immerhin leidet er schon seit einiger Zeit an diesen Schwindelanfällen. Aber der hört erst zu arbeiten auf, wenn er keine Hand und keinen Fuß mehr heben kann.«

*So wie du,* wollte ich sagen. Vater fühlte sich nicht wohl, und er arbeitete zu hart. Ich wünschte, er wäre wenigstens halb so vernünftig wie Mutter und würde die Dinge etwas langsamer angehen. Es ist falsch, das Leben um des Lebens willen zu vergeuden. Sie empfand die Mühsal genauso wie wir, sehnte sich nach Annehmlichkeiten, konnte aber leichter darauf verzichten. Eine seltsame innere Wärme, losgelöst von aller Beschwernis, gab ihr Kraft. Und so blieb sie lebendig, weil sie nicht so abhängig war vom Leben ...

Grant erklärte Dad, in den nächsten Tagen würde er den Rathmans helfen. Ein Melonenfeld, drei Morgen groß, mußte abgeerntet werden. Sonst würden die überreifen Früchte zu Brei verfaulen.

»Ich bezahle Sie nicht, damit Sie sich bei den Rathmans abrackern«, erwiderte Vater und vergaß, daß Grant noch nie Lohn von ihm bekommen hatte. Sie saßen auf den Stufen, während wir im Haus arbeiteten. Grants großer Schatten überragte den meines Vaters in hellen Streifen, die das Küchenlicht aus dem Fenster warf. Wir verstanden jedes Wort, und sie redeten, als würden wir gar nicht existieren. Wenn ich auch bezweifle, daß Grant in solchen Augenblicken nichts von Merle wahrnahm, die im Raum hinter ihm hin und her ging, auf dem Herd Kessel zurechtrückte ...

»Ich verlange kein Geld von Ihnen«, sagte Grant.

»Max wird Ihnen auch nichts geben. Der bezahlt immer nur sich selbst.«

»Er kann seinen Job nicht aufgeben. Irgend jemand muß ja ein bißchen was verdienen. Morgen können wir hier ohnehin nichts ernten. Es ist noch nicht soweit.«

»Es wird *nie* soweit sein. Dieses Jahr können wir nur Eisenkrautheu und ein paar Tonnen Heuschrecken lagern.«

»Wir hätten auch Melonen anbauen sollen«, warf Kerrin ein. Sie stand etwas abseits im Dunkeln, lauschte und wartete auf Grants Zustimmung, aber er murmelte nur irgend etwas von Hügelland und mangelndem Regen.

Dad wandte sich zu ihr. »Du bist wohl nie zufrieden, was? Im Gegensatz zu anderen Leuten machen wir niemals irgend etwas richtig.« Er stand auf und schlurfte zur Scheune. »Gehen Sie nur, wohin Sie wollen!« knurrte er Grant an.

Nach ein paar Sekunden setzte sich Kerrin zu Grant, kostete seine Nähe hungrig und doch zögernd aus, aber er berührte sie nicht, sah sie nicht an, starrte nur Vater nach.

Arme, verrückte Kerrin! Alles, was sie tat, wollte auch ich tun, aber ich besaß zuviel Verstand oder zuwenig Mut – was es war, weiß ich nicht.

## 11

Der plötzliche Unfall des alten Rathman hatte das angenehme Leben der Familie zerstört, und jetzt waren sie nicht besser dran als wir alle. Vielleicht sogar noch schlimmer.

Zwei Wochen später ritt ich hinüber und sprach sehr lange mit Mrs. Rathman, hinten im Obstgarten, nicht im Blickfeld des Hauses. Sie sah sehr alt aus, schwach und verhärmt, so als würden allmählich alle Lebenssäfte aus ihr herausfließen. »Diese Lena!« schimpfte sie. »Seit vierzehn Tagen rede ich nicht mehr mit ihr. Nur mit Max, aber nicht mit ihr. Neun Kisten habe ich mit Limabohnen gefüllt. Jetzt stehen sie alle bereit, und die Leute rufen an und fragen danach, aber Lena sagt, nein, sie habe keine Zeit, die Bohnen hinzubringen. Sie muß ihre Wäsche erledigen, und sie hat genug für mich und Pop getan. Wie soll ich denn in die Stadt kommen? Max ist den ganzen Tag weg, Pop liegt krank im Bett, und die Bohnen schrumpeln vor sich hin, bis sie nicht mal mehr den Krähen schmekken. Und dann kommt sie, verlangt von mir Geld für die Stromrechnung, fürs Telefon, für die Steuer. Ich fragte, wo denn das Geld geblieben sei, das Max und Lena für Pops Beeren bekommen haben. Die pflückten sie alle und verkauften sie, ehe ich mir selber ein paar nehmen konnte – für den Wein, den Pop so gern mag. Da behauptete sie, davon wisse sie nichts, und Max erklärte, das sei ein Verlustgeschäft gewesen. Für die Beeren habe er weniger bekommen, als die Frachtkosten ausmachten. Deshalb habe er den ganzen Erlös behalten und dafür verwendet, das Auto abzuzahlen. Und manchmal jammert Lena: ›Lange bleiben wir nicht mehr hier. Da oben ist es so gottverdammt heiß.‹ Dann sage ich ihr, sie solle doch gehen, aber das wollen sie nicht, weil es hier so billig ist, weil ich keine Miete verlange. Manchmal fragt sie, was ich denn tun würde, wenn sie mit Max wegginge und Pop krank sei und all die Jungs woanders leben würden. Immer wieder versichere ich ihr, ich würde sehr gut ohne sie zurechtkommen. Da hielt sie den Mund, weil sie nirgendwo anders umsonst wohnen können und das Auto nicht bezahlt ist. Das weiß ich, denn eines Tages rief ein Mann an, bevor ich das Telefon abschalten ließ, weil sie's nicht bezahlen wollten. Ich meldete mich, und er erkundigte sich, wann Max denn die Ratenzahlung leisten wolle. Ich antwortete: ›Damit brauchen Sie gar nicht zu rechnen, weil er kein Geld hat.‹ Dann legte ich einfach auf. Im ganzen County haben sie Schulden gemacht, für dies oder jenes, und erst gestern abend lieh sich Max zehn Dollar von mir aus. Die hätte ich ihm genausogut schenken können.«

Wie sie mir gestand, fühlte sie sich einsam. Die anderen Jungs kamen nicht mehr an den Sonntagen nach Hause so wie früher, weil Lena nichts mit ihnen zu tun haben wollte und zornig und mürrisch dreinschaute, wann immer sie erschienen. Dann ging sie nach oben und aß allein. Hilda kam auch nicht mehr zu Besuch, seit sie einmal die Tür des neuen – unbezahlten – Kühlschranks geöffnet hatte, nur um zu sehen, was drinnen lag, und von Lena wütend angefaucht worden war. Erbost stritt sie mit Hilda, genauso heftig wie jeden Tag mit Max. Schließlich hatte es Mrs. Rathman nicht mehr länger ausgehalten.

Das alles erzählte sie mir in einem einzigen Wortschwall, so als wäre sie zu lange irgendwo eingesperrt gewesen. Von ihrer gewohnten freundlichen Sanftmut merkte ich nichts mehr. Ich glaube, sie war froh, weil ich ihr zuhörte, obwohl ich ihr nicht helfen konnte. Die Farm sah aus, als stünde sie kurz vor dem Ruin. Wasserrosen überwucherten den Teich, die Beerensträucher in Reih und Glied hätten gestutzt werden müssen. Kein Wunder – tagsüber war Max nicht hier, die anderen Söhne zeigten sich nur selten, und der alte Rathman vermochte nichts anderes, außer zu essen und zu schreien und sein Bett zu beschmutzen. Meistens wußte er gar nicht, was er tat.

Als ich die Straße hinaufritt, folgte mir sein schrilles Gebrüll, und ich fragte mich, ob es irgendwo auf dieser Erde einen Ort gab, wo man in Frieden und Sicherheit leben konnte.

## 12

Im August strömte der Traubenduft wie eine warme Flut durch die Fenster herein. Aber sie reiften ungleichmäßig, mit harten grünen Kügelchen im Violett. Die Äpfel fielen zu früh von den Bäumen und platzten im trockenen Gras – goldene Sommeräpfel, braun und matschig, und die dunkelroten Winteräpfel sauer, mit weißem Fruchtfleisch. Im Bach versiegte das letzte Rinnsal, im Wald regierte der Tod – der Staub verdorrter Blätter, sprödes Rankenwerk, zu dornig, um angefaßt zu werden.

Manchmal war es am frühen Morgen kalt und windstill, doch die Hitze kehrte zurück, sengend wie eh und je schien die Sonne vom Himmel herab. Brisen kamen auf, und die roten Pflaumen regneten in die Asche des Grases. An einigen Stellen ließen die Heuschrecken nichts weiter zurück als die weißen Gerippe des Unkrauts, sogar der bleichen Haut entkleidet, und die Maisstauden sahen aus wie gelbe Skelette. Ein Großteil des Gartens war vernichtet. Die Kartoffeln färbten sich schwarz, wie nach einem Frost oder Brand. Die runzligen Gurken verbogen sich. Tomaten verfaulten, mit hellen, stinkenden Häuten, die Bohnen bleichten aus, wurden völlig farblos.

Nichts änderte sich. Heißer Wind, heißes Sonnenlicht, heiße Tage und Nächte. Teiche und Flüsse trockneten aus, langsam und methodisch wurde alles getötet, was ein grünes Blatt oder einen Keim zu zeigen wagte. Nur die Weiden überlebten.

Es gab Zeiten, wo ich zu Asche zerfallen oder unaufhörlich schreien wollte. Es war unerträglich. Ein ständiges Sterben im heißen Wind, im blendenden Sonnenschein, in der staubtrockenen Luft. Weiß verdorrt erstreckten sich die Wiesen.

Ich sah die Goldruten schwach erblühen, wie verwehte gelbe Pollen entlang der Zäune. Und ich entsann mich der Tage – sie schienen hundert Jahre zurückzuliegen –, wo mich allein schon der Anblick der Goldruten ernährt und mir Lebenskraft gegeben hatte. Jetzt war das nur eine verschwommene Erinnerung jenseits der Gedanken an die Kartoffeln und die verdammten Felder und Kerrins zunehmende Geistesabwesenheit. Seit Anfang August unterrichtete sie wieder an der Schule, wußte aber offenbar immer noch nicht, was sie wollte. Und es stimmte sie wütend und bockig, daß sie nichts erreichte, nichts tun konnte, obwohl sie keine klare Vorstellung von den Dingen hatte, die sie anstrebte.

Und als es so aussah, als könnte uns gar nichts

Schlimmeres mehr widerfahren, schlug das Schicksal wieder zu.

Eines Morgens riefen die Huttons an und baten uns, die Schule zu verständigen und zu veranlassen, daß der kleine Whit nach Hause kommen durfte. Sein Onkel hatte einen tödlichen Unfall erlitten. Das Heuhebewerk war zerbrochen und auf ihn herabgefallen. Nein, sagten sie, wir könnten nichts tun, außer Whit zu holen.

Auf dem langen Fußmarsch zur Schule – während ich all die staubigen Meilen zurücklegte und nur für die Augenblicke lebte, wo ein Baum seinen dünnen, trockenen Schatten warf – fragte ich mich, warum Todesnachrichten so schnell verbreitet werden mußten. Warum sollten wir es immer sofort erfahren? Wieso kämpfte ich mich hier durch die heiße Mittagssonne, nur damit Whit ein paar Stunden früher Bescheid wußte, was weder ihm noch sonst jemandem helfen würde. Wenn jemand stirbt, wird die bittere Neuigkeit – noch bevor man ihm die Augen schließt – so rasch wie möglich jenen zugetragen, die es am schwersten trifft. Als würden die Zeugen des Ablebens allen anderen sogar eine halbe Stunde barmherziger Ahnungslosigkeit mißgönnen.

Außerdem kannte ich Whit Huttons Onkel und konnte mir den Hergang der Ereignisse vorstellen. Wenn das Heuhebewerk seinen Kopf zu blutigem Brei zertrümmert hatte, dann nur, weil er zu betrunken gewesen war, um zu wissen, wo er stehen durfte und wo nicht. Immerhin gab es jetzt einen weniger, den Stella füttern und nachts hinauswerfen mußte. Nun würde ein großes Begräbnis stattfinden. Und Wallace, der sein Leben lang einen weiten Bogen um die Kirche gemacht hatte, flink wie Treibsand, würde mit den anderen Huttons unter dem häßlichen Familienmonument liegen, dessen Schatten wie ein monströser Toiletteneimer über den anderen Gräbern kauerte.

Ich sah keinen Grund zur Eile. Wally konnte nicht mehr davonlaufen. Also würde Whit noch Zeit genug finden, um den eingeschlagenen Schädel seines Onkels zu sehen und einem Dutzend schriller oder gemurmelter Versionen des Todesfalls zu lauschen. Früher, als Wally noch gelebt und mittels seiner Schnapsflaschen einen schalldichten Schild zwischen sich und der Notwendigkeit klarer Gedanken errichtet hatte, war die Zeit knapp gewesen. Da hätte man was unternehmen sollen. Aber nur ein Mann mit blutigem, zerklüftetem Kopf, dessen verlottertes Herz endlich für immer zu schlagen aufgehört hatte, konnte die Leute aufscheuchen.

Was mochte es für Whit bedeuten? Einen Ferientag, eine gehobene Position gegenüber den anderen Schulkindern, morgens eine zusätzliche Scheibe Brot, nachdem der fette alte Wally endgültig den Appetit verloren hatte? Eine gute Krümelschicht für ein Maisfeld, so pflegte Grant ihn zu bezeichnen.

Wie plötzlich manches geschieht ... Nicht, wenn wir es am meisten fürchten oder besonders inbrünstig darum beten, aber auch nicht ohne Ursache, ohne einen Zusammenhang mit bestimmten Dingen, den wir erkennen würden, könnten wir das unsichtbare System ergründen. Aber trifft das auch wirklich zu, fragte ich mich. Angenommen, Grant müßte sterben. Wäre das ein planmäßiges Ereignis? Ich vermochte nicht länger über all das nachzudenken – nicht, wenn es mich zutiefst bewegte – nicht, wenn allein schon die Vorstellung mein Herz so austrocknete wie die heiße Luft den Ackerboden.

Der Wald war seiner Blätter und des Unterholzes beraubt. Dünne, dornige Robinien, von Heuschrecken weiß genagt, vegetierten dahin, dazwischen kahle Klettertrompeten. Die Maisfelder sahen aus wie im späten November.

Das staubige Gras im Schulhof kümmerte vor sich hin, zertreten wie in einem Hühnergehege. Schmutzige Fingerabdrücke bedeckten die Fenster, wo keine Jalousien hingen. Mit leisen Schritten trat ich näher und blieb in der Tür stehen. Keiner von uns war in Kerrins Schule gewesen, seit sie im August wieder geöffnet hatte. Es fiel uns schwer, Mittel und Wege zu finden, so daß nicht der Eindruck entstand, wir würden ihr nachspionieren. Es hätte eklatant und verdächtig gewirkt, wären wir hergekommen, nur um ihre Unterrichtsmethoden zu erkunden.

Aber in diesem Monat hatte sich ihr Zustand verschlechtert, und wir überlegten besorgt, was in der Schule vorgehen mochte. Anfang August war sie rastlos gewesen wie nie zuvor und manchmal mit Grant gefahren, wenn er die Milch nach Union gebracht hatte. Niemals erinnerte sie sich an die Aufträge, die wir ihr erteilten, ständig verzögerte sie seine Rückkehr. Sie erschien uns auch nicht glücklicher, wenn sie die Farm für eine Weile verließ. Und sie sagte auch, in Union würde sich nichts von den umliegenden Farmhöfen unterscheiden.

Anfangs hatten wir geglaubt, sie wäre froh, wieder in der Schule zu arbeiten. Doch es widerstrebte ihr offenbar, über ihre Tätigkeit zu reden. Zunächst erwähnte sie oft die bevorstehenden Aktivitäten der Kinder, saß da, das Gesicht gerötet und angespannt, als würde sie über all die Theateraufführungen und Konzerte nachdenken. »Ich muß Pläne schmieden«, pflegte sie zu erklären. Dann starrte sie ins Leere und vergaß alles.

Sie weigerte sich, uns zu schildern, wie die Dinge sich entwickelten, was die Schüler sagten oder taten. »Sie lernen. Das sehe ich ja. Was gibt's da zu erzählen? Was wollt ihr wissen? Wie das Klassenzimmer riecht? Wer wen getreten hat? Wie dumm die Hutton-Kinder sind? Vielleicht interessiert euch auch eine graphische Darstellung ihres Drecks!« Und dann ging sie davon, ließ uns sitzen, gab stundenlang kein Wort von sich.

Allmählich sah Mutter abgespannt und deprimiert aus, als würde eine schwere Last auf ihrer Seele liegen, als hätte sie immer größere Mühe, ihren inneren Frieden zu finden. Sie beobachtete ihr älteste Tochter und wußte, wie sinnlos jeder Versuch war, mit ihr zu sprechen, auch nur annähernd an die Wahrheit heranzukommen, es sei denn, Kerrin verriet sie unbewußt. »Du solltest mal in die Schule gehen und nachsehen«, bat sie mich. »Denk dir irgendeinen Vorwand aus.«

Bis jetzt war mir keiner eingefallen. Und später wünschte ich, es hätte nie einen Grund gegeben . . . Kerrin saß am Schreibtisch, sah mich nicht, starrte in ihr Buch und befragte die Klasse mit leiser Stimme. In dem Raum direkt unterm Dach war es heiß wie in einem Schmelzofen, das feuchte Haar klebte ihr am Kopf wie dicker Schleim. Ohne aufzublicken, stellte sie die Fragen, wartete die Antworten nicht ab. »Gut«, sagte sie nur und fuhr fort. Die Kinder rutschten auf ihren Stühlen umher oder schliefen, tuschelten aber nicht.

Seltsam – diese Stille und Kerrin, die kein einziges Mal aufsah . . . Trotz des schattenlosen Sonnenscheins fröstelte ich und fühlte mich elend. Vermutlich *wagten* die Kinder nicht zu sprechen, waren an das Verhalten ihrer Lehrerin gewöhnt. Fünf Minuten lang murmelte sie ihre Fragen, dann klappte sie das Buch abrupt zu. Sie hob den Kopf, entdeckte mich, erkannte mich nicht sofort. Wie eine Hitzewelle stieg ihr das Blut ins Gesicht, verebbte wieder und ließ nur die schmutzig-braune Hautfarbe zurück.

Wütend und nervös, als wäre sie bei einem gräßlichen Vergehen ertappt worden, rief sie mehrmals: »Warum schleichst du hier herein? Wer hat dich hergeschickt?« Vorerst gab sie mir keine Gelegenheit, meine Mission zu erklären. Dann kam sie zur Tür, das schmale Gesicht flekkig und häßlich im grellen Licht. Ich erklärte ihr, was mich hergeführt hatte. Selbst als sie Whit zu sich beorderte, schien der Tod des alten Wally sie längst nicht so zu schockieren wie meine Anwesenheit. »Wer hat dich zu mir geschickt? Warum schleichst du hier herein? Wieso sind sie nicht selber gekommen?«

Whit folgte uns in den Hof, und sie teilte ihm mit, er müsse nach Hause gehen. »Deine Familie hat bei uns angerufen.« Mürrisch und verängstigt wich er ihrem Blick aus, schien ihr nicht zu glauben. »Dein Onkel ist tot«, fügte sie hinzu, »vom Heuhebewerk erschlagen.« Anscheinend bereitete es ihr ein fast bösartiges Vergnügen, ihm die Neuigkeit auf diese Weise mitzuteilen. Der Junge starrte uns an, dann rannte er die Straße hinab, wie ein tollwütiger Hase. Ich rief ihm nach, er solle bei dieser Hitze langsamer gehen, sonst würde er zusammenklappen, doch er hörte mich nicht.

»Wally wird nicht abhauen!« kreischte Kerrin. »Sicher wartet er auf dich! Du brauchst dich nicht so zu beeilen!« Schallend lachte sie und wandte sich wieder zu mir. »Die Show ist vorbei. Du mußt hier nicht mehr herumhängen. Oder hast du mir noch was zu sagen?«

»Das war alles. Jetzt gehe ich nach Hause. An Stelle der Huttons hätte ich's ihm erst gesagt, wenn er von der Schule heimgekommen wäre. Aber sie regten sich schrecklich auf und beschworen uns, ihn sofort zu verständigen ... Warum stört es dich eigentlich so sehr, daß ich hier bin, Kerrin?« Es hatte keinen Sinn, danach zu fragen, das wußte ich. Solche Fragen erreichten sie nicht mehr. Doch ich konnte nicht widerstehen, wollte ein letztes Mal versuchen, sie so zu behandeln, als wäre sie vernünftigen Argumenten zugänglich. Damit schürte ich ihren Zorn nur noch.

»Du wolltest sehen, ob ich da bin. Endlich hast du einen Grund gefunden, mich beim Unterricht zu beobachten! Whit hätte es genausogut später erfahren können. Aber du warst ganz versessen drauf, mir nachzuspionieren. Das machst du die ganze Zeit – andere Leute belauern! Du getraust dicht nicht, selber irgendwas zu tun! Was hast du denn jemals geleistet? Was kennst du denn außer deiner ewigen Kocherei und den Büchern, deinen süßen kleinen Blumen und Kräutern?« Sie sprach immer lauter, schrie beinahe. Schrill und töricht hallte ihre Stimme durch den tristen Schulhof. Ehe ich antworten konnte, verschwand sie im Haus und schloß die Tür.

Langsam kehrte ich zur Straße zurück, vergaß sogar den Staub und die Hitze. Jetzt erinnere ich mich an die grauen jungen Ulmen, die nackten Ranken des wilden Weins – aber damals konnte ich nur an Kerrin denken.

Als ich Mutter von dieser Begegnung erzählte, schwieg sie zunächst, saß nur auf der Veranda, zu müde und zu bedrückt, um sich noch länger auf den Beinen zu halten. Um sechs Uhr abends schien die Sonne so sengend wie zu Mittag, ermattet hingen die Schlingpflanzen an den Pfosten, hatten fast alle welken Blätter verloren. Während die Kühe zum Stall trotteten, flogen dichte Sandwolken hoch und sanken dann herab, bedeckten knöcheltief die Hufspuren.

»Man müßte die Leute informieren«, meinte Mutter schließlich. »Wenn sie die Kinder nicht ordnungsgemäß unterrichtet, nicht mehr zurechnungsfähig ist . . .«

»Das werden sie ohnehin bald herausfinden. Nie hört sie auf uns. Wir können nichts tun oder sagen. Also werden's die Eltern von den Schulkindern erfahren, und dann wird man Kerrin feuern.« Wenn ich es so ausdrückte, klang das gleichgültig und grausam, aber es war die Wahrheit – ohne die Ängste und Sorgen, die dahintersteckten. So viel konnten wir empfinden, aber nur in direkten, klaren Worten miteinander reden. Blitzschnell erschien vor meinem geistigen Auge eine unerträgliche Vision von den Tagen, die Kerrin daheim verbringen würde, von ihrem künftigen Zustand, durch die demütigende Kündigung noch verschlimmert.

Ich fragte mich auch, wie wir ohne ihr Gehalt auskommen sollten. Der arme Dad, von seinen Schulden und der Dürre schon genug geplagt, würde einen Ersatz für Kerrins widerwillig geleistete, aber willkommene Beiträge finden müssen. Auch ohne dieses Problem herrschten so viel Haß und Furcht in diesem Haus. Eins folgte aufs andere – bis es unmöglich sein würde, noch mehr zu leiden. Ich erinnerte mich an die grausigen Worte in »König Lear«: »Gott, wer darf sagen: Schlimmer kann's nicht werden? 's ist schlimmer nun als je.« Unzählige Male hatte ich dieses Jahr schon geklagt: Jetzt reicht es! Und niemals war es vorüber gewesen.

»Morgen mußt du zur Schulbehörde gehen«, sagte Mutter. »Man sollte eine neue Lehrerin suchen.«

Ich wünschte, der nächste Tag würde niemals anbrechen.

# 13

Weil mir nichts anderes übrigblieb, ging ich hin. Aber auf dem ganzen Weg durch Staub und Hitze drängte es mich, umzukehren. Soll sie doch weitermachen, bis man's merkt, dachte ich. Die Kinder sollen es erzählen, jemand anderer soll es irgendwie herausfinden ... Nehmen wir in diesem Monat noch das Geld, dann im nächsten und im übernächsten. Nehmen wir's, bis sie auf andere Weise entlarvt wird ... Und in meinem Herzen lag bleischwer die schreckliche Erkenntnis, daß ich es niemals aus eigenem Antrieb offenbart hätte – oder wäre mir die Entscheidung allein überlassen worden.

Ich erklärte Mr. Bailey, sie fühle sich nicht wohl, könne die Kinder nicht mehr unterrichten und er würde es verstehen, wenn er in die Schule ginge. Dann wollte ich hinzufügen: ›Geben Sie vor, Sie hätten diesen Entschluß von sich aus gefaßt. Verraten Sie ihr nicht, daß wir's Ihnen gesagt haben!‹ Doch ich wußte, daß wir letzten Endes die Schuld auf uns nehmen mußten und dies von Anfang an hätten tun sollen.

Anfangs wollte er mir nicht glauben, ärgerte sich, weil ich die Entscheidung der Schulbehörde in Frage stellte, und glaubte vielleicht, nun würde seinen Kollegen und ihm selbst ein Makel anhaften. Schließlich geriet er in blinden Zorn, empfand die instinktive angstvolle Abneigung aller Menschen gegen das Absonderliche, sprach von drohender Gewalttätigkeit und Irrenanstalten, bangte um die Sicherheit der Kinder. Er behandelte mich, als wäre auch ich abnorm, und fragte, warum wir ihn nicht früher informiert hätten. »Wir wußten es nicht«, erwiderte ich und versuchte, ihm die Situation zu erläutern.

Man habe nichts zu befürchten und solle nur eine andere Lehrerin einstellen.

Unglücklich ging ich nach Hause, malte mir beklommen aus, wie Kerrin sich aufführen würde, dachte an all die Tage, die wir nun mit ihr verbringen mußten, einen nach dem anderen, unverändert, ohne Erleichterung. Und ohne das Gehalt.

## 14

Sie wurde entlassen. Nicht nur infolge meines Gesprächs mit Bailey. Auch die Kinder hatten über sie geredet, die Eltern zusehends beunruhigt. Still nahmen wir's hin, als Kerrin verwirrt und wütend heimkam und sich zutiefst erniedrigt fühlte. Die Tage erschienen mir wie eine lange Reihe unausgefochtener Schlachten, eine Wanderung zwischen giftigen Dornen, und der Zwang, Geduld zu zeigen, zerrte an der Grenze des Erträglichen. Sie haßte mich, vermutete natürlich, die Kündigung würde mit meinem Aufenthalt in der Schule an jenem Morgen zusammenhängen, und sie fragte, warum ich die Stellung nicht antreten wolle, die ich ihr weggenommen habe. »Ich wäre eine schlechte Lehrerin, Kerrin«, entgegnete ich, »und ich kann nicht so mit Kindern umgehen wie du.«

»Vielleicht nicht. Aber das Geld wäre dasselbe – und es würde dir gehören. Das wolltest du doch, nicht wahr?«

Es war unsinnig, mit ihr zu diskutieren, und sie vermochte sich mit keiner Arbeit für längere Zeit zu beschäftigen. Worum wir sie auch baten, wir konnten es selber viel schneller und sorgenfreier erledigen. Vater akzeptierte die neue Situation eher gleichmütig. Er war barmherzig genug, Kerrin nichts vorzuwerfen, oder er wagte es nicht. Schließlich ärgerte er sich nicht mehr, wenn sie untätig umherschlenderte oder in die Luft starrte – obwohl es immer noch viel zu tun gab. Aber wir durften uns nicht einmal auf sie verlassen, wenn sie einfach nur Wasser holen sollte. Von Mitleid gequält, beobachteten wir sie. Bis auf die Knochen abgemagert, schien sie von einer Art quellenloser Energie bewegt zu werden, nicht mehr von ihrer eigenen Kraft.

Grant begegnete ihr in jenen Tagen geduldiger denn je. Er verrichtete seine Arbeit mit einer zähen Ausdauer, die alle Gedanken und Gefühle verdrängte. Nun ging er öfter die sechs Meilen zur Farm seines Vaters hinunter, übernachtete dort und kam um vier Uhr morgens zurück.

Öde und trostlos verliefen die Abende, Merle sang nie mehr zusammen mit Grant. Nicht, daß er stets den richtigen Ton getroffen oder eine besonders gute Singstimme besessen hätte. Aber sie enthielt ihre eigene Musik und, vermischt mit Merles Stimme, erschien sie uns schön. Sogar Vater hatte gern zugehört und um immer neue Lieder gebeten. Nun wurde er unruhig und argwöhnisch, weil Grant so häufig wegging, und einmal fragte er ihn, ob er bald heiraten wolle.

Als Grant das verneinte und sich abwandte, drang Dad nie wieder in ihn, ließ sein Unbehagen an anderen Dingen aus, klagte über die Hitze, die wunden Stellen in seinem Nacken und an den Händen.

Die Dürre wurde immer schlimmer. Ein stilles, monotones Sterben. Flammen loderten aus dem Gestrüpp. Überall lag Staub, wehte von der neuen Straße herauf, die eine halbe Meile weiter südlich begann. Wir sahen ihn emporquellen, brauner Nebel umflorte die Bäume, mischte sich mit dem Rauch der Waldbrände. Feuersbrünste im Osten und Westen hatten mehrere Morgen Land verkohlt, auch Teile von Rathmans Feldern, und seinen restlichen Mais vernichtet. Nicht, daß es eine große Rolle gespielt hätte – die Ernte war ohnehin schon den Heuschrecken zum Opfer gefallen. Und nun drang auch von Süden her ein stetiger heißer Luftstrom zu uns, manchmal von der schwarzen Asche des Laubs erfüllt.

»Diese verdammten Narren!« schimpfte Vater. Immer wieder murmelte er's vor sich hin – oder klagte Mutter sein Leid. »Diese verdammten Narren! Ausgerechnet jetzt Feuer zu machen!« Zwischen unserem Haus und der Straße lagen nur Weideflächen voller Gestrüpp und Wald, und wenn man Furchen grub, glaubte man, Felsen zu durchpflügen. Das Unterholz war trocken wie Sand.

»Wozu brauchen sie die neue Straße?« fragte Merle. »War die alte nicht gut genug? Konnte man auf der alten etwa nicht zur Stadt fahren? Warum müssen sie alles niederbrennen, diesen Qualm erzeugen und Staub aufwirbeln wie Zyklonwolken? Das dreht einem ja den Magen um!«

»Die neue Straße ist breiter.« Er warf ihr einen harten, mißtrauischen Blick zu, dann wandte er sich zu Grant. »Ist es so nicht besser?«

»Die *Straße* ist besser.« Grant grinste und verlieh seinen Worten einen gleichmütigen Klang, so daß ihn keiner wegen ihrer Bedeutung zur Rechenschaft ziehen konnte.

»Ein Farmer braucht gute Straßen«, meinte Vater.

»Gute Straßen – vielleicht!« fauchte Merle ihn an. »Aber er will nicht über verkohlte Felder fahren. Wie eine Wüste! Grant weiß das – immerhin bringt er täglich die Milch weg. Warum machst *du* das nicht, wenn's dir so großartig gefällt?«

»Es gibt Schlimmeres«, warf Grant ein. »Man kann nicht alles hassen und einen klaren Verstand behalten.«

»Ich schon«, erwiderte Merle. »Ich kann die Menschen hassen und die Hitze, die Selbstsucht und diesen gottverdammten Staub. Die Farmer, die ihre Hunde verhungern lassen und nicht wissen, wie sie ihre Kinder ernähren sollen, die Blattläuse – und Kerle von eurer Sorte, die herumstehen und sagen, es sei sinnlos, irgendwas zu versuchen! Ich kann ungefähr alles hassen, was es zu hassen gibt, und ich will nicht sterben!« Sie stemmte ihre großen Fäuste in die Hüften, lachte Grant an, wütend und gutmütig zugleich und bereit, alles zu zerpflücken, was er antworten mochte.

Ich sah, wie er die Hände ballte, um sie nicht anzufassen, dann kehrte er ihr den Rücken und wusch sein Gesicht, damit er nicht länger in ihrer Nähe bleiben mußte. Durch sein Handtuch murmelte er, vielleicht sei es gut, daß sie soviel Arbeit habe, sonst würde sie mit ihrer Energie die ganze Welt durcheinanderbringen oder Felsengipfel abhacken und Kies daraus machen.

So leicht ließ sie ihn nicht davonkommen. Mit ihr durfte er nicht umspringen, als hätte es keinen Sinn, mit einem Kind zu diskutieren. Also erklärte sie, nur geräuschvoller Haß, der zu Taten führe, würde zählen. »Ein Mann mag innerlich vor Wut kochen. Aber wenn diese Gefühle nicht an die Oberfläche gelangen, kann er genausogut lieben, was er haßt!«

». . . oder hassen, was er liebt«, ergänzte Grant, und ich sah, wie Kerrin die beiden beobachtete.

Da wandte sich Merle ab und eilte hinaus. Grant folgte ihr nicht . . . Die Luft war ein eigentümlicher roter Nebel aus Sonne und Rauch, und außer meiner jüngeren Schwester schien nichts Klares, Definierbares in diesen schmutzigen Staubschwaden zu existieren.

# 15

Ich weiß nicht, wie unser Leben weitergegangen wäre und wie sich die Situation hätten ändern sollen. Aber diese Nacht bildete ein Ende – und den Anfang von Dingen, die zu verkraften ich mir niemals zugetraut hätte.

Kerrin sah das Feuer auf dem Südfeld. Spät abends wanderte sie bei den Ställen herum und bemerkte, wie der Flammenschein die Zwergeichenreihe flimmern ließ. Schreiend rannte sie ins Haus und weckte uns, halb von Sinnen vor Aufregung.

»Feuer! Feuer!« rief sie, hämmerte an Grants Tür, rüttelte Merle wach, die schon seit Stunden tief und fest schlief. Vater taumelte aus dem Bett, und ich erwachte verwirrt, sah die kreischende Kerrin im Mondlicht stehen. Sogar das Rot ihrer Haare konnte ich klar erkennen, so erstaunlich hell war die Nacht. »Raus aus den Federn, ihr Narren!« Beinahe wirkte sie glücklich, auf bösartige Weise.

Grant kam aus seinem Zimmer, stopfte das Hemd in die Hose, müde und grimmig, das Haar zerzaust. Jetzt bemerkten wir das rötliche Licht am Feldrand, den beißenden, heißen Rauch.

Als erster stürmte Grant aus dem Haus und zu den Ställen, fluchend stolperte Vater hinterher, das Gesicht eine unheimliche Mischung aus Angst und Zorn.

»Jetzt könnt ihr's nicht mehr aufhalten!« brüllte Kerrin. Plötzlich – und das war völlig uncharakteristisch – versuchte sie, Mutter festzuhalten, und flehte: »Geh nicht hinaus!«

»Ich muß – das Feuer kommt so schnell auf uns zu.« Mutter holte einen Haufen Säcke hervor, und Kerrin half ihr.

Mit dem letzten Rest in unseren Zisternen tränkten wir die Säcke, und das Wasser, das zu Boden rann, bot einen schmerzlichen Anblick. Die Hitze war grauenhaft. Wir kämpften uns zum Feldrand vor, wo niedriges Gebüsch wuchs, Rauchschwaden bissen uns ins Gesicht wie Wespenstiche, die feurige Luft brannte auf der Haut. Ich schaute mich nach Merle um, die ihren nassen Sack schwenkte, und im Dampf, der sie umwogte, glich sie einer lebenden Fackel.

Die sengende Hitze allein hätten wir noch ertragen, doch der Rauch ließ uns keine Chance. Gegen eine so tückische Qual konnten wir uns nicht wehren. Jammernd rannte Kerrin zurück, eine Hand auf die Augen gepreßt. Jetzt entsinne ich mich an ihre gespenstische, dünne, schwankende Gestalt im Mondschein. Aber damals sah ich sie nur undeutlich, weil Tränen meinen Blick verschleierten. Blindlings schlug ich auf das Gras ein, spürte den heißen Boden unter meinen Sohlen, hörte ringsum das unerschütterliche Knistern der Waldbrände, die über knochentrockene Eichenblätter hinwegrauschten. Das tote Unterholz war ein Flammenmeer.

»Paß auf, daß das Feuer nicht die Maisfelder erreicht!« schrie Dad immer wieder. Hilflos schaufelte er zusammen mit Grant, versuchte einen Graben auszuheben, den die Flammen nicht überspringen konnten, und sah, wie sie sich jenseits seiner Reichweite voranfraßen, tiefer unten, uns in großem Bogen einschlossen. Wir fanden keine Zeit für irgendwelche Gedanken, keine Zeit für Ängste, waren der grauenvollen Gefahr zu nahe, um ihre ganze Bedeutung zu erkennen.

Und plötzlich – ich weiß nicht, wieso, vielleicht stolperte sie seitwärts ins brennende Unkraut – stürzte Mutter und wurde von Flammen umhüllt, ehe sie sich aufrappeln oder schreien konnte. Grant sah sie fallen, überquerte ein halbes Feld, warf seine Schaufel weg, brüllte uns an durch das Knistern, durch den Rauchwall.

Als wir ihn erreichten, hatte er Mutter bereits aus dem Feuer gezerrt, erstickte die Flammen mit seinen Händen und dem nassen Sack, den sie umklammert hatte, vermochte sie aber nicht vor Brandwunden zu bewahren. Gemeinsam mit Kerrin trug er sie ins Haus, aber Dad blieb auf dem Feld, schaufelte aus Leibeskräften, schlug auf das lodernde Gestrüpp ein.

Merle half ihm, und ich eilte ins Haus, denn ich wußte, daß Kerrin nur weinen und beten und nicht wissen würde, wo sich die benötigten Dinge befanden. Allerdings wußte ich das im ersten Augenblick selber nicht so genau. Ich schickte sie zu den Rathmans und versuchte Mutter zu verarzten, so gut es mit den wenigen vorhandenen Medikamenten ging. Nichts schien zu genügen, um all die schrecklichen Verbrennungen zu bedecken, das bißchen Salbe reichte nur für das Gesicht und die Hände.

Dichter Rauch schwängerte die Luft, vernebelte das Lampenlicht. Wir bekamen kaum noch Luft. Manchmal stöhnte Mutter. »Geh wieder hinaus«, forderte ich Grant auf. Hier konnte er nichts tun. Es gab keine Möglichkeit, ihre Schmerzen zu lindern, und das Feuer rückte immer näher. Abrupt verwandelten sich Zwergeichen und Sträucher in züngelnde Fackeln entlang des ganzen Feldes, Zaunpfosten gingen in Flammen auf, krachend stürzten Äste zu Boden.

Grant lief hinaus, und ich blieb mit Mutter allein, konnte nichts unternehmen, nur beten oder mit dem Schicksal hadern. O Jesus Christus, bitte! Es war entsetzlich, sie so leiden zu sehen. Lieber würde ich an eine Folterbank gefesselt werden, als diese Nacht noch einmal zu erleben.

Das heiße Glutlicht, in den Fensterscheiben gespiegelt, der ätzende Qualm – und Mutter auf dem Bett, voller tiefroter Flecken, halb wahnsinnig vor Schmerzen ...

Dann kehrte Kerrin zurück, brachte eine Salbe mit und erklärte, ein Arzt sei verständigt worden. Schluchzend stand sie da, schlug die Hände zusammen, kniete sogar neben dem Bett nieder und klagte in einem fort: »O Gott, bitte, nimm ihr die Wunden!« Mrs. Rathman starrte sie verständnislos an, erschrocken über diesen wilden Gefühlsausbruch, und der beißende Rauch verdichtete sich zusehends, bis Mutter immer mühsamer nach Atem rang.

Max kam herein, und Kerrin folgte ihm nach draußen. Mit vereinten Kräften wollten sie den Graben rings um das Maisfeld fertigstellen. Der Wald war fast abgebrannt, ebenso der Heuhaufen nahe dem Zaun, Flammen zischten und leckten durch die Weizenstoppeln, krochen in flinken Zungen über die Nordwestecke des Ackers.

»Geh du auch hinaus«, sagte Mrs. Rathman und verteilte ihre schleimige braune Salbe auf Mutters Hals. Nun wirkte sie ruhig und zuversichtlich, nachdem Kerrin verschwunden war, und ich eilte getröstet aus dem Haus, zum Feld, sah die heftig bewegten Gestalten vor dem Feuerschein, wie wütende schwarze Riesenameisen. Immer noch schlug Merle auf die Flammen ein, in hektischer Hast schaufelten die Männer das Erdreich beiseite. Dad fand keinen Atem, um mit mir zu sprechen, als ich bei ihm eintraf, schaute nur auf, das Gesicht verzerrt vor Zorn und Kummer, dann hieb er seinen Spaten wieder ins Gras.

»Mrs. Rathman ist da«, berichtete ich, »und der Doktor kommt bald.« Es war einfacher, die Hitze und den erstickenden Rauch auszuhalten, als Mutter in ihrer Qual zu sehen, und ich schlug mit meinem nassen Sack auf das kurze schwelende Gras, bis meine Kehle zu sehr brannte, um Luft zu holen.

Die Flammen erreichten den Graben und hielten inne, züngelten und flackerten und erloschen, sprangen aber an manchen Stellen hinüber und entzündeten die behaarten Disteln, stürmten erneut voran und breiteten sich aus. Es war wie ein schrecklicher Alptraum vom Weltuntergang ... Dann erstarb der Wind plötzlich, das Feuer kroch langsamer weiter, der Rauch stieg nach oben, statt uns in stechenden Schwaden entgegenzuwehen. Wir sahen den bleichen Mond, ein fahles graues Licht.

Eine Stunde vor dem Morgengrauen war der Wind in jenen Nächten immer verebbt, endlich kühlte die Luft ein wenig ab. Und während der Feuerlärm verhallte, hörten wir die Hähne krähen, unheimlich munter und schrill, wie aus einer anderen Welt. Wir erschlugen die letzten Flammen, und Merle umhüllte einen schwelenden Zaunpfahl mit Erdreich. Die Drähte lagen auf dem Feld, dazwischen erhoben sich die verkohlten Pfosten, wie verbrannte Krähen an den Metallstacheln hängengeblieben.

## 16

Wir hatten es überstanden, aber da waren immer noch die schwarzen Ruinen der Wälder, die zerstörten Zäune, die Asche des Heuhaufens. Im grauen diffusen Licht schauten wir uns an und konnten nicht lachen – obwohl ich jetzt weiß Gott mit gewisser Belustigung an Max geschwollenes, rotgeflecktes Gesicht und seine versengten Brauen denke, an Merles Beine, so schwarz wie die verbrannten Felder, die verrußte Haarmähne zu beiden Seiten ihrer breiten Wangen.

Vater befahl uns, die Schaufeln nicht zu vergessen, und hinkte zum Haus. Laut fluchend folgte ihm Max und rieb seine juckenden Augen, bis sie ganz rot und wund waren. Kein Triumphgefühl krönte unseren Erfolg, nur Müdigkeit und das Bewußtsein unserer schrecklichen, unnötigen Verluste. Zuviel hatten wir opfern müssen, um uns eines kleinen Gewinns zu erfreuen.

Einmal drehte ich mich um, sah die dunkle, schwelende Wüste. Knackend fiel ein toter Ast herab, rings um ihn wirbelte Asche hoch. Das lag nun hinter uns – und vor uns die Angst um Mutter, alles verschwommen im Schmerz der Erschöpfung. Vater wankte voraus, und ich hörte ihn Mutters Namen murmeln, immer wieder wie einen Schwur oder ein Gebet. Einmal stieß er ihn gellend hervor, als er über einen Stein stolperte.

Inzwischen war der Doktor eingetroffen, und in ihrem Zimmer brannte eine Lampe, ein ausgelaugtes, kränkliches Gelb im neuen Tageslicht. Vater blieb an der Tür stehen und zog seine Schuhe aus, hob die Eimer hoch wie in einem mechanischen, bedeutungslosen Ritus. Er begleitete den Arzt zum Auto, und dort sprach er lange mit ihm und hörte zu, den Blick zu Boden gerichtet.

Immer noch mußten Kühe gemolken, immer noch so viel erledigt werden. Hitze begann sich unter einem wolkenlosen Himmel auszubreiten, schwül und drückend im Dunst. Benommen vor Müdigkeit verließ ich das Haus, und Kerrin war schon draußen. Flink und lebhaft, als hätte sich das Feuer in ihr Inneres und hinter ihre Augen gezwängt, gestikulierte sie mit beiden Armen und schrie die Pferde an. Sie führte alle aus dem Stall, und ich erklärte ihr, Dad würde sie vielleicht heute brauchen. Da wandte sie sich zu mir und fauchte, sie müsse ihnen Wasser geben, obwohl es auf der Weide, wo sie die Tiere hintrieb, keines gab.

Ich lief ans Ende der Wiese, schloß das Gatter und kehrte zurück. Grant zerrte an einem Seil, versuchte es, mit einer Hand von einem Pfosten zu lösen, die andere steif ausgestreckt und schwarz, bis auf den Kratzer, den ein Holzschiefer darauf hinterlassen hatte. Neben ihm stand Kerrin, und dann geschah alles so schnell, daß es mir eher wie ein flüchtiger Traum erschien als wie Wirklichkeit. Vergeblich zupfte sie an dem festen Knoten, den er nicht öffnen konnte, dann packte sie sein Messer und begann, den Strick zu zerschneiden. Er hielt ihre Hand fest. »Mach das Seil nicht kaputt!« warnte er. »Außerdem könntest du dich selber verletzen!«

Sie zuckte vor ihm zurück, seine Finger um ihr Handgelenk, das Messer immer noch umklammert. Plötzlich riß sie ihren Arm nach hinten, so daß seiner ihr folgen mußte und ihr dünner Körper fest an ihn gepreßt wurde. Den anderen Arm schlang sie um seine Schultern, drückte das Gesicht an seinen schwarzgefärbten Hals. Ich sah seine bestürzte Miene, abrupt ließ er ihr Handgelenk los.

Sie taumelte ein wenig nach hinten, hielt aber immer noch mit einer Hand seinen Arm und mit der anderen das Messer fest. Da erschien Vater in der Haustür, die Wangen vom Feuer gerötet, violett gefleckt, das Haar versengt, wo ihn ein brennender Zweig am Kopf getroffen hatte. »Was macht ihr da?« schrie er. »Warum arbeiten Sie nicht, Grant? Was treiben Sie mit Kerrin?«

»Wir versuchen, einen Strick zu retten.« Grant lachte und hätte noch mehr gesagt, aber auf einmal kniff Kerrin fest in seinen Arm, drehte sich halb zur Seite und schleuderte das Messer in Dads Richtung.

Der ganze alte Haß glitzerte wieder in ihren Augen, und sie schrie Worte, die ich vorher nur ein einziges Mal in meinem Leben gehört hatte. Die Klinge verfehlte ihr Ziel, prallte schräg von der Mauer ab und fiel in den Staub.

Wenn ich jetzt zurückblicke, durch den Schleier der Ereignisse in diesen letzten vier Monaten, erscheint mir alles wie ein staubiges Durcheinander aus Beinen und Füßen. Vater stürzte sich auf Kerrin, Grants Arm warf ihn zurück und an die Mauer, und ihre hohe Stimme schrillte: »Du wirst ihn umbringen, Grant!«

Dann trat Grant zurück, ohne Dad anzurühren, und herrschte sie an, sie solle verschwinden, so schnell wie möglich. Und sie rannte davon – nicht, weil sie sich vor Vater fürchtete, denn sie befand sich bereits jenseits aller Ängste, und ihr Haß hatte sämtliche anderen Gefühle verschluckt, sondern wegen des kalten, wilden Klangs in Grants Stimme. Sie stürmte an Vater vorbei, bückte sich keuchend neben einem Pferdegeschirr, und ich sah ihre Hand nach unten schnellen, etwas vom Boden aufheben.

Vater folgte ihr nicht und kehrte ins Haus zurück, so als hätte er vergessen, warum er herausgekommen war.

»Was wird sie jetzt tun, Marget?« fragte Grant, begutachtete den zerschnittenen Strick und warf ihn weg, dann suchte er entlang der Mauer nach dem Messer.

»Sie hat es genommen«, erklärte ich ihm. Was ich dachte, aber nicht aussprach, merkte er mir an. Wir eilten ihr nach, und Grant zog mich über die Steine mit sich. Ich war zu müde, um klar zu denken, um mich zu sorgen, wußte aber, daß dies getan werden mußte, und so stolperte ich hinter ihm her. Seine kraftvolle Hand, die meinen Arm umschlang, fühlte ich intensiver als die Sonne oder meine vage Angst.

## 17

Als ich später daran dachte und mich gezwungenermaßen an den Gedanken gewöhnte, an die Notwendigkeit, eine harte Schicht innerer Ruhe zwischen mein Herz und die flutartig aufsteigende Finsternis zu legen, empfand ich Erleichterung, weil es gerade zu diesem Zeitpunkt geschehen war. Ich sah in ihrem Tod eine Gnade Gottes. Für sie gab es keinen Platz auf dieser Welt. Wären wir nicht so arm gewesen, hätten wir sie vielleicht weggeschickt. Nie hatte sie zu uns gehört. Und vielleicht sind Menschen wie sie auf der ganzen Erde fehl am Ort. Jedenfalls war ich froh über ihren Tod. Etwas anderes konnte ich nicht empfinden. Während der letzten paar Monate war irgend etwas in mir versteinert und vertrocknet – etwas, das sich schon zuvor allmählich erhärtet hatte, in unserem ganzen armseligen, mühsamen Leben.

Nur der Augenblick, wo wir sie fanden, und die grausige Endgültigkeit des Todes trafen mich wie ein Schock. Zum erstenmal sah ich Kerrin völlig reglos. Sogar im Schlaf hatte sie sich stets umhergewälzt und gewunden wie eine rastlose Schlange – und im Wachen ihre Hände und Augen niemals stillgehalten. Ständig waren sie hin und her geirrt, vor und zurück, hinauf und hinab. Aber jetzt rührte sie sich nicht ... Sie lag hinter dem Schafstall, neben dem Wassertrog. Wir waren schon eine ganze Weile unterwegs gewesen, um sie zu suchen, und manchmal hatte Grant nach ihr gerufen, ohne eine Antwort zu erhalten. Wir glaubten schon, sie wäre weit weggerannt, irgendwohin in den Wald, als wir sie plötzlich an der Stallwand liegen sahen, einen Arm über dem Trog, und aus ihrem Handgelenk floß Blut und färbte das seichte Wasser.

Grant kniete neben ihr nieder, dann schaute er zu mir

auf. Sie war schon tot, ihre Haut zog sich wie straffes Papier über die Wangen, so dünn, daß der Eindruck entstand, wir hätten ihr Skelett entdeckt und der Rest ihres Körpers wäre bereits zu Staub zerfallen.

Ich konnte nicht weinen. Aber Grants Gesicht war nicht so kalt wie meines. Und als er sie aufhob, zeigte er keinen Ekel, schreckte nicht vor ihr zurück. Er trug sie wie ein Kind oder ein kleines Hündchen.

Dad nahm es sehr schwer. Eher wegen des schnellen, spektakulären Selbstmords, der einzigartig erschien und allen Regeln von Sitte und Anstand spottete, als infolge seiner zu spät empfundenen Vaterliebe. Wenn er in Kerrins Tat eine letzte verzweifelte Herausforderung sah oder sich selbst die Schuld daran gab, so zeigte er es nicht. Als wir zurückkamen, molk er mechanisch die Kühe. Er hatte nichts gegessen und sich nur die Hände gewaschen, die wie große rote Handschuhe am Ende seiner geschwärzten Arme klebten. »Verschwinden Sie«, murmelte er in Grants Richtung, dann sah er, was auf den Armen des jüngeren Mannes lag. »Wer hat das getan, Marget?« fragte er immer wieder. »Was ist mit ihr geschehen?« Er konnte nicht glauben, daß sie sich selbst das Leben genommen hatte. Etwas so Ungeheuerliches, Unnatürliches ... Kein Mädchen hatte das Recht, so etwas zu tun.

Schließlich beschuldigte er Grant, Kerrin verraten und betrogen zu haben, steigerte sich in grausige Wut hinein. Ruhig und gelassen hörte Grant ihm zu wie einem jähzornigem Kind, dann erkundigte er sich, ob Mrs. Haldmarne informiert werden oder ob wir es ihr vorerst lieber verschweigen sollten.

»Sag ihr nichts«, bat ich. »Nur wenn sie fragt.«

»Was meinst du?« fuhr Dad mich an, aber er schrie wenigstens nicht mehr. »Ist es denn nicht ihr gutes Recht, die Wahrheit über ihr eigenes Fleisch und Blut zu erfahren? Darf sie nicht wissen, was hier vorgeht?« Plötzlich sank er kraftlos auf den Melkschemel zurück. »Geh nur, tu, was du willst. Belüge sie. Es ist mir egal. Bring mir was zu essen, Marget, ich bin noch nicht dazu gekommen.«

Merle weinte, und ihr graute nicht davor, die Leiche zu berühren. Sie kämmte Kerrins zerzaustes rotes Haar, schlang Tücher um die Handgelenke. Wir sagten Mutter nichts. Sie war zu blind und zu krank, um irgend etwas wahrzunehmen, hatte nicht einmal den Besuch des Arztes zur Kenntnis genommen.

*

Sie merkte auch nichts, als der Leichenbeschauer kam. »Kerrin war krank«, erklärte ich ihm, »geistesgestört – schon sehr lange. Und heute morgen brachte sie sich um – weil das Feuer ausgebrochen war und weil sie fürchtete, Mutter würde an ihren schweren Verbrennungen sterben.«

Vater sagte nicht viel, saß nur da und schaute den Mann an, forderte ihn in stummem Mißmut heraus, meine Worte anzuzweifeln. An Merles Seite beobachtete Grant, wie der Mann den Totenschein ausstellte: »Kerrin Haldmarne . . . Eindeutiger Selbstmord . . .«

Einmal wandte sich Grant zu Merle und schaute in ihr ernstes Gesicht. Offenbar war ihr seine Nähe gar nicht bewußt. Sie interessierte sich nur für das Papier, das nun unterzeichnet wurde und uns alle vor einem Skandal oder strafrechtlichen Verfolgungen befreite. Sekundenlang musterte er sie, dann starrte er auf seine Hände hinab, und ich glaubte, wieder seine Stimme zu hören, die er eines Nachts so unerwartet und verzweifelt erhoben hatte.

»Marget, kann ich denn gar nichts tun? Manchmal kommt es mir so vor, als würde ich halb und halb gekreuzigt!« Wie konnte ich ihm sagen, wo man Antworten fand?

Draußen staute sich die heiße, windlose Luft, tote Ulmenzweige zeichneten sich vor dem Himmel ab, ein Bussard zog seine Kreise. Sogar in diesem Moment suchten meine Augen aus alter Gewohnheit nach Wolken. Und da saßen wir, in diesem schweigenden, stickigen Raum – verlegen, voller Haß gegen den Mann, der uns weder glaubte noch eine Lüge nachweisen konnte. Endlich stand er auf und packte seine Papiere ein. Merle fragte ihn, ob er etwas essen wolle, trotz ihres Hasses, denn sie wußte, was Mutter getan hätte. Er nickte. »Wenn es keine Umstände macht . . .«

»Nein, alles ist fertig.« Sie nahm die Kaffeekanne vom Herd, schnitt ein Stück Kuchen ab. Es war dunkel und bröcklig, und sie verzehrte selber eine Scheibe, leckte geistesabwesend die Krumen von der Handfläche. Dann schaute sie zu Grant hinüber, gab auch ihm ein Stück, die Augen leer und doch von gewissem Mitleid erfüllt.

Grant nahm die dünne Scheibe entgegen, aber er zerbröselte sie nur in einer Hand. Die ganze Szene wirkte irreal und gespenstisch, wie ein Begräbnismahl oder eine Totenwache. Inständig wünschte ich, der Mann würde endlich gehen.

Er aß zwei Stück Kuchen, und ich dachte unwillkürlich an unsere Sirup- und Zuckervorräte, die viel zu schnell zur Neige gingen. Wie ich ihn haßte, weil er uns etwas wegaß . . . »Danke«, sagte er zu Merle, stand auf und wischte sich den Mund ab. Offenbar machten wir ihn nervös, weil wir so seltsam und ruhig dasaßen. Außer Merle ergriff kaum einer das Wort, und als Vater fragte, ob der Maispreis steigen würde, erwiderte der Leichenbeschauer:

»Keine Ahnung, davon verstehe ich nichts. Die Preise sind schon jetzt hoch genug für die Leute, die was kaufen müssen. Ihr Farmer habt immerhin genug zu essen. Das ist doch schon was, oder?«

Nachdem er das Haus endlich verlassen hatte, war es wieder an der Zeit, die Kühe zu melken, und das Abendessen mußte vorbereitet werden. Welch eine Erleichterung, diese trivialen, vertrauten Dinge zu tun . . .

## 18

Kerrin wurde im alten Haldmarne-Grab beigesetzt. Eine Totenmesse fand nicht statt – Gott sei Dank.

Am Abend nach der Beerdigung kam Grant zu mir, während ich die Schafe tränkte. Er stand da, schaute zu und schien ein bißchen inneren Frieden zu finden. Es war still, und die Dunkelheit brach herein. Plötzlich begann er voller Zorn zu sprechen und beobachtete die Staubwölkchen unter den Hufen. »Erinnerst du dich, was Merle einmal über Max gesagt hat? Er genieße die Gesellschaft von Schafen und Schweinen, weil die noch dümmer seien als er. Ich glaube, deshalb gefällt mir das auch. Zumindest liegt eine gewisse Ironie darin, klüger zu sein als ein Schaf.«

»Da steckt noch mehr dahinter, Grant. Jedenfalls für *dich* . . .« Was für leere, banale Worte. Gewiß nicht hilfreich. Aber so hatte ich ihn nie gesehen – niemals arrogant, niemals von Bitterkeit erfüllt, die er gegen sich selbst richtete. Die Veränderung bedrückte mich, denn er schien einen anderen Mann aus sich zu machen und seinen Wert herabzusetzen. Und ich wollte an seine Kraft glauben und das Gefühl haben, irgendwo wären alle Dinge in Ordnung. Was ich wußte, wollte ich nicht glauben. »Die Tiere vertrauen dir«, fügte ich hinzu. »Das wirkt heilsam.«

»Oh, sie trauen allem, was menschlich ist.«

Ich wünschte, er würde aus meinem Blickfeld verschwinden, mir nicht so nahe sein, daß ich beinahe mit meinem Eimer gegen ihn taumelte, und doch um Welten entfernt. Dann erklärte er mir, nächste Woche würde er uns für immer verlassen.

»Wegen Dad?« fragte ich.

»Eher wegen Merle.«

Noch jetzt höre ich seine Worte – ruhig, zurückhaltend, weit weg von meinem heißen, kranken Herzen. »Wohin willst du gehen, Grant? Und was wird Dad tun?«

»Ich ziehe wieder in den Norden und suche mir irgendwo eine Stellung. Max kann euch wieder helfen. Im Augenblick hat er keinen Job.«

»Nun, Max war mal ein guter Arbeiter.« Ich schüttelte den Wasserrest aus dem letzten Eimer und hängte ihn an den Nagel. ›Gott schütze dich‹, konnte ich nicht sagen. Bei den Ställen wurde es immer dunkler, und irgend etwas in mir spannte sich an, drängte mich, Kerrins Beispiel zu folgen, alles andere zu vergessen, es einfach zu tun, ihn zu berühren und den schwachen Trost zu finden, den es mir bieten würde. Und diese schreckliche Liebe, die unterdrückte Sehnsucht, die enge Kehle ... Laß mich gehen, laß mich frei – o Gott, bitte! Und daneben der Verstand, hart und kalt und doch voller Furcht: Du darfst es nicht – du darfst es nicht – unmöglich! Es ist eine Lüge, daß der Körper ein Gefängnis ist. Der Verstand, der kalte, starke Verstand hält uns gefangen. Ich spürte ein Hämmern in meinem Hals, und meine aneinandergepreßten Hände zitterten wie welke Blätter. Ich ließ ihn stehen, rannte aus dem Schuppen. Was er dachte, weiß ich nicht. Ich weinte, die Tränen schmerzten. Und ich war krank und voller Haß, weil ich ihn liebte.

## 19

Der Tag, an dem Grant wegging, war so wie alle anderen. Staub und Hitze und die Häßlichkeit sterbender Ahorne. Ich redete mir ein, ich sei froh über seinen Abschied. Im Tod lag eine gewisse Würde. Dieses halbe Leben war unerträglich, zu groß die Angst vor der Schande, die mich quälen würde, wenn ich meine Gefühle verriet. Lieber wäre ich gestorben, als sie alle merken zu lassen, wie sehr ich ihn liebte . . .

Welch ein alberner Stolz! Wer war ich denn, daß ich glaubte, meine Gedanken würden eine Rolle spielen? Besaß ich irgend etwas Unantastbares? Jetzt werde ich Frieden finden, sagte ich mir. Ich kann lernen, die Dinge zu akzeptieren, die Freiheit erlangen, die ich brauche, um neu zu beginnen, mein Leben auf etwas anderem wiederaufbauen, auf etwas Stabilerem als Grants Anblick, der mir bisher auf bittere Weise genügt hatte.

Mit der Dürre mußte ich ausgetrocknet sein. In jenen Tagen vermochte ich nichts mehr zu empfinden. Ich sah und tat dies oder jenes, betrachtete manchmal Grants Gesicht, wenn er mit Merle sprach. Nächste Woche geht er weg, dachte ich. Aber es war so, als meinte ich jemand anderen, den ich nur dem Namen nach kannte, der mir nichts bedeutete. Vater behauptete, er sei froh, ihn loszuwerden, und würde sehr gut allein zurechtkommen. Natürlich wußte er, daß er log, aber er klammerte sich daran, um wenigstens einen Teil seiner Würde zu wahren. Insgeheim fürchtete er die Zeit, wo er wieder mit uns allein sein würde.

An diesem Abend molk Grant die Kühe und kam auf die Veranda, um sich zu verabschieden, während Vater noch im Stall arbeitete. Vielleicht gab es Dinge, die ich hätte sagen können. Aber plötzlich fühlte ich mich wie eine Fremde, so als hätte Grant nie mit mir über seine Liebe zu Merle und alles andere gesprochen.

»Wo ist Merle, Marget?« fragte er, dann fügte er hinzu: »Schon gut, ruf sie nicht.« Förmlich und verlegen streckte er die Hand aus, aber er lachte. »Leb wohl, Marget. Ich hoffe, es geht deiner Mutter bald besser.«

»Ganz sicher. Daran zweifle ich nie, Grant.« Ich glaubte zu sagen: ›Komm zurück, wenn du kannst.‹ Aber diese Worte muß ich wohl nur gefühlt haben.

Er stand da und schaute auf mich herab, mit seinem alten freundlichen Lächeln. Wahrscheinlich hatte ich den Satz begonnen, aber nicht vollendet. Und als ich schwieg, streckte er wieder die Hand aus. »Kein Farmer wird es jemals leicht haben. Aber ich wünschte, für euch wäre es ein bißchen einfacher.«

»Ach, wir finden uns schon zurecht«, erwiderte ich. »Zumindest verliert man bei diesem Leben sein Geld auf angenehmere Weise als in den meisten anderen Fällen.«

Grinsend ging er davon und blieb am Zaun stehen, wo Merle sich inzwischen eingefunden hatte. Sie begleitete ihn zur Straße, und ehe sie in der Dunkelheit verschwanden, schwenkte er seinen Hut. Ich ging ins Haus, starrte die Marmeladegläser an, hob ein Staubkügelchen neben einem Tischbein auf. Blicklos sah ich mich um, und als ich Mutter sprechen hörte, eilte ich in ihr Zimmer.

# Teil III

## Jahresende

# 1

Er war gegangen, und ich mußte es akzeptieren, meine Verzweiflung verbergen und zu leiden aufhören. Man stirbt nicht an einem solchen Verlust – nur ein Teil des Herzens.

Der fünfte Monat unserer Dürre begann mit Wolken und dem Hohn eines einstündigen Nieselregens. Nichts tränkte die Erde tiefer als einen Zoll. Während des Septembers sahen die Felder kahler aus als im Winter. Nicht einmal sterbendes Gras bedeckte die Weiden der Maultiere und Schweine. Alles war abgenagt, und sie glichen ausgemergelten Hunden. Sogar das Eisenkraut welkte. Im Umkreis einer Meile wuchs nur Kreuzkraut auf den Wiesen, staubgrün und mit dichten Pollen.

Einträchtig gingen die Robinien in den südlichen Wäldern ein. Kleine goldene Blätter rieselten herab und wurden mit Sand bedeckt. Ein geisterhafter, kranker Morgen Land voller sterbender, verbogener Bäume – und darunter siechten die Halme des Eisenkrauts dahin. Die verdorrten Ulmenblätter hingen wie zusammengefaltete Fledermäuse an den Zweigen.

Mutter fühlte sich weder besser noch schlechter. Sie litt einfach weiter, und ich glaube, der Arzt verstand nicht sehr viel von seinem Beruf. Als sich ihre Haut an einigen Stellen schwarz verfärbte, nahm sein Gesicht einen besorgten Ausdruck an. »Wenn sie gesund wird«, sagte Merle, »dann aus eigener Kraft, nicht mit Hilfe seiner Arzneien.« Uns fehlte das Geld für einen anderen Doktor, selbst wenn einer gekommen wäre.

Abends saß ich oft bei ihr, und anfangs fiel es mir beinahe zu schwer. Welch schreckliche Schmerzen sie quälten, stunden- und tagelang, mehr als genug, um ihren Verstand zu benebeln ... Und doch klagte sie nur selten. Manchmal drängte es mich, selber zu schreien und an ihrer Stelle zu leiden, halb verrückt vor Mitleid und Hilflosigkeit. Aber es gibt eine gnädige blinde Haut, die sich zu gewissen Zeiten über das Herz legt. Man kann so und soviel ertragen, danach kommen die Phasen der Härte. Sie würde genesen, nichts anderes konnte ich glauben, und ich verbot mir, sie zu bemitleiden oder um sie zu bangen. Irgendwie redete ich mir ein, ihr Tod sei etwas, das niemals über uns hereinbrechen würde. Der Doktor erklärte, es gebe Hoffnung, und an bestimmten Tagen fanden wir, sie würde besser aussehen, die Verbrennungen schienen ihr geringere Qualen zu bereiten. Ihre eigene Seele empfand keine Zweifel, keine Angst. Sie besprach mit uns, was wir in diesem Winter tun würden, wenn wir draußen nicht soviel arbeiten mußten.

Unser Leben kam mir vor wie ein langes Warten auf ihre Genesung – ein Vakuum, in dem wir uns bewegten und dies oder jenes erledigten. Nichts war so wie früher. Ich fühlte mich verloren, und Merle schien plötzlich zu altern. Weder Grants Liebe noch Kerrins Tod hatten sie so sehr verändert wie Mutters Zustand. Sie vermißte Grant, aber nur die Schulter zum Anlehnen, seinen trockenen, tapferen Humor. Sie wußte, warum er uns verlassen hatte, und war in der Zeit nach der Brandnacht nie so ruhig und ungezwungen gewesen wie an jenem Tag. Zu oft befaßte sie sich mit dem Feuer und Mutters Leid, um an ihn zu denken. Das behaupte ich, ohne es zu wissen, aber ich gewann diesen Eindruck.

Eines Abends wanderte sie stundenlang umher, kehrte wütend und immer noch rastlos zurück. Das paßte nicht zu ihr, denn normalerweise mußte sie nur Brennholz hakken und ins Haus tragen, um die Stechmücken aus ihrem Gehirn zu verscheuchen. »Dieser Staub – dieser verdammte Staub!« rief sie. »Der dringt einem fast bis ins Knochenmark. Es gibt nichts mehr, was man sich anschauen könnte.«

In gewisser Weise zeigte Vater Mitgefühl. »Wie geht es ihr?« fragte er jeden Morgen, und seine Augen forderten uns beinahe auf, ihm zu versichern, Mutter sei völlig genesen.

»Nicht besser« oder »immer gleich«, pflegte Merle zu antworten, und er trottete aus dem Haus, mit einer Miene, als hätten wir ihn irgendwie verraten und betrogen.

Still verliefen die Tage ohne Kerrin und Grant. Manchmal konnte ich nur einen klaren Verstand behalten und das Leben erträglich finden, wenn ich aus dem Haus floh, auf die Wiesen. Das war nicht heilsam. Weder aus der Erde noch aus der Liebe noch aus irgendwelchen anderen Dingen schöpfte ich Heilkräfte. Aber ohne diese Wanderungen wäre ich gestorben. Hätte ich gekreischt und geschrien, ich könne es nicht mehr aushalten, hätten sie geglaubt, ich wäre verrückt geworden. Aber das Schweigen ist der wahre Wahnsinn, der Entschluß, still zu bleiben, weiterzuleben, als wäre alles so wie eh und je. Mit niemandem konnte ich mich aussprechen, Merles Ängsten meine eigenen nicht hinzufügen, und wir vermochten auch nicht über Grant zu reden.

## 2

Eines Nachts ging ich zum Teich auf der Nordweide. Sogar nach Einbruch der Dunkelheit war es wieder heiß, die warme Luft müde und dumpf, und es dauerte lange, bis der Südwind ein bißchen Kühlung brachte. Der Mond schien, von bleichen Sternen umgeben. Sogar die Konstellationen wirkten erschöpft. Ich sah den Staub auf den Blättern, spürte ihn auf der Straße, um meine Füße herum. Die Maisstauden glichen weißen Skeletten.

Nutzlose, sentimentale Erinnerungen an die Zeit, wo ich hier mit Grant durch das trockene Papawdickicht gegangen war, verfolgten mich. Es hatte keine Berührung gegeben, an die ich nun denken konnte, nur seine Worte. Und Worte sind kalt wie Gräber, vielleicht langlebiger als die wildeste, leidenschaftlichste Liebkosung, aber hart wie Stein. Nur wenig war seinen Augen und Ohren entgangen, und er hatte viel geredet, angespornt von meinem begierigen Wunsch, alles zu lernen und zu erfahren. Daran erinnerte ich mich nun, an den schwerfälligen, oft verschleierten Klang seiner Stimme, fand aber keinen Trost darin. Die schreckliche Einsamkeit erschien mir noch schlimmer als in den ersten Tagen nach seiner Abreise ... Ich stand da, starrte ins schwarze Wasser, über das sich ein Netz aus Mondstrahlen zog, und nahe dem Ufer tauchten die Frösche wie Funken auf. Der Teich war stark gesunken und an manchen Stellen schleimig.

Es müßte einen Weg geben, sich selber vom Leid zu befreien. Die Tage halfen mir dabei, aber in der Finsternis kroch es zurück, überfiel mich mit aller Macht, sobald das Licht erlosch. Ich schlief und erwachte morgens und sagte mir: Heute nacht kann ich wieder schlafen ... Aber das war kein Leben! Die Tage nur Wüsten, zwischen den Nächten überquert! Ich saß am Rand des Teichs, versuchte vergeblich, mit klarem Kopf darüber nachzudenken, fragte mich nur, ob Dad morgen wieder die Stallarbeit vergessen würde, ob ich ihn daran erinnern müßte, ob die Stangenbohnen zu trocken wären und wie lange wir zu essen haben würden, wenn wir eine von Merles Gänsen schlachteten.

In Gedanken stritt ich lange mit dem Doktor, bot ihm fünf Gänse an und versprach ihm ein Kalb, falls je wieder eins geboren werden sollte. Er weigerte sich, das alles anzunehmen, und ich setzte das alberne Gespräch fort, starrte in den Teich und wußte die ganze Zeit, daß ich ihm so oder so Geld geben mußte und Kartoffeln als Zahlungsmittel nicht einmal erwähnen durfte. Dann entsann ich mich des Aprilabends, wo ich hier gewesen war. Beinahe lachte ich bei der Erinnerung an meine sanfte, närrische Freude. Dieses Jahr wird alles anders und besser, hatte ich gedacht, und nun verschaffte mir die Ironie jenes Hoffnungsschimmers eine gewisse Genugtuung.

Aber nach einer Weile beruhigten mich die weiße Landschaft und der Nachtwind. Beinahe empfand ich inneren Frieden – beinahe kam es mir so vor, als würden all die Dinge hinter mir liegen. Die großen, giftigen Schatten meiner Träume verschwanden.

Ich kam spät nach Hause, sah in Mutters Fenster immer noch Licht, und als ich mich näherte, hörte ich wieder dieses scharfe, gräßliche Geräusch, das sie manchmal von sich gab – wie eine Nadel, die aus ihrem Hals herausstach. Und alles war gleich geblieben. Real und unvollendet, mußte es immer noch ertragen werden.

## 3

Im Oktober kam der Steuerprüfer, an einem Tag, wo Dad einen Acker weiter unten am Bach pflügte. Dort bestand der Boden nicht nur aus Felsenstaub. Er hatte zuviel Arbeit, seit Grant nicht mehr bei uns war, bat aber niemand anderen um Hilfe. »Ich schaffe es schon«, versicherte er mir. »Es stirbt ohnehin alles. Nur die Kühe müssen noch versorgt werden.«

Der Gemüsegarten sah aus wie ein Friedhof mit all den noch nicht beerdigten Pflanzen, und es gab immer noch eine Menge zu tun. Offenbar war Vater unfähig, sich zu konzentrieren und zu entscheiden, was er machen sollte, und zu allem brauchte er doppelt so lange wie früher. »Ich muß die Wände tünchen«, verkündete er eines Morgens, verbrachte eine halbe Stunde damit, das ganze Zeug zusammenzusuchen, dann ging er davon und pflügte diesen Acker.

Braille, so stellte sich der Steuerprüfer vor, überreichte uns Formulare, die wir ausfüllen sollten. »Sie besitzen sehr viel gutes Land«, erklärte er uns, ein großer, kahlköpfiger Mann mit einem nervösen Kichern, halbwegs freundlich. »Und ein anständiges Haus.« Dad listete die Kühe und Pferde auf, und als die Zahl niedergeschrieben wurde, wirkte sie ziemlich üppig. Die Pflüge und der Traktor – hundert Schafe – neun Schweine – hundert Hühner . . . »Wo ist Ihr Auto?« wollte Braille wissen und mochte es nicht glauben, als Vater erwiderte, er habe keines. »Sie sind wirklich gut dran«, meinte er und betrachtete den Obstgarten, die Scheunen.

»Eher schlecht«, widersprach Dad. »Die Scheunen sind leer, das Silo ist nur zu drei Vierteln gefüllt. In diesem Winter muß ich Futter *kaufen.* Zweihundert habe ich mir geliehen, um den Kuhstall zu reparieren, und weil er jetzt in Ordnung ist, muß ich Ihnen was zahlen. In einem Monat nehme ich weniger ein, als diese Kosten ausmachen.«

»Das klingt nicht gerade ermutigend. Draußen auf der Weide habe ich ein Maultier gesehen. Das steht nicht auf der Liste.«

»Es gehört mir nicht, sondern Rathman!« schrie Dad. »Ich lasse es nur hier grasen!«

»Und Sie benutzen es auch nicht?« Braille schaute ihn an und zwinkerte mit einem Auge. »Beim letzten Farmer, den ich besuchte, fand ich vier Maultiere, die sich angeblich verlaufen hatten. Er behauptete, die würden nur kurz vorbeikommen und er lasse sie ein bißchen weiden. Vielleicht schaue ich nächste Woche noch einmal vorbei und sehe nach, ob sie inzwischen weitergezogen sind.«

Dad lachte nicht. »Ich habe kein Geld für die Steuer. Mit all diesen Zahlen vergeuden Sie nur Ihre Zeit.«

»Wo wären denn die Schulen?« erkundigte sich Braille. »Wo wären die Straßen, wenn niemand dafür zahlen wollte?«

Seufzend breitete Dad die Hände aus, seine Schultern hingen nach vorn. »Das weiß ich nicht, Mann! Und im Augenblick ist es mir auch egal. Ich möchte einfach nur hier leben, ohne alles hergeben zu müssen, was ich verdiene. Was ist das denn wert?« Er zeigte in die Runde. »Es bringt nicht einmal das ein, was es kostet!«

»Sie wollen es doch so haben, oder? Auf dieser Farm möchten Sie leben, und dafür müssen Sie zahlen.«

»Sie reden so, als wäre das Leben eine Sünde«, platzte Merle heraus. »Etwas, wofür ein Mensch bestraft werden muß!«

Braille musterte sie ausdruckslos und schüttelte den

Kopf. »Es ist kein Verbrechen, Sie müssen nur zahlen. Das ist alles.«

»Das werde ich tun, wenn Sie mir etwas Geld geben«, entgegnete Vater. »Aber wenn ein Mann kein Einkommen hat, wie soll er dann die Grundsteuer bestreiten?«

»Ich glaube, das kann er nicht. Aber er muß.« Braille packte seine Papiere ein und stieg ins Auto. »Auf Wiedersehen, Leute!« rief er. »Nun habe ich wahrscheinlich alles beisammen.«

»Das nehme ich an«, antwortete Merle. »Ich hätte nie gedacht, daß wir so viel besitzen. Immerhin zwingt einen das Finanzamt dazu, sein Glück zu würdigen!«

Grinsend fuhr er davon. Ich fand ihn recht nett. Nicht stahlhart. Kein Mann, der überall, wo er hinkam, eine Spur kranken Hasses hinterließ.

Vater starrte ihm nach, dann wanderte er zum Stall, redete mit sich selbst und trat gegen einen Eimer. Es bedrückte mich, ihn so zu sehen. Früher so selbstsicher, kämpfte er jetzt nicht einmal mehr, regte sich nur auf, statt vor Wut zu toben. Von Sorgen zerfressen, rieb er sich auf in kleinlichem Haß.

## 4

Nächste Woche verkaufte er die meisten Ochsen und hoffte, auf diese Weise die Steuer zusammenzukriegen; außerdem waren die Weiden ohnehin kahl. Wir hatten Max dafür bezahlen müssen, die Tiere bei sich grasen zu lassen, und nun kostete es eine ganze Menge, sie als Eilgut zu verfrachten. Hätten wir sie erworben, um sie zu mästen, wäre alles verloren gewesen. Nun brachten sie gerade genug ein, daß wir Seife und Nägel kaufen konnten. Ich glaubte – und hoffte, Dad würde an dem Abend, wo er Bilanz zog, einen Wutanfall bekommen. Er war so tief in sich selbst versunken, daß es mich erleichtert hätte, ihn brüllen oder fluchen zu hören. Doch dieser Sturm entlud sich nur in seinem Inneren. Er verstaute das Rechnungsbuch in der Schublade und ging zum Stall hinaus.

Mutter fragte, was geschehen war. Seinem Gang entnahm sie, wie zornig er war. Ich erzählte ihr einiges, aber nicht alles. »Er hat weniger, als er dachte.«

In einer schmerzlichen, ungeduldigen Geste bewegte sie eine Hand. »Warum verschweigst du mir etwas, Marget? Wieviel hat er verloren?«

»An neunzehn Ochsen haben wir zwei Dollar verdient«, erklärte Merle. »Mit der Rinderzucht kann man eine Menge Geld machen. Nächstes Jahr versuchen wir es vielleicht mit zwanzig Ochsen, und im Herbst kaufen wir uns einen großen Staubwedel.«

Besorgt schaute Mutter uns an. Manchmal schweifte ihr Geist in einem Gewebe aus Schmerzen davon, und dann kümmerte sie sich kaum um uns. Aber an diesem Abend schien sie glasklar zu denken, und sie war geradezu prädestiniert, das Leid anderer auf sich zu nehmen. »Seht zu, daß er sich ausruht. Er ist zu aufgedreht. Die Arbeit hier bringt viel zu wenig ein. Irgendwann wird er das merken . . . Ißt er auch genug?«

Ich versicherte, er würde sich ausreichend ernähren, und fügte nicht hinzu, daß es in einiger Zeit nicht mehr viel zu essen geben würde.

Offenbar begnügte sie sich nicht damit, aber sie war zu müde, um weiterzureden. »Seht zu, daß er sich ausruht«, wiederholte sie, dann starrte sie schweigend aus dem Fenster.

# 5

In dieser Nacht starb sie, Anfang Oktober, vor einem Monat, als die Herbststürme begannen. Der erste Regen seit Februar . . . Früher dachte ich, es würde für alle Dinge Worte geben außer für die Liebe und unerträgliche Schönheit. Wie ich jetzt weiß, gibt es noch etwas Drittes, das sich nicht beschreiben läßt – das Gefühl des Verlusts. Den Tod kann man nicht in Worte fassen.

Am Abend nach dem Begräbnis wanderte ich meilenweit durch die Dunkelheit. Es war kühl und feucht. Nebelkälte, die Luft wie ein winterlicher Sumpf. Nasses welkes Laub in den Furchen der Wagenräder. Ich weiß nicht, wie weit ich ging – stundenlang über die finsteren Straßen; aber diesmal konnte die Nacht die zerbrochene Leere nicht verdecken oder ausfüllen. Ich schaffte es nicht, mir noch länger etwas vorzumachen oder zu hoffen oder blindlings an irgend etwas Gutes zu glauben. Alles war entschwunden, der Glaube weggefegt wie ein kleiner Grashügel, und es gab nichts mehr, wofür es sich zu leben und zu warten lohnte. Gott stellte für mich nur einen Namen dar, und es war ihr Leben gewesen, der diesem Namen Bedeutung verliehen hatte. Jetzt blieb nichts mehr übrig.

In einer Nacht vor acht oder neun Jahren war ich zum erstenmal von einem Schatten dieses großen Verlustes und Zweifels heimgesucht worden, und daran erinnerte ich mich jetzt, als ich durch das nutzlose Dunkel zurück nach Hause stolperte. Eines Abends hatte ich die Eltern reden hören. Dad war müde und ärgerlich, weil ihm sein Mais weniger eingebracht hatte, als ein Pflug kostete. »Um Himmels willen! *Wollen* die Leute denn nicht, daß ein Mann eine Farm bewirtschaftet?« rief er. »Was glauben sie denn, wo der Mais herkommen wird, wenn sie uns von unseren Feldern vertrieben haben? Auch sie müssen doch essen, weiß Gott!«

Und dann Mutters Stimme, leidenschaftlich und halb schluchzend in der Dunkelheit: »Sollen sie doch Gänsefuß und anderes Unkraut in sich hineinstopfen! Das wächst alles wild.« Ich fürchtete mich vor dem Klang ihrer Worte, und ich hatte das Gefühl, die ganze Zuversicht und der ganze Glaube wären ihr abhanden gekommen. Nun würden wir allein bleiben im Kampf gegen Wind und Leere. War sie wie wir alle von Haß und Zweifel überwältigt worden? Ich wartete, um sie etwas anderes sagen zu hören, daß es keine Rolle spiele, daß es uns nächstes Jahr bessergehen würde . . . Aber sie schwieg, sprach kein einziges Wort mehr.

Damals hatte ich teilweise erkannt, was mir jetzt in der Nacht nach ihrem Begräbnis klar wurde: Mein Glaube hatte nur auf ihrem beruht. Und wenn sie ihn verloren und die Dunkelheit aufgesucht hatte, wo wir alle lebten, um dort umherzuirren mit ebensowenig Licht wie ich – dann schwand all mein blinder Glaube an die Güte dahin. Doch dieser Gedanke war belanglos neben dem unerträglichen Gefühl des Verlusts.

## *6*

Fast zwei Monate sind seit ihrem Tod vergangen, und wir haben weitergelebt. Es ist November, schnell stirbt das Jahr in Gewitterstürmen. Die Bergahorne haben alle Blätter abgeschüttelt, der Boden ist kalt. Ringsum auf den Hängen vernarben die gepflügten Felder. Wir konnten unsere Hypothekenzahlung hinausschieben. Aber das bedeutet keineswegs, daß wir befreit sind oder daß sich wirklich etwas geändert hätte. Nur ein bißchen mehr Zeit, um zu leben, zu kämpfen, die Angst in eine undefinierbare Zukunft zu scheuchen. In unserem Leben sehe ich keine große Ebbe oder Flut oder irgendeinen Erdenrhythmus. Da gibt es nichts Majestätisches. Die Welt dreht sich in großen Bewegungen, aber wir huschen über sie hinweg wie Stechmücken, die Tage absorbiert und übermannt von einer Masse kleiner Dinge – von jenen Verwirrungen, die unser Leben ausmachen und uns daran hindern, wirklich zu leben. Wir ermüden, und unsere Tage zerbrechen in tausend Stücke, unsere Jahre werden in Tage und Nächte zerhackt und schließlich beendet. Manchmal entreißen wir dem Leben gewisse Stunden. Intervalle und gestohlene Dinge zwischen – zwischen was? – zwischen jenen Dingen, die notwendig sind, um das Leben erträglich zu machen? Nahrung, Wäsche, Kleidung, der Genuß jener Zeiten, wo man nicht waschen und kochen und für Kleidung sorgen muß ... Thoreau hatte recht, so recht wie Christus, wenn er sagte, man müsse versuchen, vollkommen zu sein. Doch das übersteigt unsere Kräfte.

Wir haben keinen Grund, zu hoffen oder zu glauben, aber wir tun es, weil wir müssen und in seltenen Momenten der Kapitulation inneren Frieden verspüren, Schönheit sehen in all ihren verzerrten Formen, nicht rein, nicht unverfälscht, sondern stets vermischt mit sauren Kartoffelschalen oder einer sengenden Augustsonne.

Es steht außer Frage, was wir tun werden. Das liegt so deutlich sichtbar vor uns wie die toten Felder. Wir sind nicht auf schlimmere Weise gefangen wie alle anderen Menschen. Nicht in höherem Maße, als das Leben selbst eine Falle darstellt. Wieviel von dem, was uns widerfuhr, stammte aus uns selbst? Gab es irgend etwas, das wir hätten tun können und nicht taten? Gott ist gegen uns – wenn man die Dürre als Gott bezeichnen will. Die Welt ist gegen uns, vielleicht nicht mit Absicht, eher aus Selbstsucht denn aus Bösartigkeit, und wahrscheinlich erkennt sie zu langsam, daß wir keine Feinde oder Flugscharen sind. Und wir – gegen uns selbst ... Es ist unmöglich, allein auszuharren. Vater mag das jetzt erkennen, wütend und mit reichlicher Verspätung. Wir können vorangehen; der Weg ist klar genug zu sehen. Aber diese Straße hier führt zwischen zu hohen Böschungen dahin, und zuviel Staub liegt darauf ...

## 7

An diesem Morgen ging ich zu den Rathmans. Acht Monate waren seit jenem Tag im Mai verstrichen, wo ich sie das letzte Mal besucht und ein bißchen beneidet hatte, voll närrischer Hoffnungen. Jetzt empfand ich weder Hoffnung noch Neid.

Lena benehme sich jetzt besser, erzählte mir die alte Lady, wirkte aber nicht glücklich. »Komm herein und sieh nach Papa«, bat sie. Der alte Rathman lag auf seiner roten Decke, wie eine Erbsenschote geschrumpft, die Augen glanzlos, wie von einem Netzwerk überzogen. Aber er erkannte mich. »Er sieht dich vorbeigehen, wenn du die Post holst«, sagte Mrs. Rathman. »Und manchmal, wenn er bei Verstand ist, weiß er auch, wer du bist.«

»Ich bin gekommen, um ein paar Eier zu holen«, erklärte ich ihm. »Im Augenblick legen unsere Hennen nicht viel. Die Hühner anderer Leute auch nicht.«

»Auch nicht«, wiederholte er. »Niemand hat irgendwas.

Aber du bist jung – du bist nicht so wie ich. Du kannst immer noch was machen. Du liegst nicht einfach nur so da wie ich alter Narr – zu nichts nütze ... Ich kann überhaupt nichts tun ...« Das sagte er immer wieder, wie eine alte Litanei, vergaß meine Anwesenheit und drehte seinen Kopf weg. Als wir das Zimmer verließen, hörte ich, wie er etwas Unverständliches murmelte und sich im Bett hin und her wälzte.

»Manchmal ist er ganz vernünftig«, bemerkte Mrs. Rathman. »Sein Geschrei macht Lena wütend.« Sie gab mir die Eier, wollte aber kein Geld nehmen. »Bring uns einfach ein paar, wenn's geht.« Dann begleitete sie mich zur Tür und lächelte schwach, das runde Gesicht geduldig und resigniert. »Vielleicht wird das nächste Jahr besser. Solche Dinge geschehen nicht zweimal ...«

Ich verließ die heiße Küche und ging die Straße hinauf. Die Hunde, die laut kläfften und an ihren Ketten zerrten, mochten dieselben gewesen sein, die uns als Kind Angst eingejagt hatten. Alles mochte genauso sein wie damals – die weißen Gänse und die Beagles – die Kohlköpfe in den Ackerfurchen – Max' Auto, länglich und grau und verschwenderisch groß – die Kürbisse auf einem Stuhl in der Laube, zu verkaufen, aber ohne Preisschild. Eine Katze rannte aus dem welken Fliederbusch und versteckte sich unter der Veranda. Ich entsann mich, wie wir die Straße hinaufgegangen waren, auf dem Weg zur Post, Kerrin voraus, wie ein großer roter Kranich, die schwarzen Strümpfe faltig und schmutzig, den langen Hals hoch gereckt, irgendein wildes, sentimentales Lied auf den Lippen; und Merle und ich waren hinterhergestolpert, ohne Eile. Wir traten gegen Steine, blieben stehen, um trockene Distelsamen zu säen, nachdenklich und ohne Bosheit über die herbstlich gepflügte Erde zu verstreuen. Und dann waren wir schnell und unbehaglich am Haus der Rathmans vorbeigegangen, aus Angst, der alte Mann würde uns sehen und zwingen, stehenzubleiben, mit ihm zu reden, Dinge sagen, die wir nicht verstanden und nicht schnell genug beantworten konnten. Stets hatten wir uns vor seinem spöttischen Blick und seinem Gackern gefürchtet . . .

Ich kam nach Hause, und Vater saß immer noch so da, wie ich ihn verlassen hatte, die Walnüsse auf seinem Hackklotz gehäuft. Er drehte sich um und musterte mich mit jener alten mißtrauischen Miene, als wollte er etwas bestreiten, was noch gar nicht ausgesprochen war, aber er lächelte auch, freudlos und wie erstarrt. »Knöpf deinen Mantel zu, Marget. Es ist kälter, als du glaubst. Feuchtkalt.« Im Tageslicht wirkte er älter, fast so alt wie Rathman. Mit rheumatischen Händen hämmerte er auf schwarze Schalen.

Ich zog meinen Mantel enger um mich, obwohl mir die Luft mild erschien, von weichem Grau erfüllt. »Mit diesen Nüssen will Merle einen Kuchen backen. Sie wird sich freuen, daß du sie schälst.«

»Dazu hat sie auch allen Grund. Harte Arbeit ist das . . . Harte Arbeit . . .« Immer wieder murmelte er diese Worte vor sich hin, so wie der alte Rathman – wie eine lebendigere Parodie des älteren Mannes, der in seinem Bett lag, zu nichts mehr nütze. Und ich erkannte beängstigend deutlich, wie Vater sich bald verändern würde. Greisenhaft und nörglerisch, nur mehr imstande, im Sonnenschein Bohnen zu enthülsen. Und ich sah, wie Merle und ich die Schuldenlast allein tragen würden – in wie vielen Jahren, das wußte ich nicht, aber für lange, unbestimmte Zeit. Vielleicht das ganze Leben . . . Doch ich ging an ihm vorbei, den Hügel hinauf, von wo wir in den Obstgarten hinabgeschaut hatten, als er im Frühling eine Senke voll heller Wolken gewesen war.

Nun betrachtete ich nur die trockenen grau-orange-gelben Zweige, vom Wind hin und her geweht wie schwache Büsche, aber immer noch schön, mit winterlichen Pinselstrichen klar und scharf gezeichnet. Die Eichen, noch nicht völlig entlaubt, wurden von kaltem Feuer enthüllt, eisiges Rot lag über den Wäldern.

Die Liebe und der alte Glaube waren entschwunden. Den Glauben hatte Mutter mitgenommen. Grant war weggegangen. Aber es gibt immer noch Wünsche und sehnsüchtige Träume.

Und in diesen Hügeln werden vielleicht neue erblühen. Ich kann nicht glauben, dies könnte das Ende sein. Genausowenig glaube ich, daß der Tod mehr ist als die Blindheit der Lebenden.

Und wenn das auch nur der Trost eines Herzens in seiner Not ist oder schlichte Zuversicht, aus Verzweiflung geboren, so spielt das keine Rolle, denn es gibt uns die Kraft, irgendwie dem Morgen ins Auge zu blicken. Zu gewissen Zeiten kann das Herz nicht mehr verlangen.

# *Nachwort*

Anscheinend war der 6. Mai 1935 ein Glückstag für Schriftstellerinnen. Die dramatische Szene begann, als ein Bote dem Rektor der Columbia University, Nicholas Murray Butler, die Liste der Pulitzerpreisträger jenes Jahres überreichte, die er in einem Ballsaal voll gespannter Journalisten und Autoren bekanntgeben sollte. Von einer ausschließlich männlichen Jury bewertet, erhielten Frauen die Preise für den besten Roman, das beste Theaterstück und die besten Gedichte. Zwei davon waren eben erst vierundzwanzig Jahre alt geworden. »Die Pulitzerpreise gehen an ›The Old Maid‹ und einen Erstlingsroman«, verkündete die Schlagzeile der *New York Times.* »The Old Maid« ist Zoe Atkins Bühnenadaption einer Kurzgeschichte von Edith Wharton, der Erstlingsroman ist Josephine Winslow Johnsons »Now in November«. (Audrey Wurdemann, »Joseph Auslanders Frau«, gewann den Preis für die besten Gedichte.)

»Now in November« (Originaltitel von *Novemberernte*) war im Herbst 1934 veröffentlicht und von den Rezensenten hoch gelobt worden. Zum Zeitpunkt der Preisverleihung hatte man bereits 11 500 Exemplare verkauft, und der Roman war auch in England erschienen. Mitte 1935 stieg die Auflage auf über 30 000. Clifton Fadiman, Lektor bei Simon and Schuster und der erste Leser des Johnson-

Manuskripts, verglich die Autorin mit Emily Dickinson: »Hätte sich Emily Dickinson der Prosa zugewandt, wäre ein solcher Roman entstanden. Er strahlt jene undefinierbare Autorität, jene Aura verborgener Reserven, Kraft und Schönheit aus, die ins Herz aller Dinge treffen. Es ist das wunderbarste, rührendste Buch, das ich in den letzten Jahren gelesen habe, und deshalb schätze ich mich glücklich.« (1)

Andere Kritiker verglichen J. Johnson mit Willa Cather, Ole Edvart Rolvaag und Emily Brontë, und die meisten stimmten bezüglich der Qualitäten überein, die dieses Erstlingswerk über den Kampf einer Farmerfamilie während der Depression so unvergeßlich machten: Der Roman ist von Weisheit geprägt; er zeigt ein durchdringendes, respektvolles Verständnis der kosmischen Naturkräfte – Dürre, Gewitter und Kälte –, die das menschliche Leben beherrschen, wirkt aber nicht nihilistisch. Obwohl J. Johnson die Menschen als »Stechmücken« betrachtet, die über die »Welt . . . hinweg . . . huschen« (S. 184), erkennt sie auch ihre Verwurzelung in der Natur und deren Heilkraft.

Außerdem bemerkten die Kritiker, wie scharfsinnig J. Johnson das Innenleben der fünf Haldmarnes beobachtet, wie gut sie die Ursachen der Ängste und Unsicherheiten versteht. Schließlich wurde ihre paradoxe Kombination von lyrischen und realistischen Stimmen hervorgehoben, die Beschreibungen, die Gleichnisse und Metaphern, die Naturschönheiten betonen, die Erkenntnis gesellschaftlicher und wirtschaftlicher Ungerechtigkeiten. (2) Dieses Buch handelt vom »schrecklichen Gefühl der Unsicherheit aller vergessenen Männer und Frauen und Kinder«, schrieb der Rezensent des *Commonweal*, »jener, die jedes Anspruchs auf das Existenzrecht in dieser Welt beraubt wurden, ... wegen ... eines zerstörerischen Finanzsystems, in dem sich Zahlen und Symbole von fiktivem Wert vervielfachten, während Männer und Frauen und Kinder verhungerten.« (3) J. Johnson erreichte, was sie selbst kurz nach der Preisvergabe in einem *New York Times*-Interview als »Poesie, deren Füße am Boden bleiben« (4), bezeichnete.

Fünfundfünfzig Jahre später erscheint das Urteil dieser Kritiker bemerkenswert richtig. »Now in November« ist ein unvergeßlicher, ungewöhnlicher Roman von komplexer und subtiler psychologischer Feinfühligkeit. Er zeichnet sich durch eine einzigartige lyrische Sprache aus, tiefe Verwurzelung in der machtvollen, dauerhaften Welt der Natur, das gleichzeitige Verständnis einer besonderen historischen und politischen Situation.

Es lohnt sich, diese Qualitäten neu zu erforschen. Aber über ein halbes Jahrhundert nach den Äußerungen der Kritiker können wir bezüglich dieses Romans neue Fragen stellen, die während der dreißiger Jahre nicht aufgeworfen wurden. Wir vermögen J. Johnsons Originalität, ihre effektvollen Experimente mit den traditionellen Erzählformen ihrer Zeit besser einzuschätzen. Und wir können ihr Buch als das Werk einer Schriftstellerin mit einem besonderen Gespür für heranwachsende Mädchen, für die Rolle der Frau innerhalb der Familie betrachten. Wir können den Roman in das traditionelle rustikale Genre einordnen, das seit einigen Jahren gesteigertes Interesse weckt. Und wir können ihn aus dem Blickwinkel der feministischen Wissenschaft der letzten zwanzig Jahre sehen, die sich mit den Wechselwirkungen zwischen Frauentum, Natur und Kultur befaßt. Schließlich können wir überprüfen, wie und bis zu welchem Grad J. Johnsons Werk eine akkurate ökonomische Analyse eines besonders konfliktreichen Augenblicks in der amerikanischen Geschichte reflektiert – der Depression.

**»Ich stelle mir gern vor, daß die Jahre einen verändern, neue Wertmaßstäbe setzen, aber wie ich zu erkennen beginne, bewirkt die Zeit nichts weiter, als das Wesen eines Menschen zu vergrößern, ohne Mutation.«**

Da es in diesem Roman keine allwissende Erzählerin gibt und er anfangs eher von Gefühlen als von Ereignissen handelt, sind die einzelnen Zeitabschnitte und Ereignisse nicht immer leicht zu verfolgen. Marget, die mittlere der drei Haldmarne-Töchter, blickt als Vierundzwanzigjährige auf die letzten zehn Jahre zurück. Zu Beginn der Geschichte ist sie vierzehn. Sie zieht aus der Stadt Boone, wo ihr Vater seinen Job in einer Holzfabrik verloren hat, mit den Eltern Arnold und Willa, der zehnjährigen Schwester Merle und der fünfzehnjährigen Schwester Kerrin auf eine von Hypotheken belastete Farm. Sie kennt nicht viel von der Welt, und im zehnjährigen Zeitraum des Romans kommt sie nicht über Nachbarfarmen hinaus. Die Ereignisse der Depression – einer wirren, völlig verkehrten Sphäre, »die sich selber anschrie« (S. 10), werden nur am Rand der Romanwelt angedeutet, bleiben absichtlich vage und verallgemeinert, jenseits des Verständnisses und der Kontrolle. Sie stehen neben den realen Geschehnissen in Margets Leben und ihrem Seelenleben, das die Verwirrung, aber nicht Verzweiflung der Depressionsatmosphäre widerspiegelt.

Einige der geschilderten Szenen sind wesentlich und kündigen die Tragödie an, die Margets Familie heimsuchen wird – der schreckliche Zwischenfall am Geburtstag des Vaters, wo Kerrin den Haushund tötet; der Auftritt eines Bettlers aus der Stadt, der jede menschliche Würde verloren hat und auf den Farmen Nahrung sucht; die Vertreibung der Mutter und der Töchter aus der Kirche. Die Bedeutung dieser Vorfälle kann Marget nicht ergründen, und ihre Fragen bilden einen Kontrapunkt zum täglichen Leben, »geheimnislos wie die Mittagssonne«. (S. 30) Immer wieder denkt sie über den Schuldenberg der Familie nach, die endlose harte Arbeit, die grausame zwischenmenschliche Blindheit, die schwachen Liebesgefühle. »Es muß einen Grund geben, warum der Allmächtige mich still und unscheinbar und schwerfällig gemacht hat und mich nun an diesem Stein namens Liebe kauen läßt.« (S. 104)

Diese Erinnerungen werden geschickt und kunstvoll mit der gegenwärtigen Romanwelt verwoben. Wie in ihrem späteren Werk, »The Inland Island«, nutzt J. Johnson den Zyklus der Jahreszeiten und die Monate, um den Roman zu strukturieren. Die Wiederholung der Monate innerhalb einer linearen Zeit gestattet ihr, mühelos von einem vergangenen November zu einem gegenwärtigen überzugehen. »Jetzt« (im November des zehnten Jahres, den die Familie auf der Farm verbringt) erinnert sich Marget an die acht Monate ab März, wo sich die Spannungen in der Familie steigern, um dann zu explodieren. Diese Monate fallen mit einer Periode tiefer Sorge um die Felder, das Vieh, den Garten und das Haus während einer Dürre sowie eines Arbeitskampfs auf den umliegenden Farmen und in den Städten zusammen.

Im April, dem Monat verletzlichen neuen Lebens, verläßt der Farmarbeiter Max die Haldmarnes, und Grant Koven trifft ein, ein freundlicher, gebildeter Mann, den sowohl Marget als auch Kerrin lieben. Die unnatürliche Trockenheit im Mai wird von Margets Erkenntnis begleitet, daß ihre Liebe unerfüllt bleiben wird, denn Grant fühlt sich zu Merle hingezogen. Im Juli geht der Mais ein, das Gemüse wird von der Hitze vernichtet, und Kerrins Zustand verschlimmert sich erschreckend, immer entschlossener stellt sie Grant nach. Am letzten Julitag muß Ramsey, ein schwarzer Pächter und Vater von sechs Kindern, seine Farm wegen Zahlungsunfähigkeit verlassen; Rathman, der einzige schuldenfreie Farmer bricht sich die Hüfte und zerstört die Hoffnung auf ein gesichertes Überleben in der Nähe. Im August bleibt Kerrins seltsames Verhalten nicht länger verborgen, sie verliert ihre Stellung als Lehrerin. Während die Hitze das Land verdorren läßt, bricht ein Feuer aus, parallel zum emotionalen Aufruhr im Kreis der Haldmarnes, und führt zu schweren Verlusten auf der Farm und in der Familie. Der September ist der Monat der Trennung, eines neuen Verlusts und des Todes. Im Oktober fällt erholsamer Regen, und die Schönheit der »trockenen grau-orangegelben Zweige, vom Wind hin und her geweht wie schwache Büsche« (S. 188), spendet neue Lebenskraft.

Die jahreszeitlich bedingten Wiederholungen bilden auch die Grundlage für J. Johnsons Betrachtung des Zeitenlaufs, der Unmöglichkeit von Veränderungen. Jahreszeitliche Systeme wirken bis in die Unendlichkeit fort, auf unabänderlichen Wegen. Eine Veränderung jenseits dieser festgelegten Abläufe verwirft sie als naive Hoffnung. Doch sie unterscheidet sorgfältig zwischen Veränderung und Wachstum: ». . . derselbe Keim gleitet durch das Gewebe verschiedener Jahre, gezeichnet wie die Zweige von den unausweichlichen Narben des Gedeihens.« (S. 59) Dieses Gefühl wird auch als Aphorismus ausgedrückt: Die Zeit bewirkt nichts weiter, als »zu vergrößern, ohne Mutation«. (S. 58) Diese Perspektive dient als nützliche Führerin, wenn wir bei unserer Lektüre J. Johnsons Romanfiguren kennenlernen. Bereits am Anfang umreißt sie das Wesen aller handelnden Personen. Die Mutter glaubt fest an den menschlichen Geist; Merle ist ehrlich, klug und vernünftig; Kerrin verrückt vor Liebe und Haß; der Vater von harter Arbeit und Sorge gequält; die Erzählerin wird von Sehnsucht, Zweifeln und der schönen Natur bewegt. Diese Eigenschaften ändern sich nie, aber oberflächliche Ereignisse, Umstände und die chronologische und lineare Zeit der Handlung machen uns mit den Charakteren immer vertrauter und vertiefen unser bereits zu Beginn gewonnenes Wissen. Im Rückblick interpretiert die Erzählerin ihre fragmentarischen Erinnerungen nicht, sondern sammelt sie wie Puzzleteile, deren Gesamtheit bereits geformt ist, aber unsichtbar für das menschliche Auge. Der letzte Satz des Romans schließt den Kreis zum ersten, die Struktur vereint alle Teile zum Ganzen, das »jetzt im November« anfängt und endet, wo »ich unsere Jahre als Ganzes« betrachte.

**». . . dieses Gefühl des Wartens, eines Lebens in der Schwebe, innerhalb eines engen kleinen Kreises.«**

»Now in November« kann als ein Roman über Frauen an der Schwelle des Erwachsenenalters charakterisiert werden – über Mädchen, die warten, nachdenken, beobachten, Dinge voraussehen, aber nichts tun. Trotz des kargen ländlichen Schauplatzes und des Hintergrunds von politischen Unruhen und wirtschaftlicher Not kann das Schicksal der Schwestern mit Jane Austens Schwester in »Stolz und Vorurteil« verglichen werden, mit George Eliots Dorothea in »Middlemarch« oder Doris Lessings Martha Quest im gleichnamigen Roman. Unausgesprochene Regeln und Gesellschaftssitten prägen das Leben dieser jungen Frauen: Sie sehnen sich nach Freiheit, wollen ihr Zuhause verlassen, aber es ist ihnen verboten, allein in die Welt hinauszuziehen; sie sehnen sich nach sexuellen Erfahrungen, nach Intimität, doch sie können nichts weiter tun, als attraktiv zu *sein*, nützlich, verfügbar; sie nähern sich ihrer intellektuellen Reife, besitzen aber nur Bücher oder müssen sich mit Abstraktionen begnügen, befassen sich nicht mit den Dilemmas der öffentlichen Welt. Außerdem wissen sie, daß Entscheidungen, die mit Religion und persönlicher Philosophie zusammenhängen, den männlichen Familienmitgliedern vorbehalten sind. Und die unabhängigen Ideen, die sie selbst entwickeln, werden in der Ehe unterdrückt.

In ihren Memoiren »Seven Houses« blickt J. Johnson auf die Geschichte ihrer Familie und ihre ersten Ehejahre zurück, sieht sich selbst in der Phase zwischen Mädchenzeit und Heirat (sie hat mit zweiunddreißig geheiratet): »Ich schien darauf zu warten, das Leben zu beginnen. Die Schönheit und Intensität von Worten auf Papier, die verzweifelte Suche nach Reformen und Veränderungen, die Bitterkeit der Depressionsjahre, die Liebe zu meinen Schwestern oder die qualvolle Definition einer persönlichen Philosophie stellten offenbar nicht die Realität des Lebens dar, das ich finden wollte. Und dann lernte ich Grant Cannon kennen, die Wartezeit war vorbei, das wirkliche Leben begann.« (Natürlich ist es Zufall, daß der einzige attraktive, leidenschaftliche, engagierte Mann im Roman Grant heißt. J. Johnson begegnete ihrem späteren Ehemann etwa sieben Jahre nach der Veröffentlichung des Buches.) Die drei Schwestern in J. Johnsons Roman befinden sich in einer ähnlichen Schwebe zwischen ihrer Mädchenzeit und dem Leben erwachsener Frauen. Jede wartet darauf, ihre Rolle als Ehepartnerin eines Mannes zu übernehmen, als Haushälterin und Mutter von Kindern. Das Ergebnis, das dieser nächsten Phase vorangehen und den Übergang von der späten Pubertät zur Weiblichkeit bilden kann, ist eine heterosexuelle Liebesbeziehung, die latente sexuelle Gefühle weckt und das künftige Leben strukturiert.

In J. Johnsons Roman wird das Thema des Wartens, des Nichtstuns mit dem Begleitthema der geheimnisvollen Männerwelt sehr feinfühlig behandelt. Jede Schwester erlebt die Wartezeit des Heranwachsens auf andere Weise. Kerrin, die älteste, ist rastlos, krank vor Haß. »Ich wußte, daß sie sich Liebe wünschte«, berichtet die Erzählerin Marget, »– keine, wie wir sie ihr schenken konnten, sparsam und altjüngferlich. Die Hoffnung auf Vaters Liebe hatte sie längst aufgegeben. Nun träumte sie von der Liebe eines Mannes. Darin wollte sie das Bild widergespiegelt sehen, das sie sich von ihrer eigenen Person machte und das auf diese Weise zur halben Wahrheit werden konnte.« (S. 40 f.) Sie ärgert sich über die Weigerung ihres Vaters, sie an den Pflug zu lassen, weil »er fand, ein Mädchen würde das niemals lernen«. (S. 16 f.) Kerrin fordert Vater heraus, der in emotionaler Distanz reagiert. »Er sprach wie mit einem kleinen Hund, der zu laut kläffte und dem er vermutlich bald einen Tritt versetzen würde.« (S. 54) Und sie ist wütend auf die Mutter, die sich still den Ansichten des Ehemanns fügt. Interessanterweise nimmt J. Johnson mit ihrer Erkenntnis, die Ursache der Spannungen zwischen jungen Mädchen und ihren Müttern oder Lehrerinnen würde in der Machtlosigkeit und Fügsamkeit der älteren Frauen liegen, neuere Werke über die weibliche Psyche vorweg, besonders die Arbeiten von Carol Gilligan und ihrer Mitarbeiter (6).

Identifiziert mit der aktiven Männerwelt, die sie nicht

betreten darf, haßt Kerrin auch die Mädchen, die sie in der Schule unterrichtet. »Die seien schon jetzt Hausfrauen mit lauter Stroh im Kopf, behauptete sie, mit ständig plappernden Mäulern, aber von Konventionen gefesselt. Eine dicke Mauer würde zwischen diesen Kindern und den unbekannten Dingen stehen.« (S. 38) In ihrer Unzufriedenheit sondert sie sich von der Familie ab, macht überall Ärger, schläft in der Scheune, ißt heißhungrig, wenn die anderen ihre Mahlzeit beendet haben. Sie behandelt Grant so aggressiv, wie es sich eine junge Frau erlauben darf, ohne die Grenzen ihrer geschlechtlich bedingten Rolle zu überschreiten. Ständig ersinnt sie Strategien, um Aufmerksamkeit zu erregen, und zeigt, nach Ansicht ihrer Schwestern, eine Erregung am Rand des Wahnsinns. In Kerrin porträtiert J. Johnson eine junge Frau, die wütend über die Umstände ihres weiblichen Daseins und unfähig ist, eine stabile Persönlichkeit zu entwickeln. Statt dessen klammert sie sich an einen Mann, in der Hoffnung, von ihm gerettet zu werden. Marget erklärt: »Sie erinnerte mich an die Stechwinden, die blindlings, ziellos und hungrig nach allen Richtungen tasteten, bis sie einen Stengel fanden, den sie umschlingen konnten.« (S. 89)

Merle, die jüngste Schwester, ist während der Pubertät in vieler Hinsicht Kerrins Gegenpol. Im Frieden mit sich selbst, kämpfte sie niemals »halbherzig gegen gesichtslose Schatten, maskierte Gestalten, die sie nicht zu benennen wagte, sondern nahm die Dinge so, wie sie waren, und bog sie dann zurecht«. (S. 59) Sie ist imstande zu vergessen, was sie verletzt. Marget charakterisiert sie als einen Menschen, der den Mut hat, nach seinen Überzeugungen zu leben, unterscheidet sie von sich selbst und wiederholt ein Thema des Romans, das sich auch in J. Johnsons Kurzgeschichten und Gedichten findet. »In ihrem Leben schien sie (Merle) zu bestreiten, was ich immer als wahr betrachtet hatte – daß Liebe und Furcht gemeinsam wachsen, mit fast mathematischer Präzision: je größer die Liebe, desto größer die Angst.« (S. 59) Es ist nicht erstaunlich, daß der Vater Merle am meisten liebt, die einen »guten Jungen abgegeben« (S. 53) hätte, und daß Grant sich zu ihr hingezogen fühlt. Merle gestattet sich den Luxus, freimütig zu sagen: »Die Männer sind alle gleich ... wie die Fische in einem Teich, und allein schon, weil sie geboren sind, halten sie sich für Götter.« (S. 72) Und als Grant ihr freiwillig bei einer Frauenarbeit hilft und frisch gewaschene Hemden auswringt, fällt es ihr leicht, ihre Meinung zu modifizieren: »Daß du ein Mann bist, ist vielleicht doch nicht der einzige Grund, warum du lebst.« (S. 74)

Aber es ist Marget selbst, in der das Thema später Pubertät und des Wartens besonders schön dargestellt und vertieft wird. Mit dieser Figur erarbeitet J. Johnson die persönliche Philosophie, die gereift, aber im wesentlichen unverändert, in ihren Werken um die Zeit der Lebensmitte auftauchen wird. Während Marget wartet, ist sie klug genug, um den gewaltigen Unterschied zwischen Männern und Frauen zu erkennen. Sie kann differenzieren zwischen ihrem verbitterten, distanzierten Vater und Grant, der ebenfalls verhärtet ist, aber auf andere Weise. Sie kämpft mit sich und findet eine dauerhafte Möglichkeit, sich selbst zu verstehen und das Leben zu ertragen – ihre Verbindung zur Natur. Marget stellt die großen philosophischen Fragen, die wir mit unseren Studienjahren assoziieren: In der Kirche überlegt sie, warum die Leute da sitzen. »War der Allmächtige hier?« (S. 111 f.) Und sie fragt sich, »ob das, was ich über das Leben erfahren hatte, in irgendeinen Plan paßte, in ein System, das mir verraten könnte, warum sie hier waren«. (S. 112) Nachts, im Bett, sorgt sie sich um die Steuern, die der Vater zahlen muß, um eine neuen Stall, ein Kuchenrezept. Diesem Alltagskram stellt sie die verborgene Bedeutung »all dieser offensichtlichen Dinge« (S. 104) entgegen. Wie viele junge Mädchen sehnt sie sich nach einem Glauben, nach Nachgiebigkeit, wie sie ihre Mutter besitzt. Oft glaubte sie, »auf der Schwelle eines wichtigen, aufschlußreichen Lichts zu stehen, das mir mehr als die offenkundigen Dinge erklären konnte.« Aber auf der Schwelle zur Wahrheit »erlosch es wieder«. (S. 104) Während die Dürre über der Farm lastet, Grant sich immer unverhohlener Merle zuwendet und Kerrin sich, immer besitzergreifender, dem Wahnsinn nähert, charakterisiert Marget sich eindeutig als Mädchen in der Spätpubertät: »Ich wünschte, ich wäre zehn Jahre jünger – oder älter. Wäre ich jünger, würde das alles (die Bürden des Lebens) nicht existieren – wäre ich älter, könnte ich lernen, es zu akzeptieren.« (S. 90)

### »Und wir wurden ergänzt von den Schatten der Blätter ... Wir waren die harten, dicken grünen Erbsen ...«

Marget (und auch J. Johnson) findet in der Natur zwar keine Antwort auf die großen Fragen, aber immerhin Halt. Durch die Naturbeschreibungen läßt sich »Now in November« in eine zweite literarische Kategorie einordnen, in die pastorale Literatur. Wie in »My Antonia«, Sarah Orne Jewetts »The Country of the Pointed Furs« und in neuerer Zeit die noch in Arbeit befindliche Trilogie John Bergers, »Into Their Labors«; wie in den Gedichten von Amy Clampitt und A. R. Ammons, wie in gewisser Weise bei Emily Dickinson und Thoreau ist die Natur in J. Johnsons Roman nicht nur Hintergrund für Aktionen oder ein Ornament menschlicher Eigenheiten. Sie stellt mehr dar als das Land, auf dem gearbeitet wird, das Nahrung hervorbringt. Und die Natur ist nicht nur schön – das auch, aber noch mehr. Im Gegensatz zu Annie Dillard ist keine demütige Pilgerin am Tinker's Creek. In »The Inland Island« erklärt sie: »Ich bin eine Vogelbeobachterin, eine sehr interessierte Beobachterin, keine Vogelliebhaberin. Ihre Schnäbel sind zu scharf, ihre runden Augen kalt.«

»Now in November« beginnt eine Serie von Johnson-Werken, die etwa dreißig Jahre später in »The Inland Islands« gipfelt, einem Buch, das die Natur gleichzeitig auf zwei Arten betrachtet, realistisch und metaphorisch (als Sprache für die Spiegelung und Erläuterung der menschlichen Natur). (7) Durch diese Kombination, zusammen mit dem weiter unten erörterten Stadt-Land-Kontrast, zählt der Roman zur pastoralen Literatur. Wie die Naturalisten beschreibt J. Johnson in allen Einzelheiten Gräser, Blumen, die Blätter der Bäume, die Schuppen einer Schlangenhaut; aber zusätzlich gewinnt für sie die menschliche Aktivität durch die Natur an Bedeutung. Die menschliche Natur *ist* die Natur; und die natürliche Welt zeigt der menschlichen Sensibilität das einzig akzeptable meinungsbildende System, dem man folgen sollte, um Erfahrungen zu sammeln.

J. Johnson arbeitet mit der Natur auf verschiedene unterschiedliche, aber ineinandergreifende Arten. Beschreibende Abschnitte liegen dem Roman zugrunde. Der Leser kann einen Plan von der Farm zeichnen, die zerfurchte Straße, den Obstgarten, die Felder, die Apfelblüten im Frühling malen, die verdorrten Blätter während der Dürre im August. Und dann, in scheinbar mühelosen, exquisiten Gleichnissen und Metaphern, benutzt die Autorin die der Natur zugeordnete Sprache, um Menschen zu beschreiben

– ihre Identität, ihre Entwicklung, ihre Gefühle, ihr Äußeres. Ich glaube, vor allem ihre Begabung für überraschende Metaphern (»Wir waren die harten, dicken grünen Erbsen«, S. 50) veranlaßte die Rezensenten zum Vergleich mit Emily Dickinson, die allerdings nicht besonders hilfreich für das Verständnis der Johnson-Prosa ist. E. Dickinson hat eine gebrochene Beziehung zur Natur, drückt Pessimismus und Labilität aus, was in »Now in November« fehlt. J. Johnson schöpft Kraft aus der Natur, betrachtet sie als heilsam. Es lohnt sich, ihre Prosa anhand anschaulicher Beispiele genauer zu betrachten.

Auch in den »routinemäßigen« zweckgebundenen Beschreibungen der Haldmarne-Farm auf der ersten Seite stattet das menschliche sehende Ich-Auge die Beobachtungen mit einem besonderen Blickwinkel aus, abgeleitet von der Bedeutung der Dinge im Monat. Ohne sich selbst auf schwerfällige Art darzustellen, wählt die Erzählerin einen Monat der Veränderungen, nicht mehr Winter, noch nicht Frühling, den Gipfel der Hoffnung. Im unten zitierten Abschnitt wird dieser Moment der Erwartung im Kontrast zwischen den kahlen Hügeln, befreit von den restlichen Winterspuren (»weiß wie Zähne«) und den Obstgärten eingefangen, der dem betrachtenden Auge so vielversprechend erscheint.

»Damals waren die Hügel kahl, von Winterblättern leergefegt, aber die Obstgärten sahen lebendig aus, fleckig von der roten Tinte ihrer Säfte, und die Rinde umspannte die Äste so fest, als wäre sie *zu eng, um die neuen Kräfte der Keime festzuhalten* ... Ein steiniges, aber *verheißungsvolles* Land ... Die Schafe gediehen prächtig auf den Weiden, wo Felsen aufragten, weiß wie *Zähne, in den Frost gefletscht.*« (S. 1 – 2, kursive Betonungen von der Verfasserin des Nachworts eingefügt.)

In diesen ersten Absätzen legt J. Johnson ihre selbstverständliche, intime Vertrautheit mit der Natur dar, die der menschlichen Natur als Ausdrucksform dient, und führt die Metapher der menschlichen »Wurzeln« ein, die auch im weiteren Verlauf des Romans benutzt wird. Sie spricht von der Haldmarne-Familie und erklärt: »Die Wurzeln unseres Lebens, in jenem März eingegraben, ähneln ihren Zweigen auf seltsame Weise.« (S. 7) Später wird die Metapher im Zusammenhang mit Kerrin verwendet: »Sie trug die Wurzel ihrer Unrast mit sich herum und diese Wurzel war nicht von jener Art, die das Ich antreibt, zu Leistungen anspornt, sondern ein giftiges Gewächs, das seine Stärke vergeudete, indem es sich in unfruchtbaren, steinigen Boden hineinfraß.« (S. 40) Von sich selbst und Merle sagt sie: »Schon am ersten Tag schlugen wir Wurzeln wie die beiden miteinander verwachsenen Zwergeichen auf der Nordweide, die aus weißem Gestein aufragten und sich im Herbst lackrot färbten.« (S. 49) Und als Abstraktion zum Hinweis auf das System, in das J. Johnson das menschliche Leben einordnet, die Kombination von zyklischer und linearer Bewegung: »Die Wurzel führt zum Stengel, zum unvermeidlichen Wachstum, und derselbe Keim gleitet durch das Gewebe verschiedener Jahre, gezeichnet wie die Zweige von den unausweichlichen Narben des Gedeihens.« (S. 59)

Aber es ist die kraftspendende, heilsame Natur, die letzten Endes die philosophischen Fragen der Jugend und die rauhen Tatsachen des Alltagslebens verbindet; und die Natur steht im Kontrast zu der in anderer Weise problematischen Welt jenseits der Farm, ein konventionelles pastorales Thema, das ich weiter unten behandle. In wachsendem Maße von der stummen Liebe zu Grant gequält, vom Wahnsinn ihrer Schwester, von der vernichteten Ernte, findet Marget die unerträgliche Schönheit der Erde immer noch überwältigend. (S. 93 f.) Nachts wandert sie umher, um sich »vom Leid zu befreien«, findet einen gewissen inneren Frieden beim Anblick der »weißen Landschaft« unter dem »Nachtwind«. (S. 177)

Was sie in der Natur sieht, ist nicht Vollkommenheit, sondern »Schönheit ... in all ihren verzerrten Formen, nicht rein, nicht unverfälscht, sondern stets vermischt mit sauren Kartoffelschalen oder einer sengenden Augustsonne.« (S. 184) Gerade deshalb kann einem die Natur Kraft geben – weil sie widerspiegelt, was menschlicher Einschätzung und Philosophie zufolge gut und böse sein kann, aber der Ordnung aller Dinge entspricht. Sogar die Kanten der Familientragödie stumpfen ab, wenn sie in einen neutralen Zusammenhang zum jahreszeitlich bedingten Wachstum, zu Tod und Erneuerung gebracht wird. Während eines frühen Ausblicks auf das traurige Ende des Romans beobachtet Kerrin einen Würger und behauptet, »das sei ein grausames Tier, das Feldmäuse und andere Vögel auf Robiniendornen spieße, so daß sie ihre Füße steif ausstrecken würden, wie kleine Hände.« (S. 13) Marget – bereits damals imstande, einen solchen Standpunkt als sentimental zu empfinden, erklärt: »Ich fand das nicht grausam, nur natürlich. Der Würger erinnerte mich an Kerrin, aber ich war vernünftig genug, das nicht auszusprechen.« (S. 13) Die Verbindung des Wortes »natürlich« mit menschlichem Glück, tagtäglicher Mühsal und Tragödien – sogar mit Kerrins Wahnsinn und dessen Folgen – bildet die Grundlage von J. Johnsons Philosophie.

**»Das Leben ist einsam und isoliert genug, und durch die dicke Mauer zwischen den Geschlechtern wird es noch dunkler.«**

Seit mindestens zwanzig bemüht sich die Wissenschaft, insbesondere die Anthropologie, die Frage nach dem Platz der Frauen im Kontinuum von Natur und Kultur zu beantworten. Sherry Ortners mittlerweile klassischer Artikel aus dem Jahr 1974, »Is Female to Male as Natur Is to Culture?«, stellte die Frage und modifizierte den üblichen Gegensatz, der die Frauen mit der Natur identifiziert und die Männer mit der Kultur. Sie vertritt die Theorie, man würde die Frauen nur enger mit der Natur verbunden sehen als die Männer, die Kultur würde den Frauen jedoch eine »aktive Beteiligung« an ihrem besonderen Prozeß zuerkennen. (8) Nach dieser Formulierung stehen die Frauen der Natur näher (sie gebären Kinder, leben im häuslichen Kreis und auf der gesellschaftlichen Ebene des weiblichen Erfahrungsbereichs), repräsentieren aber auch zum Beispiel die zivilisierende Macht, die wilde Kinder »zähmt« und auf deren Zukunft in der Männerwelt vorbereitet. Sie sind Vermittlerinnen zwischen Natur und Kultur.

S. Ortner und andere interessieren sich für diese Frage, weil sie die weibliche Unterordnung erklärt. Wenn die Beherrschung der Natur oder die Überlegenheit ihr gegenüber, die Erzeugung künstlicher Konstruktionen höher bewertet werden als die Geburt von Menschen und das Einvernehmen mit der Natur, dann müssen sich die Frauen entweder ändern, oder wir müssen ihre Position anders beurteilen. Wenn ich dieses Programm auch etwas zu simpel definiere – in den letzten zwanzig Jahren haben beide Veränderungen stattgefunden. Die Frauen leben intensiver in der öffentlichen Männerwelt, und eine bedeutsame Bewegung – ökologischer und kultureller Feminismus genannt – hebt den Wert der weiblichen Naturnähe hervor und betont, daß die männliche Beherrschung der Natur die Schuld an der Entmenschlichung unserer Wohngemeinden und an den Umweltschäden trägt. J. Johnson kam natürlich zu früh auf die Welt, um sich für den ökologischen Feminismus zu engagieren, aber vielleicht hätte sie ihn gutgeheißen. Aus den Erkenntnissen ihrer Zeit heraus sieht sie die menschlichen Beziehungen zur Natur geschlechterbedingt und betrachtet auch den Unterschied zwischen den Geschlechtern sowie die Armut als die einflußreichsten Kräfte, von denen die Identität und die Umstände der täglichen Existenz geformt werden. Ihre Frauenfiguren suchen Halt bei der Natur, und die männliche Erhabenheit über der Natur erscheint, wenn sie auch geschätzt wird, wie ein bedauerliches Übel.

Die Männer des Romans – der Vater, Max, Grant, Rathman und Ramsey – sehen ihre Beziehung zur Natur aus dem Blickwinkel wirtschaftlicher Notwendigkeit. Sie tragen die überwältigende Verantwortung für die Familie, die ernährt werden und ein Dach über dem Kopf haben muß. Marget betrachtet das Leben des Vaters als »heftiges Bemühen . . ., uns von der Schuldenlast zu befreien.« (S. 32) Und das Land stellt seine einzige Einkommensquelle dar. Er muß es zähmen oder kultivieren und zwingen, seine Bedürfnissen zu erfüllen. Für diese Arbeit ist hartnäckiger Widerstand gegen das »Natürliche« erforderlich. Wälder müssen in Felder umgewandelt werden, Wildblumen in Futter.

Auch Grant, der sanftere, nachgiebigere der beiden Männer, kämpft gegen das Land – es ist ein Feind, kein Freund. Und Dinge, von Menschen erzeugt, stellt er über die Natur. Am Sonnenstand kann er die Uhrzeit nicht ablesen. Eines Abends sucht er auf dem Feld mit Margets

Hilfe seine verlorengegangene Uhr und sagt: »Trau der Natur nicht ..., nur diesen winzigen Rädern.« (S. 83) Die erwachsenen Frauen sind zu erschöpft von ihrem Leben im Dienst der Männer und des Haushalts, um die Natur aus eigenem Antrieb zu sehen und zu hören. Mrs. Rathman fristete ihr Dasein »zwischen Tisch und Herd« (S. 19), und die Mutter lebte »das Leben anderer Menschen ... wie ihr eigenes«. (S. 17) Tatsächlich ist sie eine Schattenfigur in diesem Buch, tritt nur in Aktion, um zwischen Kerrin und dem Vater zu vermitteln. Während der Ehemann die Felder pflügt und das Vieh versorgt, kocht und backt sie, weckt Obst ein, macht das Haus sauber und bezieht ihre Kraft aus einem Glauben, um den die Tochter Marget sie beneidet.

Trotzdem zeigt sich hier und in späteren Werken J. Johnsons und in ihrem Leben, daß sie dazu neigt, die Frauen in engerer Verbindung zur Natur zu sehen als die Männer. Aber im Einklang mit ihrer philosophischen Haltung beurteilt sie diesen Unterschied in Romanen und Kurzgeschichten als radikale, natürliche Trennung der Sphären. Die männlichen Figuren werden mit tiefer Sympathie behandelt – ihre innere Verhärtung, ihre Blindheit gegenüber allem, was im Dunkel liegt, entsprechen einer funktionellen Anpassung an die Umstände. Angesichts ihrer Verantwortung für die Familie ziehen J. Johnsons Männer das klare Mittagslicht der geheimnisvollen Finsternis vor, die konventionelle soziale Welt mit ihrer überschaubaren Nähe der fremdartigen, schrecklichen Naturschönheit. Margets Vater konnte »nicht das Meisterwerk sehen, das die Natur in Form einer Made geschaffen hatte«, während »wir die Last seiner Verantwortung nicht erkannten«. (S. 33) Aus J. Johnsons erstem Werk spricht auch Mitgefühl für die Männer, die mit Frauen zusammenleben müssen und gleichzeitig »durch die dicke Mauer zwischen den Geschlechtern« von ihnen getrennt werden.

In »Now in November« beschreibt die Erzählerin die Frauen, so wie die Männer sie nach ihrer Meinung sehen. Marget vermutet, es würde den Vater irritieren, »ständig nur Frauenstimmen zu hören«, die Mädchen, die »gackerten ... wie die Hühner« und »über andere Leute redeten«. (S. 33) Und es beunruhigte ihn, daß sich die Frauen an einem weit entfernten Ort »umherbewegten und dies oder jenes taten ... und vielleicht würden sie irgendwann den Abgrund überqueren und einen Mann heiraten, könnten aber jederzeit auf die andere Seite zurückkehren«. (S. 53)

Wenn Kerrin auch die schreckliche innere Anspannung junger Frauen verkörpert, die sich nach Freiheit und jener nur den Männern zuerkannten Würde sehnt – wenn die Rolle der erwachsenen Frauen auch darin besteht, das Leben anderer zu leben, »zwischen Tisch und Herd«, so betrachtet J. Johnson die konstante weibliche Nähe zur Natur, die durch die Geburt der Kinder, deren Erziehung und andere traditionelle häusliche Tätigkeiten entsteht, doch als Privileg. In ihren Werken wirkt die private Arbeit in der Familie trotz der dunklen, emotionsgeladenen Aspekte attraktiver als eine Stellung im öffentlichen Leben, die das Talent der Dominanz und Kontrolle erfordert, nicht die Gabe, den Dingen ihren Lauf zu lassen, sie zu beobachten und nur bedingt gewisse Entwicklungen zu ermöglichen. In ihrer offenbar sehr glücklichen, von wechselseitigem Verständnis geprägten Ehe sieht J. Johnson ihren Mann als Beschützer und Verwalter. Er ist es, der aus dem Haus geht, um in der Welt etwas für sich und andere zu erreichen, während sie in der Geburt ihres dritten Kindes schwelgt. »Ein April-Baby wird von seinen Ebenbildern umgeben, in Gestalt halb erblühter Blumen und Blattknospen, feuchten Schmetterlingen, die aus dem Kokon kriechen, und nassen, sich windenden Kaulquappen in seichtem Wasser.« (»Seven Houses«). In diesem autobiographischen Buch, nach dem Tod ihres Mannes verfaßt, lobt sie Grants wunderbare Großzügigkeit, seine Ambitionen, seinen Wunsch, die ganze Welt zu umarmen. Er war ein echter »Bürger unserer Gemeinde, mit Wurzeln in Gesellschafts- und Finanzkreisen, in der philanthropischen, künstlerischen und geschäftlichen Welt«. Dann fügt sie in liebevoller Toleranz hinzu: »Nicht immer wußte er, was unter den Dingen und noch tiefer darunter liegt ... Ich machte ihn ganz wahnsinnig mit meiner Vision von einem Neuanfang ..., in dem ich nur unser Land und unsere Seelen behalten wollte.«

### »... eine wirre, völlig verkehrte Sphäre ..., die sich selber anschrie.«

Ich habe »Now in November« als pastoralen Roman bezeichnet und damit ein literarisches Genre gemeint, das die Natur als organisierende, sinngebende Kraft und Struktur darstellt. Aber es gibt einen zweiten Aspekt dieser pastoralen Tradition, der uns hilft, den Roman einzuordnen. In vielen pastoralen Werken betrachtet ein gebildeter Erzähler eine ländliche Gegend als Zufluchtsort, an den man sich aus der geschäftigen Welt der Regierung, des Handels und der politischen Konflikte zurückzieht.

Was den »Zufluchtsort« betrifft, müssen zwei wichtige Perspektiven erörtert werden. Erstens – der gebildete Erzähler bietet uns eine ökonomische Analyse des Zufluchtsorts, die teilweise auf historischer Realität beruht. In Phasen politischer und ökonomischer Unruhen führt eine Familie, die ihr Land bewirtschaftet, ein sichereres Leben als der Stadtbewohner, der Höfling, der Kaufmann.

Wenn Regierungsinstitutionen versagen, wenn Ladenbesitzer ihre Türen schließen, können die Farmer kraft ihrer eigenen Arbeit immer noch ihre Familien ernähren. Zweitens – die gebildete Person, von der Sicherheit des Landlebens überzeugt, gelangt außerdem zu der Erkenntnis, die von der Natur aufgezwungenen Kämpfe, so hart sie auch sein mögen, wären ehrlicher und realer als jene, die von Menschen heraufbeschworen werden. In der Natur können sich die Menschen selbst kennenlernen. Wenn man anthropozentrisch denkt, erfüllt die Natur in diesen pastoralen Werken sogar den Zweck, den Menschen zur Selbsterkenntnis zu führen.

Eine weitverbreitete Variante des Gegensatzes zwischen Stadt und Land (die einigen pastoralen Romanen ihre interessante Komplexität verleiht) behandelt die Korruption der städtischen politischen Sphäre, die sich zerstörerisch auf die ländliche Welt auswirkt. Eindringlinge betreten den Garten, deren Wertmaßstäbe, Kenntnisse und Bedürfnisse jenen der Farmer entgegenstehen und das Bemühen erschweren, vom Land zu leben und sich in der Natur selbst zu finden.

Die archetypischen Pastoralszenen – das biblische Paradies, die Landschaften in Vergils »Eclogae«, in Shakespeares »Wie es euch gefällt« – enthalten unterschiedliche Bilder des Gartens. Im idealisierten Eden ist er verwildert; das Essen fällt von den Bäumen und wird einfach nur gesammelt, aber die Schlange taucht auf, der Mensch beißt in den Apfel. In der zivilisierten Schäferwelt der »Eclogae« wird das Land bestellt, die Schafherde gehütet, und man bläst auf Holzflöten, doch enteignete Bauern ziehen am Rand des geschützten Gebiets vorbei und bedrohen die Idylle. In »Wie es euch gefällt« dringt eine städtische ökonomische Realität in die erstrebenswerte

Weisheit und schlichte Großzügigkeit ein, die mit der Natur assoziiert werden. Als Rosalinde vom Schäfer Corinnus »Bewirtung« und »Erquickung« erbittet, antwortet er: ». . . ich bin Schäfer eines andern Manns und schere nicht die Wolle, die ich weide.« Der Ardenner Wald untersteht einer Macht, die weder von der Natur noch vom Schäfer ausgeht. Die Währung des Geldes gilt auch in der pastoralen Welt, und man kann die Gaben der Natur nicht einfach mit irgendwelchen Bedürftigen teilen.

Diese verschiedenen Versionen der pastoralen Literatur – idealisiert, kultiviert und real – existieren ebenso in »Now in November«, und jede wird von zunehmend härteren Tatsachen überlagert. Marget träumt von ihrem Paradies, kann aber nicht verhindern, daß ihr Vater den wilden Phlox niedermäht, Sumpfeichen und Bergahorne fällt, um das Land in Maisfelder zu verwandeln (S. 35). Er muß Milch und Mais produzieren, um die Ratenzahlungen für die Hypothek an einen unsichtbaren Gläubiger zu leisten, damit ihm das Land »nicht von einer hingekritzelten Ziffer unter den Füßen weggezogen werden konnte«. (S. 64)

Als der Steuerprüfer Geld verlangt, das die Familie nicht besitzt, versinkt der Vater in hilflosem Schweigen. Marget hätte es »erleichtert, ihn brüllen und fluchen zu hören«. (S. 181) Von der Marktwirtschaft überfallen, verliert das Farmland die Fähigkeit, einem zu sagen, wer man ist. Oder es sagt einem, daß man ohne Geld überhaupt nichts ist. J. Johnson stellt der kraftspendenden Naturschönheit den ökonomischen Druck gegenüber, der die Farmer zur Verzweiflung treibt. Und in diesem ungewöhnlichen Buch ist Raum für beides. Ich habe von der natürlichen Welt gesprochen. Aber man muß auch die wirtschaftliche Welt verstehen, in der die natürliche weiterbesteht.

J. Johnson verstand die Situation der Farmer in den zwanziger und frühen dreißiger Jahren sehr gut, was in ihrem Roman zum Ausdruck kommt. In den Städten rings um die Haldmarne-Farm brechen Arbeitskämpfe aus, Streiks werden geplant. Die Farmarbeiter verdienen so wenig, daß Max einen Job beim Straßenbau annimmt, statt Arnold weiterhin als Hilfskraft zu dienen, was diesen veranlaßt, die Wertmaßstäbe einer entschwundenen Ära heraufzubeschwören, und zu dem Ausruf provoziert: »Eine Farm sollte sich ebenso bezahlt machen wie eine Straße. Die ernährt keinen Menschen!« (S. 44)

Zwischen dem Vater und Grant kommt es zu Differenzen, weil die benachbarten Farmer beschließen, der Molkerei keine Milch mehr zu liefern, um gegen die niedrigen Preise zu protestieren. Warum die überschüssige Milch auf die Straße oder in die Schweinetröge geschüttet werden soll, kann Arnold nicht begreifen. Und dann gibt es auch noch die Hypothek, den Quell der schlimmsten Familienängste. Die Schulden bringen den Vater immer wieder in helle Wut, weil er zuerst für die Ratenzahlungen arbeiten muß und erst danach an die Bedürfnisse seiner Angehörigen und seine eigenen denken kann.

Diese besondere Situation, komprimiert und an den Peripherien der emotionalen Romanwelt, veranschaulicht sowohl die Probleme der amerikanischen Landwirtschaft in jener Zeit wie auch die Haltung einzelner Farmer. Während der Industrialisierung der Staaten nach dem Sezessionskrieg entwickelte sich der Stand der Farmer allmählich zu einem Teil der Marktwirtschaft. Zu Hause produzierten sie immer weniger. Am Ende des Jahrhunderts besaßen die meisten Farmer nur ein oder zwei Erntesorten, die sie verkauften, und einen Gemüsegarten. Die Lebensmittel, die sie sonst noch brauchten, kauften sie in den umliegenden Städten. Sie wurden kleine Geschäftsleute, behielten aber den Mythus der unabhängigen Selbstversorger bei. Durch die Einbeziehung in die nationale Marktwirtschaft machten sie einander immer größere Konkurrenz. Und seit sie ihre Produkte per Bahn transportieren konnten, lieferten sie sich den Launen der nationalen Wirtschaftslage in immer stärkerem Maße aus. Die verbesserte landwirtschaftliche Technologie veranlaßte sie außerdem, mehr zu produzieren, als der Markt absorbieren konnte. Die Überproduktion während des Ersten Weltkriegs und danach ebnete den Weg für »die langfristige Farmer-Depression in den zwanziger und dreißiger Jahren«. Die Gesetze zur Regulierung der Landwirtschaft von 1933, 1936 und 1938 liegen der heutigen Politik zugrunde: Die Farmer werden bezahlt, damit sie gewisse Produkte nicht mehr erzeugen, und die Regierung kauft und lagert gewisse Überschüsse lieber ein, als ein System zu entwickeln, das diese Vorräte den armen Bevölkerungsteilen zukommen läßt. (9)

Diese Fakten spiegelt J. Johnsons Roman deutlich wider. Was Arnold Haldmarne nicht versteht, sieht die Autorin ganz klar. Jene völlig verkehrte Sphäre, die sich selber anschreit, findet ihr Gegenstück in der rustikalen Welt. Der Rückzug aufs Land bietet – ganz egal, wie hart man arbeitet – nur illusorische Sicherheit. Das sind empfundene Realitäten in diesem Buch. Die Hypothek liegt wie ein Stein auf der Familienseele, Ramsey wird von seiner Farm vertrieben, der Bettler taucht auf, der Finanzbeamte setzt die Grundsteuer fest, die nicht bezahlt werden kann – dies alles symbolisiert die Schlange, die ins Paradies gekrochen ist.

## »Jetzt im November kann ich unsere Jahre als Ganzes betrachten.«

Vor »Now in November« veröffentlichte J. Johnson Kurzgeschichten und die Gedichte, die dann in den Sammlungen »Winter Orchard« (1935) und »Year's End« (1937) erschienen und hoch gelobt wurden. Die Themen korrespondieren mit jenen, die in »Now in November« behandelt werden: das sexuelle Erwachen in der Pubertät (»I Was Sixteen«) mit seinen spezifischen Varianten; die Furcht vor Verletzlichkeit in der Liebe (»The Unposted Letter«); und die Hingabe an eine Liebe, die man sich gleichzeitig versagt (»Safe« und das Gedicht »Prescription« in »Year's End«).

Es gibt auch frühe Meditationen über die Natur, Skizzen über Jim Crow und Warteschlangen vor Lebensmittelausgabestellen und die Erforschung eines zentralen Themas von »Now in November«: das Ausmaß, in dem uns die Beschäftigung mit Kleinigkeiten daran hindert, »wirklich zu leben«. Im Gedicht ». . . And no bell rings«, veröffentlicht in »Year's End«, heißt es: »Eines Tages, wenn alle kleinen Rechnungen bezahlt sind/und alle Briefe beantwortet . . ./Werden wir aufstehen und am Fenster knien/Und die Berge betrachten, wo die Adler nisten.«

Diese Werke sind zwar interessant, aber nur Versuche. Erst in »Now in November« erreicht die junge Schriftstellerin eine Ausgeglichenheit, eine Klarheit und Intensität, die an ein Wunder grenzen. Wie dieses Wunder zustande kam, kann man nur raten: Eine besondere Phase in J. Johnsons emotionaler und intellektueller Entwicklung, der Zustand ihrer Beziehung zu ihren Schwestern und anderen Familienmitgliedern, die sozialen Realitäten der Depression – dies alles kam in einem günstigen Moment zusammen. Aus dem Komplex persönlicher, familiärer und politischer Kräfte schuf diese junge Frau eine schlüssige Vision, die drei normalerweise getrennte literarische Traditionen erfolgreich vereint: die autobiographische Schilderung des Heranreifens, die Meditation über die Natur und den Roman des sozialen Protests.

Das folgende Werk enthält keine solche Verknüpfung von Traditionen und Themen. Hier versucht sich J. Johnson vergeblich an einem übertrieben politischen Roman, »Jordanstown« (1937), der von Klassenkonflikten in einer Kleinstadt handelt. Die Hauptperson, ein Journalist und Herausgeber der Lokalzeitung, möchte eine politische Botschaft verkünden und ein Programm verwirklichen, aber seine Pläne werden von Schmalspur-Kapitalisten durchkreuzt, die auf dem Hügel leben. J. Johnsons politisches Anliegen tritt so deutlich in den Vordergrund, daß die geschilderten Kämpfe vorhersehbar und formalistisch wirken. Aber in den nächsten Werken werden die zwei in »Now in November« meisterhaft bewältigten Themen – Natur und Familienbande – dramatisch voneinander losgelöst und umgewandelt. Die Kurzgeschichten (in den Anthologien »Wildwood« und »The Sorcerer's Son«) und der Roman »The Dark Traveler«, erschienen in den vierziger, fünfziger und frühen sechziger Jahren, befassen sich großteils mit Familienthemen. Oft werden unglückliche junge Außenseiter von warmherzigen, fröhlichen Familien aufgenommen. Oder eine Romanfigur sehnt sich nach menschlichen Kontakten und ihrer verlorenen Familie. In einigen Geschichten bleiben die Geschlechterrollen zwar auf traditionelle Weise verteilt, aber die Männer nehmen liebevoll und gefühlsbetont am Familienleben teil.

In den sechziger Jahren tritt die Naturliebhaberin J. Johnson in den Vordergrund. Sie beschäftigt sich mit Ökologie und bringt die Umweltschäden mit der Haltung des Pentagons in Verbindung. Sie teilt die pazifistischen Ansichten ihres Sohns Terry und ist ebenso wie er Mitglied einer Organisation von Kriegsgegnern. Aus Gewissensgründen entzieht er sich der Einberufung. Am Ende ihrer schriftstellerischen Karriere, in »The Inland Islands«, schöpft sie erneut Kraft aus der ungezähmten Natur. Und aus großer Distanz, über einen ähnlichen Abgrund wie jenen hinweg, den sie einst zwischen Männern und Frauen gesehen hat, betrachtet sie nun eine Welt, die in ihren Augen verrückt und unbegreiflich geworden ist.

Was wissen wir von J. Johnsons frühen Jahren, von Kindheit und Jugend, die zum Juwel »Now in November« geführt haben? Wie hat sie danach gelebt? Die Anfangsjahre erscheinen nicht aufregend – ein normales Leben mit den unvermeidlichen Wirrungen, die verinnerlicht und in Prosa verwandelt wurden. 1910 geboren, wurde sie während der Depression großjährig. Der Vater war ein reicher Geschäftsmann, und Josephine, die zweitälteste von vier Töchtern, wuchs auf einer Farm in Kirkwood, Missouri, außerhalb von St. Louis auf, umgeben von Verwandten und engen Familienfreunden. Die Kindheitserinnerungen im autobiographischen »Seven Houses« (1937) handeln vom Duft der Gärten, von albernen Baseballspielen, von Erkältungen und Husten und Gummistiefeln, von Ponys und Feuerwerken, von Privatschulen, von dunklen Schlupfwinkeln im Elternhaus. J. Johnson stellt sich selbst als stilles, schüchternes Kind dar, das die dunklen Seiten seines eigenen Wesens ebenso akzeptiert wie den emotionslosen, distanzierten Vater. Doch sie fürchtet ihn ebenso wie ihre Schwestern.

1930 verläßt J. Johnson, eine Kunststudentin, die Washington University in St. Louis, um nach Hause zurückzukehren und zu schreiben. Doch während ihrer Kindheit waren die Eltern aus Kirkwood auf eine zweihundert Morgen große Farm gezogen. Hier lebte die verwitwete Mutter nun mit Josephines drei Schwestern.

Trotz ihrer elitären Erziehung und privilegierten gesellschaftlichen Stellung scheint J. Johnson großes Interesse an sozialer Gerechtigkeit für die Armen und Unterdrückten entwickelt zu haben. Vielleicht geriet sie nach ihrer Mutter Ethel, einer entschlossenen Pazifistin während des Ersten Weltkriegs, die aktives Mitglied der Fellowship of Reconciliation und Quäkerin war. Josephines politische Ansichten wurden vermutlich vom Studium an der Washington University zur Zeit der Depression geprägt. In den Jahren nach der Veröffentlichung von »Now in November« blieben ihre Sympathien für die Daseinskämpfe der Farmer bestehen und veranlaßten sie, »The New Masses« zu schreiben und sich im gewerkschaftlichen Aktivismus für die Landarbeiter zu engagieren. Die *New York Times* berichtet am 8. September 1936 von der Verhaftung der Pulitzerpreisträgerin in Arkansas, da sie »unter dem Verdacht stand, die Arbeiter auf den Baumwollfeldern zum Streik ermuntert zu haben«.

Während der dreißiger Jahre fuhr sie fort zu schreiben und schloß sich aktivistischen Gewerkschaftsgruppen an, die für die Enteigneten und die völlig verarmten Opfer der Wirtschaftskrise kämpften. Dabei lernte sie in einem Gerichtssaal von St. Louis ihren späteren Mann Grant Cannon kennen, der als Gutachter für die Arbeitergewerkschaft arbeitete – »in jenen Tagen, wo die Gewerkschaften noch jung und revolutionär waren und auf Veränderungen drängten«. (»Seven Houses«)

Von Geburt an Mormone und der Enkel eines Pioniers, war Cannon »über San Francisco, wo er in einem der Güterzüge eingetroffen war, in Landarbeitercamps gehaust und

Arbeit gesucht hatte«, nach St. Louis gekommen. 1942 wurde die zweiunddreißigjährige Josephine seine Frau. Wenig später nahm er am Zweiten Weltkrieg teil, und sie blieb mit ihrem kleinen Kind allein zu Hause, in Erwartung des zweiten. (10) 1947 zogen die Cannons, inzwischen eine Familie mit drei Kindern, nach Newton außerhalb von Cincinnati, in ihr erstes eigenes Heim, das sie »Old House« nannten. Hier betreute Josephine ihre Familie, vertiefte ihr Interesse an der Natur und beobachtete voller Stolz die Aktivitäten ihres Mannes. Ihrem Bericht zufolge gab er die Zeitschrift *Farm Quarterly* heraus, arbeitete als Fotograf, Pilot und Töpfer, war aktiver Quäker und schrieb Theaterstücke. Er veröffentlichte »Great Men of Modern Agricultur« und gewann mehrere Auszeichnungen und Preise für seine Leistungen im Dienst der Gemeinde.

1956 rückten die Vorstädte immer näher an das »Old House« heran, und die Familie übersiedelte zehn Meilen weiter aufs Land hinaus, auf ein siebenunddreißig Morgen großes Grundstück, das J. Johnsons »Inland Island« wurde, das Thema ihrer 1968 erschienenen Meditation über die Natur. Dieses Land ließen die Cannons ganz bewußt unberührt und beobachteten im Lauf der Jahre, wie die Natur die Tierwelt, die Pflanzen und den Wald erneuerte. Nach zehn Jahren begann Josephine an »Inland Island« zu arbeiten, stellte das Manuskript ein Jahr später fertig und fuhr mit Grant nach New York, wo der Verlag Simon and Schuster meinte, das Buch stehe im Einklang mit dem Zeitgeist.

Die Rückreise leitete eine tragische Phase in J. Johnsons Leben ein. Als sie mit Grant aus dem Zug stieg, erzählte ein Gepäckträger, Martin Luther King jun. sei erschossen worden. Wenig später erfuhren sie, daß Grant an

Krebs litt. Er starb 1969, und Josephine lebte allein auf ihrem »Island«, beobachtete die Natur, schrieb gelegentlich Artikel für das *Country Journal, McCalls* und das *Ohio Magazine* und führte Besucher über ihr Land.

Im März 1990, als ich für dieses Nachwort zu recherchieren begann und Josephine Johnson in ihrem Haus besuchen wollte, starb sie im Alter von neunundsiebzig Jahren an einer Lungenentzündung. Im Juni wurden ihr zu Ehren eine Gedenkfeier abgehalten und eine Führung durch das Cincinnati Nature Center veranstaltet.

# *Anmerkungen*

(1.) Aus einer Simon and Schuster-Anzeige für das Buch in der *Saturday Review of Literature*, Juli 1935.

(2.) Diese Kommentare fassen die folgenden Kritiken zusammen: von Edith Walton, *New York Times Book Review*, 16. Sept. 1934; Fanny Butcher, *Chicago Daily Tribune*, 15. Sept. 1934; Lewis Gannett, *New York Herald Tribune*, 13. Sept. 1934; sowie von mehreren anonymen Rezensenten, die ihre Kritiken unmittelbar nach der Veröffentlichung des Romans geschrieben haben.

(3.) Frederic Thompson, *Commonweal*, 12. Okt. 1934.

(4.) *New York Times*, 6. Aug. 1935.

(5.) Das Thema des Pflügens erinnert an Willa Cathers Antonia, die trotz abfälliger Bemerkungen der Farmarbeiter, stolz das Feld pflügt, schwitzend, schreiend, sonnenverbrannt, genau wie ein Mann – und sich an den harten Muskeln ihrer braunen Arme freut. (»My Antonia« von Willa Cather, New York 1918.)

(6.) Achten Sie besonders auf Carol Gilligan, Janie Ward und Jill Taylor, Hg. von »Mapping the Moral Domain«, Cambridge 1988.

(7.) »The Inland Island« beruht vor allem auf den Erfahrungen der älteren Josephine W. Johnson. Sie hat auf dem Land gelebt und gearbeitet und die Natur beobachtet. Das späte Werk enthält wissenschaftliche Informationen, was für »Now in November« nicht gilt. Die Autorin hat interessiert an der Arbeit ihres Mannes als Herausgeber von *Farm Quarterly* teilgenommen. Sie hebt vor allem die ökologische Thematik hervor, menschliche Stimmen bilden den Hintergrund für nachdenkliche Beobachtungen der Natur.

(8.) Michelle Zimbalist Rosaldo und Louise Lamphere, Hg. von »Women, Culture und Society«, Palo Alto, Kalifornien, 1974.

(9.) Dieser Bericht ist großteils dem Buch Carl N. Deglers entnommen, »Out of Past: The Forces that Shaped Modern America«, New York 1984.

(10.) Für die Bestätigung dieser Daten, für die Hilfe bei der Beschaffung von Fotos und Kritiken und ihre Großzügigkeit danke ich Carol, Annie und Terry Cannon.

## Ungewöhnliche Frauen in außergewöhnlichen Situationen!

16 107

16 108

16 109

16 110

16 111

16 112

BASTEI LÜBBE

**Band 16118**

**Heather von Prondzynski**

## Irish Coffee

**Roman über den klassischen Konflikt junger Frauen**

Maggie James, Dozentin am Trinity College in Dublin, steht vor der Frage, ob sie sich für ein Kind oder ihren Beruf entscheiden soll. Sie will beides, auf die Ehe aber kann sie verzichten. So läßt sie sich auf eine bittersüße Liebesgeschichte ein, die bei ihr Sehnsüchte und Ängste erweckt und ihre bisherigen Beziehungen in Frage stellt. Die Abenteuer der jungen Frau entwickeln sich zu einer Tragikomödie, denn ihr Versuch, Karriere und Liebe miteinander zu verbinden, findet bei der irischen Männerwelt wenig Gegenliebe. Nur mit einer gehörigen Portion Witz und sprühender Ironie gelingt es Maggie, den Fallstricken der Konvention zu entgehen...